U0918857

地狱就在海的那一边

HELL WAS AN OCEAN AWAY

THE PACIFIC

血战太平洋

之 瓜岛浴血记

[美国] 罗伯特・莱基 著 王瑞泽 译

译林出版社

图书在版编目（CIP）数据
血战太平洋之瓜岛浴血记 /（美）罗伯特·莱基（Robert Leckie）著；王瑞泽译．
南京：译林出版社，2020.7
书名原文：Helmet for My Pillow: From Parris Island to the Pacific
ISBN 978-7-5447-7948-7

I.①血… II.①罗… ②王… III.①纪实小说－美国－现代
IV.①I712.45

中国版本图书馆 CIP 数据核字（2020）第 065765 号

Helmet for My Pillow: From Parris Island to the Pacific—A Young Marine's Stirring Account of Combat in World War II by Robert Hugh Leckie
Copyright © 1957 by Robert Hugh Leckie, 1979 illustrations by Bantam Books
This edition arranged with The Marsh Agency Ltd.
through Big Apple Agency, Labuan, Malaysia
Simplified Chinese edition copyright © 2020 by Yilin Press Ltd
All rights reserved.

著作权合同登记号　图字：10-2020-207 号

血战太平洋之瓜岛浴血记　［美国］罗伯特·莱基／著　王瑞泽／译

责任编辑　何本国
装帧设计　韦　枫
校　　对　蒋　燕
责任印制　董　虎

原文出版　Bantam Books
出版发行　译林出版社
地　　址　南京市湖南路 1 号 A 楼
邮　　箱　yilin@yilin.com
网　　址　www.yilin.com
市场热线　025-86633278
排　　版　南京展望文化发展有限公司
印　　刷　江苏凤凰通达印刷有限公司
开　　本　652 毫米 ×960 毫米　1/16
印　　张　19.5
插　　页　2
版　　次　2020 年 7 月第 1 版　2020 年 7 月第 1 次印刷
书　　号　ISBN 978-7-5447-7948-7
定　　价　46.00 元

版权所有 · 侵权必究

译林版图书若有印装错误可向出版社调换。质量热线：025-83658316

罗伯特·莱基（1920—2001）

1942年8月，日军失守瓜岛后，开始实施“老鼠输送”(盟军称为“东京快车”)行动，每于夜间向瓜岛运送援军，清晨返航。图为日本士兵正在登上驱逐舰

1942年8月21日，特纳鲁河战役后瓜岛沙洲上的日本士兵尸体

1942年8月24日，东所罗门群岛战役中美国海军“企业号”航空母舰(CV-6)严重侧翻

1942年9月，瓜岛，美国海军陆战队的一支巡逻队正在涉水穿过马塔尼考河

1942年9月15日，美国“黄蜂号”航空母舰(CV-7)在遭到鱼雷袭击后不久起火燃烧

1942年10月25日至26日，瓜岛亨德森机场战役后日本陆军第二步兵师士兵的尸体

1942年11月，瓜岛，美国海军陆战队士兵正将日本兵尸体从位于克鲁斯角附近的日军掩体中拖出

1942年11月前后，美国海军陆战队第二师的一队新兵于瓜岛上行军间歇

献给那些在战争中倒下的人们

那 只 手

“日本坦克被摧毁了。我站起身来,向机场方向走去。大约二十码开外的地方有一辆坦克还在燃烧。一些敌人的尸体还在坦克里面。狙击手耷拉着脑袋挂在坦克上,就如同塞在圣诞袜里的洋娃娃。

“转身离开的时候,我差点踩上一只人手。我赶紧说了一声‘对不起’,但是定睛一看,原来那是一只断手,或者说是一只脱离了人身体的手。它静静地躺在那儿——五指张开,手心朝上,干净,能干,孤苦伶仃。

“我无法把目光从那只手上移开。……那只手孤独地躺着,仿佛被遗弃了一般,不再是某人身体的一部分,不再是他的助手,看到那只手就看到了战争的野蛮和荒唐。”

目　　录

第1章

新　　兵

第一节

1942年1月15日清晨，纽约教堂大街上冷冷清清，刺骨的寒风呼啸而过。就在这一天，我离开故乡新泽西州来到纽约，加入了美国海军陆战队。

和日本开战还不到四周的时间，威克岛就陷落了。珍珠港事件对美国人来说的确是人间悲剧，是美国人的奇耻大辱。人们都在哼唱着草草谱写的战歌，但浓郁的爱国情怀却无法掩盖人们低落的情绪。歇斯底里的情绪似乎在每个人的眼神后面蛰伏着。

然而这一切对我没有多大影响。我意识到父亲就在我身边，和我一道顶着北风躬身前行。我能够感觉到下身尚未愈合的新鲜伤口还在隐隐作痛。伤口缝合线早在几天前就拆掉了。

我在珍珠港被偷袭后的第二天就申请入伍，但是海军陆战队坚持要求我先做包皮切除手术。这项手术花费了我一百美元，不过至今我还不确定我是否把这笔钱给了那位医生，但有一点我是确定的：在那个国家生死存亡的时刻，没有几个年轻人是带着这种伤疤奔赴战场的。

我们穿越了泽西草场，乘坐“伊利号”通勤车，最后乘船过了哈得孙河来到纽约的闹市区。今天早上我们在家里都没心情吃早餐。母亲病后初愈，她没有哭泣。这既不是一场令人肝肠寸断的生离死别，也不是一次雄赳赳气昂昂的出征——总之，这是一场很难用言语形容的离别场面。

在这场战争中，能让人产生无边无际英雄主义情怀的，不是一首煽情歌曲，而是别的东西：逆来顺受。母亲把我送到门口，眼神里充满忧伤地说道："愿上帝照看你。"

就像我们无语地穿越了泽西草场一样，我们又在教堂大街90号铜制转门前无声地道别。父亲快速拥抱了我一下，又以同样快的速度扭头离开了。爱尔兰门童微笑着上下打量我。

我走了进去，加入了美国海军陆战队。

领着我们宣誓的上尉把仪式精简得一塌糊涂。我们都举起了手，又随着他把手放下来。就这样我们成了海军陆战队员。

士官长是我们的临时教官，他让我们更加清楚地知道我们已经成为海军陆战队员这样一个事实。那些从他嘴里不经意冒出来的不带重字的脏话日后成了我耳熟能详的家常便饭，这些话让一个一辈子都在辱骂中生活的人感到浑身自在。在随后的岁月里我将遇到他的上司，不过眼下当他驱赶着我们过河抵达一辆停靠在霍博肯的军训火车时，他看上去就是至高无上的神。但是，当我们这群三四十人的新兵登上列车看着他向我们道别时，他的眼神里竟然充满了柔情和善意。

他站在火车的第一节车厢里——他是一个中年男子，身材瘦削，但是微微隆起的啤酒肚即将毁掉他的威风。他穿着海军陆战队蓝色制服，外面是常见的合体的森林绿大衣。绿色和蓝色对我而言是一种奇特的颜色搭配，在当时看来尤其如此：海军陆战队制服的花里胡哨、深浅相间的蓝色覆以安静祥和的绿色。

"你们要去的不是一个安逸的地方，"士官长说道，"当你们到达帕里斯岛，你们会发现那里的生活和平民生活完全不一样。你们不会喜欢那里的！你们会认为那里的人很夸张、很愚蠢！你们会认为那里的人是你们所碰到过的最残酷、最让人讨厌的一群人！我要告诉你们一件事：你们要是那么想就大错特错了！如果不想惹麻烦，你们现在就得听我一句话：闭上你们的大嘴巴，他们让你们干什么你们就要干什么！"

说到最后他情不自禁地咧嘴笑了起来。他知道岛上没有比他更正常的教官，于是情不自禁地咧嘴笑了起来。他知道他的忠告对我们而言就是过眼烟云。

"遵命，中士，"有人大叫起来，"谢谢您，中士。"

他转身离开了我们。

我们称呼他为"中士"。但是在二十四小时之后我们再不敢对军衔低的海军陆战队一等兵直呼其军阶，而是恭恭敬敬地称呼他"长官"。不过此刻平民思想的光辉还在照耀着我们。我们身着便装，霍博肯市民们讨价还价的喊叫声还萦绕在耳边，我们还秉承着一般公民对士兵礼貌性的轻蔑态度，再说我们中又有谁怀疑过自己不久就会得到提升？

我们乘火车赶往华盛顿，一路上沉默无语，相安无事。但是等我们到达首都换乘了火车，气氛便似乎活跃了起来。其他从东部各地招募来的海军陆战队新队员们陆续到达。我们这支分队是最后到达的一批，也是最后一批被塞进老式木制火车里的，火车喷吐着浓烟，全身黑乎乎地散发出燃煤的气味，正等待着沿海岸线一路南下，把我们运到南卡罗来纳州去。也许正是因为这辆火车破破烂烂，老气横秋，我们兴高采烈。这个肮脏的、气喘吁吁的老古董让我们情不自禁地欢笑起来。有人故弄玄虚地宣称在座位下面发现了一个铜牌，当他煞有介事地"读"上面的文字时，我们哄堂大笑："该车属于美国历史博物馆费城分馆财产。"车厢里靠煤油灯照亮，靠铁炉子里的炭火取暖。风似乎从四面八方扑来，木头和车轮的碰撞声和摩擦声不绝于耳，听上去像是无休止的哀嚎。尽管这是一辆怪怪的老爷车，但是我喜欢它。

随着离华盛顿越来越远，舒适感也消失殆尽。我们中的一些人已经开始在艰难的火车旅途上苦中作乐了。不知为什么，那种围绕在海军陆战队员身上的看不见的神秘因素甚至在这个时候就开始发挥作用了。我们正在吃苦，而吃苦恰恰是我们预料之中的事情，也是我们报名参军时签下的约定。事情就是这样：吃苦。吃苦最多的人是最令人敬佩的。相反，过得最轻松的人是最让人瞧不起的。

当火车颠簸着向南穿越弗吉尼亚州和北卡罗来纳州的时候，那些想睡上一觉的人能够像猫一样蜷缩在车厢地板上小憩片刻。不过想睡觉的人很少，因为歌声和谈话让人无比兴奋。

坐在我旁边的是一位英俊的金发青年，他来自新泽西南部，是个不错的男高音。他一人连唱了好几首歌。我们中间有个纽约爱尔兰人随意起了个调，很快他就唱起了爱尔兰民歌。

过道的另一边坐着一位小伙子，我将称呼他为“披甲猪”，因为他长着一张尖长的脸。他来自纽约，在那里上了大学。车厢里很少有人上过大学，因此在他周围形成了一个文学小圈子。

披甲猪的圈内人员人数可比不上车厢另一头的另一个小圈子的人数。这个小圈子的核心人物是一位身材矮壮、面带微笑的红发汉子。红发汉子曾是棒球接球手，为圣路易斯的红雀队效力，曾经在马球场从伟大球员卡尔·胡贝尔手里击出过本垒打。

无法衡量这样一位名人对我们这个群体的影响力，该群体的大部分人都是像我这样的平庸之辈。红发汉子是见过世面的，他曾和我们这些新结交的战友们所崇拜的偶像聊家常。一些人对他顶礼膜拜因此也就顺理成章了：他们向他请教问题，范围从投球姿势到日本总参谋部的事。

“红发大哥，你认为帕里斯岛会是什么样子？”

“嗨，红发大哥，你认为日本兵确实像报纸上说的那么难对付吗？”

这就是美国人的缺点：成功人士被奉若神明。科学家大谈公民自由权问题，喜剧演员和女演员在政治集会上冲锋陷阵，运动员则告诉我们应该吸哪种牌子的香烟。但是回答这些问题红发汉子能够胜任，因为只要有点阅历，看过报纸头条都能回答，所以他轻而易举地成了我们当中最沉着的人。

但是我怀疑当我们到达帕里斯岛的时候，即使像见过大世面的红发汉子这样的人都不免心里一震。我们被装进大卡车从火车站拉走。下车后我们在一所红砖砌成的食堂前面杂乱无章地排成了一队，然后接受常规的新兵训话。

“小伙子们，”一位日后将成为我们教官的中士对我们说道，“小伙子们，我要告诉你们一件事：向耶稣祈祷吧，因为你们的屁股归我管啦！”

接着，他按照我们笨手笨脚的平民列队风格将我们集合起来，让我们列队走进了食堂。

食堂里有大香肠和青豆。以前我从来没有吃过青豆，这是我第一次吃这玩意儿：口感冰冷。

我们这支从纽约赶过来的队伍连在帕里斯岛的第一天都没有熬得过，此后我再也没有见到金发歌手，我们中的大部分人我都再也没见过。当天几百号人乘坐古董火车而来，现在只剩下了我们六十来人，这六十来人被编成了一个训练排，每人得到一个编号，受当天向我们发表新兵训话的教官指挥。

我们称他为“公牛”中士。公牛中士是个南方佬，极度看不起北方人。但他并不偏袒南方人，只是较少用冷嘲热讽的态度来对待他们而已。他个子很高，我猜差不多有六英尺四英寸，体重达二百三十磅。

最重要的是他嗓门大。

他喊起行军号子来铿锵有力，指挥我们从行政楼前进到军需处。他的声音像鞭子一样抽打着我们这支残余部队，让我们这群懒散的平民振作起来。海军陆战队之外的任何地方都听不到这种特别的行军令：

“Thrip–faw–ya–leahft，thrip–faw–ya–leahft。”

听上去像是咒语，但实际上它只是说话拖拖拉拉的南方佬对常规口令“三四向左转”的延长发音而已，通过公牛中士之口唱出来显得生气勃勃，我再也没听过比这更好听的口令了。正因为如此，正因为他对训练我们具有无限的热情，他留给我的印象只有一个：在离我们几英尺开外大踏步地前进，挥动双臂，紧握双拳，昂首挺胸，嘴里不停地咆哮：“Thrip–faw–ya–leahft，thrip–faw–ya–leahft。”

公牛中士带领我们前进到了军需处，就是在这里我们身上残存的一点点个性被剥夺殆尽。正是那些军需官把人打造成陆军士兵、水兵及陆战队员。在他们面前，我们一丝不挂。随着身上的衣服一件件脱去，个性也随之消失，一件衣服的脱落代表一种特质的无声死亡。我脱掉了自己的短袜，也失去了对条纹或绣边或格子图案甚或纯色的爱好，爱用紫色袜子搭配棕色领带的习惯也就此终结。从此以后我穿的袜子颜色永远是茶色。这种袜子不显脏，不打卷，不俗气，不拘谨，没有洞。它们永远是茶色，另一个好处也许就是干净。

因此一切都不会改变，直到人们赤条条地站在那里，在尴尬中苦苦挣扎，最后连尴尬也全然消失在军需处的幽灵面前，这些幽灵在军需处的棚屋里工作。

在人的内心深处——被精神病医生称为潜意识的地方——人性的火花还在不停燃烧，永不熄灭。它是活力四射还是偃旗息鼓，这在很大程度上取决于一个人的阅历。

一个人赤身裸体地站在军需官面前，浑身战栗，毫无防守之力。人的性格依附于属于外在之物的衣着上，就如同皮肤和头发会被胶带粘住一样，现在这些个性连同衣服一起被撕了下来。接下来，军需处的幽灵们拿着尺子蜂拥到我们面前。全套军服套在我们身上：帽子、手套、袜子、鞋子、内裤、衬衣、腰带、裤子、外套，个性就这样被淹没了。当我从棚屋里走出来的时候，我就变成了一个号码：351391 USMCR[①]。就在二十分钟以前站在这里的还是一个有着鲜明个性的人，周围是其他六十来个个性鲜明的伙伴。但是现在我成了六十来个号码中的一个：我们合在一起就构成了一个训练排，我们作为个体没有任何意义，除非被置于整体的背景之下。

我们看上去一模一样，就像在西方人眼里中国人没有什么两样一样，或者我猜想就像在中国人眼里西方人也没有什么不同一样。唯一拯救我们个性的东西是我们头发的颜色和发型，不过很快这些个性的标记也消失了。

当我们行进到理发师跟前的时候，一个声音大叫道："你们会难过的！"恐吓声还未落地，理发师就已经开剪了。我感觉他用电动剪刀在我头上也就划拉了那么四五下，最后一剪是在我头上划了一个圆圈。我现在懵懵懂懂地成了一个穿军服的号码。

对帕里斯岛上这些一模一样的无名小卒来说，训练是接踵而来的痛苦。在接下来的六周训练中似乎没有重样的式样可循——除了伙食。一切看上去杂乱无章：行军、单兵战术、听课学习军事礼仪——"敬礼的时候，右手要在右眼中间位置接触前额并与前额呈45度角"；听课学习海军术语——"从现在起，一切东西，包括地板、街道、场地，一切东西都称为'甲板'"；清洁和擦亮手中的步枪直到它像装饰品那样熠熠生辉；天天都要刮胡须，不管嘴上有毛没毛。一切都显得毫无头绪。

"想让我们干什么呀？难道靠敬礼置日本人于死地吗？"

"不对，我们要用打磨得发亮的步枪照瞎他们。"

"对了——或者给这些畜生理理发。"

我们说得一切似乎都合乎逻辑，海军陆战队员们似乎得了疯魔症。

---

① USMCR是United States Marine Corps Reserve的缩拼，意指美国海军陆战队后备队。——译注，下同

他们让我们驻扎在一座木制营房的二楼并不准我们离开。除了有一周左右的时间在打靶场以及周日外出做弥撒之外,没有公牛中士点头同意我们是永远不会走出营房一步的。我们没有任何特权。我们身份待定:不再是平民,又尚未完全成为海军陆战队员。我们就像圣奥古斯丁对时间的定义一样:“未来尚未到来,现在正在形成,过去已不复存在。”

就是不停地行军。

行军到食堂,行军到船上的医务室,行军去取沾满防腐润滑油的步枪,行军到水壶架子前清洗它们,行军到练兵场。双脚跺着水泥地,踏着坚实的泥土,行军停止,枪托发出刺耳的碰撞声。“向后转,齐步走!……向前齐步走!……左转弯,齐步走!……全排立定!”一阵枪托的碰撞声……“枪交右肩!”……啪啪的声音……哎哟,我的手指头!被勒得红白相间的手指头!……“该死啊,你们!真想把你们剁成两半!听到没有?把你们剁成两半!知道吗?我要听到你们哭爹喊娘!我要看你们练到吐血!哭喊!吐血!敬持枪礼!”……我的手指头哟!……“向前齐步走!”……又来了……行军,行军,还是行军……

简直让人发疯。

但这是军纪。

除了我们这些新兵外,帕里斯岛上的人都只在乎军纪。在这里绝对不能谈论有关战争的话题,我们没有听到过任何关于歼灭日军的热烈报告会,而我们日后在新河就听过很多这方面的报告会。在这里,你可以嘲笑或挖苦任何事情,无论是神圣的事情还是巨额融资之类的事情,但是你绝对不可以嘲笑或挖苦军纪——海军陆战队的军纪。这些教官们是一群具有献身精神的纪律严明之人。就如同酒色之徒认为一样东西如果不能吃不能喝也不能拉上床就一定是没用的东西一样,在这些纪律严明之人的眼里一切都是军纪,其他的都没用。

这不是规范平民行为的态度和准则，但对振作平民的精神面貌却再好不过。

公牛中士是教官中最为严厉的一位。他常常用平常的方式来惩罚我们：命令人用牙刷洗头，或者让一个掉枪的人抱枪睡觉。但是最要命的是他对行军精确性的近似变态的严格要求。

有一次我没有跟上步调，他就揪住我的耳朵。尽管我个头矮，但是体重不轻，他就这样提溜着我的耳朵几乎让我脚不沾地。

“拉基，”他冷笑着说，一副为故意读错我名字而得意扬扬的样子，[①] “拉基，如果你跟不上步调的话，我们两个都得到医院去……医生得把我的脚从你的屁股里拔出来。”

公牛吹嘘说尽管他可以在南卡罗来纳亚热带的烈日下把手下的士兵训练得筋疲力尽，他却永远不会让他们在雨中行军。多么堂皇的让步啊！但是也有别的教官在倾盆大雨中训练士兵，似乎以让士兵们饱尝各种痛苦为乐。

尤其是有一位教官，他会指挥手下新兵向大海行军。他那有节奏的口令毫不停顿。如果新兵们在海边犹豫不决，乱了阵脚，他就会暴跳如雷：“你们以为自己是谁啊？什么都不是，就是一群狗屎新兵！谁让你们停下来的？是我在这里发号施令，不准停下来，除非我下命令让你们停。”

但是一旦训练排义无反顾地冲下海去，他就会把口令声音压得很低，直到士兵们走到海水没膝的地方，或者至少走到海水刚要触及宝贝枪的地方。于是他咧嘴笑了起来并假装生气的样子命令道：“赶紧回来！这都是你们妈妈的错啊！快把你们的愚蠢丢到大海里吧！”

他转过身愤怒地朝着帕里斯岛宣告：“在这个该死的岛上谁的训练排

---

① 作者名为莱基(Leckie)，但战友之间常会故意读错或使用昵称，如后文的李基、拉克、拉基等称谓。

最蠢？没错，我的！我的！”

不过总的来说，那些中士教官们并不野蛮，他们不是虐待狂。他们相信对我们严厉是为了让我们变得坚强。只有一次我看到教官的行为接近残忍。一名新兵前进的时候总是低头朝地面看，公牛中士不停地朝他咆哮直到自己冷酷的声带接近撕裂。最后中士突然想到了一个办法：用刺刀的柄顶住新兵的腰带，刀尖抵住他的喉咙。我们大睁着惶恐的眼睛，注视着新兵，新兵被强行命令继续前进。

新兵前进了，但是他眼睛发直，呼吸急促，脚步踉跄，中士让他停了下来。恐惧之感由新兵身上传递到了中士身上，于是公牛赶紧把刺刀拿了下来。我相信公牛中士比受害者本人更有理由记住这件事。

第二节

在训练营的时候新兵之间很难形成持久的友谊。因为大家都知道，一旦训练期结束我们就要各奔东西。一些人将奔赴海上，大部分人将加入位于新河的海军陆战队舰队，另有一批人将留守帕里斯岛。尽管被限制在高度封闭的兵营里，我们之间也很少产生战友之情。是的，军营里的气氛是温馨的，但仅此而已，不会产生更亲密的关系。

很多海军陆战队员之间的友谊是陷阱，关于这一点我将在另外的地方写出来。这里的故事仅仅涉及海军陆战队员是怎样炼成的。

这是一个不断放弃的过程。似乎每时每刻我们都得放弃一些习惯或爱好，我们都得调整自己。即使在食堂里我们也学会了一个道理：一个人的个人好恶是那么微不足道。

我以前一直怀疑自己不会喜欢喝粗玉米粥，后来发现确实不喜欢喝，至今也不喜欢。但是在帕里斯岛的某些早上，我居然喝了粗玉米粥，要不然的话就要饿肚子。我的肚子常常咕噜咕噜响个不停,里面空空如也,直到午餐时间才好转。

我们大多数人都已经树立起了什么是好的餐桌礼仪的观念,当然不包括发生在兵营食堂里的这些举动:身边突然有一只流着汗的粗胳膊从我们嘴边伸了过去,或者自前至后顺序进食法,即坐在餐桌前头的人从炊事员那里接过金属菜盘后先兀自大快朵颐一番,根本不理会坐在餐桌中间或后头早已饥肠辘辘的人们的愤怒喊叫。

我们中的一些人看到有人用匕首把豌豆放进嘴里或者听到某人狼吞虎咽的咀嚼声而惴惴不安,但是我们在越来越多的地方对这些现象变得越来越不敏感了。不久我的味蕾的唯一功能就是充当肠胃的雷达——警告我食物到了。在这段时间里我对就餐的规矩没了感觉。

在这个放弃过程中,最糟糕的是人们对最基本隐私的需求被无情拒绝。所有事情都在众目睽睽之下进行:起床、写信、收信、整理床铺、洗漱、刮脸、梳头、大便——所有这一切都在公共场合进行,并且严格按照中士要求的风格进行。

甚至从家里寄来的食品包裹也被教官截获。有人通知我们包裹到了,但是教官已经品尝了里面的食品,而且他发现这些食品还很可口。

什么!这下你恼了。这太过分了!这不是对美国邮政的大不敬吗?我的朋友,让我来问你一个问题:如果美国邮政和美国海军陆战队之间打官司,你认为谁会赢呢?

倘若你在登陆帕里斯岛的前几周里被弄得精疲力竭,浑身像散了架一样,那么他们在靶场会把你重新组装起来。

公牛大多数时候指挥我们以密集队形行军到打靶场,靶场距营房大约五英里。(走路方式有密集队形行军和便步行军两种,如果把后者形容为懒懒散散走路,前者就相当于站军姿。)我们背着背包,不过当我们到达目的地时,我们的水兵袋就在帐篷里面。我们常常抱怨将所有必需品装在背包和水兵袋中，殊不知有一天这两个包包中的任何一个都会被视为奢侈品。

此时公牛比以往任何时候都更像一尊石雕：身体依然如骑士般挺拔，钢铁般的声音永不停歇，直到行军的最后时刻才有点沙哑，而我们听到他沙哑的声音后精神为之一振，似乎确信他也只不过和我们一样是凡夫俗子而已。

我们住在打靶场的帐篷里，每个帐篷住六个人。我住的帐篷铺着木地板，这在大多数帐篷里都是没有的，所以我的篷友们和我都认为这是上帝的恩典。我们把安排我们六个来自纽约和波士顿的人共处一室理解为天公之作：北方的荞麦能和南方的谷壳混在一起吗？但是海边的寒冷早晨打碎了我们的美梦。我们冻得牙齿打战，嘴唇发紫，北方人的沉着镇定被帐篷外南方人的大声吆喝击垮了。

"嗨，北佬——我以为北方天气冷，你们习惯了呢。哎！瞧瞧他们的熊样啊！瞧瞧北佬的厚嘴唇上下打架啊！"

公牛乐不可支，失去了以往的矜持。

"我猜你说对了，"公牛说道，"每次我走出帐篷都听到牙齿打架的声音，那是北佬的牙齿。我不知道，"他摇着头接着说，"我不知道，我还是不明白我们当年怎么会败的。"

半小时后，艳阳高照，我们发现靶场简直就是忽冷忽热的地狱。

梳洗完毕，一件令人惊奇的事情在等待着我们这些新兵。一些人坐在一个栅栏水坝上，他们的屁股压在一个生锈的金属水槽上保持平衡，水槽向下倾斜着，清水从中流淌下来。另外一群人早已围在这个水槽的前端，向里面灌水。幸运的是我当时没有坐在水坝上，我只能袖手旁观看着惊奇之事发生。只见一个人把一团报纸卷成纸球，放在水里，随后点燃，顿时纸球变成了火船，顺水而下。

随着"火船"从坐在水坝上的那群老兄们白花花的屁股底下经过，顿时鬼哭狼嚎声响成一片。那天上午，很多人的屁股上留下了焦痕，从此只要我们在打靶场时接近水槽就会小心翼翼。当然，我们看到同样的恶作剧被用在了其他新兵身上，十分好玩。

在打靶场我们接受了预防注射。公牛中士带着我们行军到医务室前，在这里零零散散地坐着来自另外一个训练排的新兵，他们正经历着由注射带来的不同程度的恶心反胃等副作用，似乎在警告我们等在前面的将是什么。

打预防针的过程很不人道，就像活生生的人被输入机器一样。两行海军护卫兵相对交错而立，这样两边队列的人不会直接对视。我们从中间穿过。当我们从中间穿过的时候，每位护卫兵会一只手用药棉拭抹伸在他面前的裸露的胳膊，一只手从身后助手那里接过装满注射液的针管，然后把针头扎入陆战队员的肌肉里。

机器就这样产生了：我们走进去，向前移动，停下来，转身，伸出胳膊，只见针头在空中划出一道闪闪发光的弧线后扎进肉里，然后我们再次向前移动。它具备生产流水线的效率，同时还具备生产流水线所不具备的对付人性的能力。

我的一位篷友因力大无比并且有过短暂的拳击生涯而被我称为“摔跤手”，他对面前发生的事情一无所知。他站在我前面接受注射，但是他的块头如此之大，以至于一下子站在了两个护卫兵的前面。

于是当他右边的护卫兵用药棉拭抹他的胳膊并扎下一针的时候，站在他左边的护卫兵也完成了同样的动作。

摔跤手被同时打了两针也没有哆嗦一下，但是就在我目瞪口呆来不及制止的刹那间，他们随后又再次完成了舞动胳膊、抓紧胳膊的动作，并在摔跤手肌肉发达的两只胳膊上再次注射了两针。

即使对摔跤手而言，这种剂量也太大了。

“嗨，你们给我打了几针啊？”

“一针，蠢货。往前走。”

“一针？见鬼！你们已经给我打了四针！”

“没错，我知道。你还是基地指挥官呢。赶紧往前走，我告诉你——你挡住后面的人了。”

我插嘴说：“他不是在开玩笑，他确实被注射了四针。你们两人分别给他打了两针。”

护卫兵们这才错愕地停了下来。他们明白无误地看到了摔跤手一脸的委屈，也看到了挂在我脸上的那份轻松。于是他们抓住摔跤手，把他推搡到一位医务室医生面前。这位医生面无表情，根据摔跤手发达的肌肉和钢铁般的意志做出了自己的诊断。

“你感觉怎么样？”

“还可以，只是有点发烧。”

“很好。应该没什么大碍。假如感到不适或恶心什么的，告诉我就行。”

令人扫兴的是，我要告诉大家摔跤手没有感到不适，至于恶心嘛，当我们大约一刻钟后看到他在狼吞虎咽一份夹肉面包时，我们的过分担心一下子烟消云散了。

在打靶场我也是第一次听到完整版的海军陆战队员骂人大全。虽然我住在兵营的时候对“海骂”略有耳闻，但是从来没有听到过如此恶毒、如此下流的“海骂”。打靶场的军士不用脏字、咒骂或是诅咒就没法把两句话连起来说。这些脏话会让我们浑身起鸡皮疙瘩，会让那些哪怕略有一丝宗教感情的人怒火中烧，恨不得和这些老油条对骂。

我们会渐渐习惯听这些“海骂”，甚至也把这些“海骂”挂在自己嘴边。我们最终会认识到这些“海骂”并没有故意冒犯别人的意思，但当时我们还是着实吓了一跳。

这些军士们是如何把单纯的咒骂演化成“海骂”的呢？没有任何辱骂，只有诅咒、猥亵和亵渎——这些诅咒的话没有一句是原来流行的或是他们原创的——但是从他们嘴里出来几乎是不带重样的。

“海骂”中常常出现的就是那个单词，那个由四个字母组成的难听单词[①]，身着军装的男人们的语言世界里硕果仅存的一个词。这是对文字的一种驾驭技巧，是一种夸张用法，可当动词、名词、形容词用，没错，甚至还可以当作连词。它可以描述食物、疲劳或者形而上的东西。它可以代表一切事物但又没有任何意义，它是一个侮辱性的词但从不用来侮辱人，它是一个粗鄙的形容性行为的词但却从不用来描述性行为。它的意思是卑微的，却可以指最好的；它的意思是丑陋的，却可以用来形容美丽的事物；它是精神空虚的代名词，却是从军队牧师到军官、从海军陆战队一等兵到博士的口头禅，直到最终人们只能这样推断：如果一个对英语不熟悉的访客无意中听到了我们的对话，他用高等批判学的方法根据该单词出现的频率就会断定，这个小小的单词所代表的事情一定是我们正在为之奋斗的事业。

在打靶场的射击线上，空气中充满了愤怒的中士们的咒骂声，他们尽力在已经简化了的训练过程中把我们培养成步枪射手。海军陆战队员必须学会站立射击、匍匐射击以及蹲坐射击。也许蹲坐射击最难学会，因此在帕里斯岛的打靶场上它成了一个时髦动作。

连续两整天，中士让我们在火烧火燎的沙丘上加深对这一时髦动作的印象。我们在太阳底下坐在沙丘上练习射击，沙子吹进了我们的头发里、耳朵里、眼睛里、嘴巴里。中士们可不管沙子落在我们身上哪个地方，他们只在乎沙子别落在宝贝枪支的涂油金属部位。如果哪个倒霉蛋不小心让沙子落在了那上面，迎接他的就将是无情的快速处罚：被狠狠地踹一脚外加直接对着耳朵大声地咒骂。

正像中士教官常常说的那样，要摆出蹲坐射击的姿势就相当于承受

---

① 指的是单词fuck。

在拷问架上身体被拉长的折磨。

左手握住步枪的中心位置或者叫作“平衡点”的位置，但是左臂要穿过步枪的背带环，背带环向上扣住胳膊直到二头肌，在二头肌这个地方背带环扣得非常之紧。就这样左手端着枪，双腿盘膝而坐，就像菩萨打坐的姿势，而枪托距离右肩有几英寸的距离。这个姿势的技巧是要调整枪托的位置，使枪托很舒适地靠上右肩，如此一来你就可以把脸颊贴在右手边，然后沿枪管瞄准，射击。

我第一次尝试蹲坐射击时认为这是不可能的，除非我的背从中间裂开以便让躯体的两边都转到前面来，如同被绑上铰链一样。若非如此，没门！步枪的背带会把胳膊切断，或者脖子会在使劲转动的过程中折断，或者我将不得不冒险像使用手枪一样单手端枪瞄准射击。此时公牛中士走了过来。

“有问题吗？”他亲切地询问。

他的友好态度本来应该引起我的警觉，但是我错误地认为这是无可置疑的人性。

“是，长官。”

“我的天哪！”

一切都太晚了，我被抓住了把柄。我抬起头，木木地以祈求的眼神看着他。

“好吧，小子，你只要用左手狠狠地抓住步枪就行了。很好。现在用右手。哦，天哪。很难做到，是吗？”

然后公牛中士坐到了我右肩上，我发誓我听到了咔嚓一声，心想这下完蛋了。但是我随后断定除了韧带被拉长一点之外一切都安然无恙。中士的这一招还真管用。经他这么一坐，我的右肩和枪托胜利会师，而我的左臂也完好无损没有被切断，就这样我学会了中看不中用的蹲坐射击技术。

我只见过一个日本兵被用这种蹲坐射击射杀，而且还是在没有敌人开火的情况下发生的。

不过令人惊异的是，在打靶场的短短几天里，海军陆战队员教会了我们射击，尤其是教会了我们中少数需要指导的人射击。我们中的大多数人知道如何射击，令人吃惊的是，甚至那些来自大城市的男孩们也掌握了射击技术。在到处都是钢铁水泥的城市里，我真不知道这些男孩们怎样以及在哪里学到了这门高超的技能——射击似乎是一种乡村消遣。但是现在他们能够射击了，而且技术还不错。

所有南方佬都会射击。那些来自佐治亚州和位于边境的肯塔基州的小伙子们似乎是最好的射手。他们蹲坐在沙丘上，枪背带成了碍手碍脚的东西。但是当子弹发下来后，枪托被迅速顶上肩，他们对枪背带这样的辅助物不屑一顾，下巴压着枪托连续开枪射击。于是教官就随他们去了，毕竟和击中靶心的人是没有什么好争论的。

我对火药这玩意儿不熟悉。此前我从来没有用过步枪，只是偶尔在纽约市中心的嘉年华射击场或娱乐城玩过点22口径步枪。点30口径的斯普林菲尔德步枪对我而言无异于一尊大炮。

我第一次坐在射击线前，身边放着两支装有五发子弹的弹匣，听到了士官长发出的警告:“装弹上膛，扣上保险盖！”此时我感觉自己就像一只小动物面临着一辆汽车的驶近。然后可怕的命令来了。

“射击线全体人员准备！”

“开火！”

啪啪啪！

我右边的家伙开枪了。枪声似乎要震裂我的耳膜。我跳了起来。接着整个射击线像炸开了锅一样响起了阵阵枪声。然后我和其他人一样开始用斯普林菲尔德步枪射击：扣动扳机、弹壳跳出、重新上膛。没过几秒十发子弹就打光了。尽管接下来的是寂静，但是我的耳朵里仍然嗡嗡作响。至今还在嗡嗡作响。

没过多久我就克服了胆怯，开始喜欢上了射击。当然，我还会犯所有新手会犯的错误——或者射错了靶子，或者击中靶心下方，或者错误估计了风力的影响。不过我在进步，而且当登记射击成绩的那一天到来的时候，我怀着极大的信心期待着自己成为一名特等射手。特等射手奖章对于射击者的奖励就相当于荣誉勋章对于勇敢者的奖励。更重要的是特等射手奖章能够给获奖者带来每月五美元的额外收入，这对一名每月只有二十一美元收入的士兵来说可不是一个小数目。

登记射击成绩的那一天到来了，那天的射击成绩将被正式记录在册并决定我们是否合格。那天的凌晨风很大，天气极其寒冷。我记得那天阴云密布，我真想靠近火堆暖暖身子，火堆周围挤满了中士，他们抽着烟，强颜欢笑，我相信此时没人真的感到高兴。我的眼睛一整天都被风吹得直流泪。当我们射击的时候，我想我刚刚能够看清六百码开外的靶子。

我一败涂地，什么都没得到。少数人获得了二等射手的资格，两三个人获得了神射手的称号，没有一个人得到特等射手奖章。一旦射击成绩被“登记在册”，我们就是海军陆战队员了。当然还有其他一些技能需要学习——拼刺刀训练中的阻挡、避让以及劈刺，还有手枪射击——但是这些技能在海军陆战队员眼里没有很大的价值。海军陆战队员的武器是步枪。所以在迈步返回军营时，我们骄傲地挺起了胸膛，皮靴踩着路面咔咔作响，因为我们中的一些人已经精确掌握了斯普林菲尔德步枪的射击技能，或者至少他们假装已经掌握了。

我们成了老兵。当我们到达兵营的时候，路上穿过一群刚刚到来的新兵，身上还穿着便服，在我们看来杂乱无章，如同一群雨中乱飞的小鸟。出于本能一般，我们异口同声地朝着他们吼道：“你们会后悔的！”公牛中士开心地咧嘴笑了起来。

第三节

他们用了五周的时间把我们彻底改造成了军人。还剩下一周训练的日子，但是已经出现了我们期待中的一些变化。在这个转变过程中，最重要的既不是肌肉变得坚硬，也不是眼睛变得锐利，而是我们有了新的思想观点。

我现在成了一名海军陆战队员，因此自然而然地感觉自己就比普通军人高了一个层次。我会以轻蔑的口吻说陆军士兵长着一张“狗脸”，说水兵是“菜鸟”。当公牛中士尖酸刻薄地说西点军校不过是“哈得孙河边的男孩学校”时，我总是会狂笑不已。我会相信下述未经证实的陈述为绝对真理：某某陆军或海军军官辞去军衔来到海军陆战队当一名普通士兵。我会如饥似渴地获取关于海军陆战队历史的知识，并且乐意向别人讲述战争中的海军陆战队员最终战无不胜的逸闻趣事。除了别的海军陆战队员，没人能受得了我。

在接下来一周左右的时间里，我们一边等待着分配任务一边机械地应付日常事务。我们轻松地谈论在“海上服役”或是担任“海港守卫”。在这些幻想的任务当中，我们都穿着蓝色制服，恣意地饮酒、跳舞、泡妞，到处献殷勤。偶尔“新河”这个名字也会跳出来，正如家族聚会谈话中出现败家子的名字一样让人败兴。新河是海军陆战队第一师的驻地。那里没有蓝色制服，没有女孩，没有舞会乐队，只有啤酒和一片叫作“穷乡僻壤”的沼泽地。在我们的谈话中“新河”这个名字会让我们痛苦地停顿下来，直到开始下一个幸福幻想。

离岛的日子终于来了。

我们把水兵袋扔到军需车上，背上背包。我们喜气洋洋地散站在兵营前的人行道上。我们站在阳台的阴影之下，而这个位置曾经是我们厌恶的地方：为了惩罚一名笨手笨脚把枪掉在地上的新兵，公牛中士命令他笔直地站在这个地方，双手举着枪，从日出到日落嘴里不停地喊着“我是一个笨男孩，我把枪掉在了地上”。

我们就站在那里，等待命令。公牛把我们集合了起来。他按照兵器操作手册的程序让我们操练了一会。我们双手拍打着枪背带，发出清亮的响声。

“稍息！解散！乘卡车出发。”

我们争先恐后地爬上卡车。终于有人鼓足勇气问道：“中士，我们去哪儿？”

“新河。”

卡车缓缓地开动了。我记得公牛中士目送我们随车离开，我惊奇地发现他的眼神里居然流露出一丝伤感。

我们在深夜抵达了新河。我们从南卡罗来纳州转乘火车来到了这里。在火车上我们享受了一顿丰盛的晚餐，这在火车旅行中司空见惯。我们在座位上睡觉，背包放在上方行李架上，步枪放在身边。

一阵喊叫声和手电筒的强光把我们赶下了火车，我们在车站一边列队待命。一切都在黑夜中影影绰绰看不清楚，我们只能看到那些前来迎接我们，跑来跑去大呼小叫的军士们和军官们的身影，似乎是脱离现实的一群魅影，只有当手电筒的光线打到他们身上时我们才会感到他们的存在。尽管天很黑，我还是能够感受到这个地方的空旷：黑夜中的天空像拱顶一样在我们头上伸向远方，无穷无尽，点缀其间的是无声无息的兵营。

很快他们把我们领到了一座灯火通明的长方形兵营前，兵营两端都有门。我们站在兵营一端的门前，此时一名军士开始点名。

“莱基。”

听到自己的名字后我离开了我所属的训练排，从此和排里的大多数人失去了联系，我们曾经做了六个星期的战友。

我快速地走进亮着灯的兵营。一名现役军人吩咐我坐在他办公桌的对面。兵营里还有三四个像他一样的人在“面试”新来者。他迅速地问了我几个问题，但是只对答案感兴趣，根本不在乎我本人。这些问题包括姓名、编号、枪身编号等，都是一些和人本身无关的枯燥乏味的问题。

“你参军前是做什么的？”

“报社的体育新闻记者。”

“很好，你被编到了海军陆战队第一师。出前门告诉那位中士。”

这就是海军陆战队给我们分类的过程：马马虎虎问几个问题，对我们的回答置之不理。无论你是学生还是农夫抑或是未来的科学家，统统就像倒进磨里的谷粒一样，出来后被齐刷刷地贴上了一样的标签：海军陆战队第一师。没有“能力测试”，没有“工作性质分析”。在海军陆战队第一师里，人们只在乎你的作战能力，没人在乎你参军前的能耐。

这么做可能是对我们身上残存的平民自尊意识的大不敬，帕里斯岛没有时间全部摧毁这些自尊意识，但是不久新河就接手了这项任务。在新河，唯一的人才是步兵，唯一的武器是手枪。在这里，教养、委婉、细腻这些品质不久就消失了，如同沙漠里的栀子花。

我感受到了那种态度的威力，当我从灯火通明的兵营走出来，怯懦地向站在外面翘首期待的一群中士报告说“海军陆战队第一师”时，我生平第一次感到自己已经完完全全臣服于权威了。他们中的一位用手电筒照了照旁边的一队人，于是我站到了他们中间。大约还有六支队伍也以这样的方式集结起来。

接着他们一声令下，我和新战友们爬上了大卡车。司机发动了引擎，卡车载着我们摇摇晃晃地向前驶去，起伏不平的泥巴路让卡车颠来颠去，路边闪过的是黑夜中寂静无声的一排排兵营。卡车颠啊颠地向前行驶，突然我们身子猛然向前一倾，原来卡车停了下来，我们到家了。

我们的家是海军陆战队第一师第一团第二营第八连，八连是机枪和重型迫击炮连，在那座悄无声息的兵营里有人已经做出决定让我成为一名机枪手。

第八连的登记手续和前天晚上被分配任务的手续没什么大的不同，只不过这次我们进入的兵营里坐着的是一位"翘臀"上尉。他用那只象征辉煌战绩的玻璃假眼盯着我们，用手指抚摸着象征军事地位的小胡子，然后用急促的英国人说话的音调问了我们几个问题。最后他以半信半疑的神态指定了我们的班营房，并让正从其他团部赶往这里的军士们做我们的班长。

这些军士分别来自第五团和第七团，这两个团是第一师的精锐部队，第一师中几乎所有训练有素的部队都属于这两个团。我所属的第一团曾被解散过，但珍珠港事件后得以重新组建。第一团需要这些军士，而他们中不少人略带紧张的声音暴露了他们是新科军士。他们闪闪发光的V形臂章还没来得及缝到袖子上，只是用别针别在了上面。

几个星期前这些下士和一等兵还是二等兵，他们中的一些人先于我们成为海军陆战队员也就不过几个星期的时间。但是在这样一个紧急时刻，哪怕只有一点点经验也比没经验好。军队组织的编制表必须有人填补，于是他们就来了。

不过第一团从具有丰富经验的军士们那里获得了重要的扩散效果。他们常常指导我们，他们常常训练我们，他们把我们转变成为一支作战部队。从他们那里我们学会了使用武器，从他们那里我们淬炼了性格和脾气。他们不愧为“前辈”。

而我们则是初生牛犊，我们是一群志愿青年，离开了舒适的家乡，来到了艰苦的战场。

在此后的三年里，所有来自海军陆战队第一师的人就是我的战友。

第2章

海军陆战队员

第一节

营房，石油，啤酒。

初到新河的日子里，这三样东西主宰着我们的生活，其重要程度如同圣体三合一[①]。营房让我们保持干燥，石油让我们保持温暖，而啤酒让我们保持快乐。把它们比喻为圣体三合一不是对圣体的不敬，它们自有凡世的圣洁。每当回忆新河的时候，我就想起那里低矮的长方形营房；想起那些石油火炉，想起我们如何在晚上溜出营房，提着水桶，从别的连部的油桶里偷油，一路上遇到别的连部的人，他们也像我们一样，一到晚上就成了梁上君子；想起了在营房中间有个廉价小酒店，里面摆着一箱箱听装啤酒，想起了我们如何走进小酒店把身上的每一个钢镚凑在一起买啤酒，然后把一箱啤酒扛在肩膀上吵吵嚷嚷兴高采烈地回到温暖干燥的营房开怀痛饮，不一会工夫，啤酒就成了我们的腹中之物，那时感觉整个世界都是我们的。

我们是二等兵，有谁比我们更加无忧无虑呢？

除了营房、石油、啤酒三件必不可少的东西外，我还有三位好朋友：

① 指基督教中的洗礼、圣餐和圣油。

"山地人"、"笑面虎"和"行者"。

我是在到新河的第二天遇到山地人的。他比我早两天来到新河，成了翘臀上尉的勤务兵。在到达新河的第一周里，一切都没有进入正轨，山地人在上尉办公室和营房之间跑来跑去，道路泥泞，因此他的衣服上常粘着泥巴。

开始我并不喜欢他，因为他受翘臀上尉器重而在我们面前显出一副趾高气扬的样子。他的形象看上去也不那么友善：身材粗壮，头发是亚麻色的，眼睛是蓝色的。他用简洁的语言颐指气使地向我们宣布："上尉需要两个人去把中尉的箱子抬进来。"

但是我太没有经验，看不懂他的傲慢下面隐藏的是恐惧，就像我们所有人一样。面无表情的脸只不过是个假象，被迫向下撇的嘴也只是对陌生人的本能戒备。随着时间的流逝和友谊的加深，那张嘴撇的方向发生了变化：咧嘴笑的时候向上翘着，透露出一种纯真的快乐。

认识笑面虎就相对容易些了。我们在进行枪击训练的第一天就成了朋友，是在聆听关于神秘的点30口径重型水冷式机枪的介绍时认识的。"油面"下士是我们的指导员，他来自佐治亚州，声音柔和，眼神忧郁。他把训练变成了班队之间的竞争，看看哪一队能尽快上手。作为枪手，笑面虎扛着三脚架，而作为辅助枪手，我扛着机枪，一个重约二十磅的金属怪物。一声令下，笑面虎快速冲到指定地点，把三脚架从肩膀上卸下来支好，与此同时我气喘吁吁地紧跟在他后面把枪轴装进三脚架的插座里。我们战胜了其他班队，笑面虎心满意足地吼叫了起来。

"好样的！新泽西小伙子！"他咯咯地笑着，我趴在他旁边，把机枪的子弹匣压了进去，"让这些畜生瞧瞧我们的厉害。"

他就是这个样子，一个极其争强好胜的家伙，也是个满嘴喷粪的家伙。他咯咯笑的样子很特别，似乎心情永远那么好，这部分抵消了他的好斗带来的冲击力，也减弱了他的粗鄙语言产生的恶劣影响。就像山地人和我一样，笑面虎粗壮但个头不高，皮肤倒很白皙，这一点和山地人有相似之处。笑面虎粗犷中带着帅气，这是山地人粗鲁的外表无法比拟的。

我们三个人，再加上后来在昂斯罗海滩加入我们行列中的行者，都是粗壮矮小之人，身高差不多在五英尺十英寸左右，这样的身材比较适合扛枪或者扛三脚架或者扛我们迫击炮班其他人必须使劲拖拉才能搬动的大炮底座。而扛着这些玩意儿四处跑似乎成了训练的全部内容。

接下来要进行枪械拆卸练习并学习枪械术语。要求我们不但要熟悉手中枪，还要与之亲密接触，达到几乎和枪械发明者一样洞悉枪械的地步，要能够闭着眼睛或在黑暗中把枪械拆开来，然后再装回去，能够熟练地背诵枪械操作的详细过程，熟悉班队里每个成员在战斗中扮演的角色，从枪手到那些背着自己的步枪还要提着水罐或机枪子弹盒的倒霉蛋。

训练是枯燥乏味和令人郁闷的，战争似乎离我们很遥远。在卡罗来纳的温暖阳光下要想集中精力训练而不进入梦乡常常变得很困难，耳边则不时传来士官长那低沉且单调的声音："敌人在六百码的地方向我们逼近……上抬两度，右偏三度……开火……"

不过我们每隔一小时就有十分钟的休息时间，在这期间我们可以聊天，可以抽烟，还可以四处胡闹。山地人和我就是四处搞怪的人。他喜欢模仿营部行政长官少校装模作样的步调和扭扭捏捏的样子，简直是惟妙惟肖。

"好吧，伙计们，"山地人一边说一边大摇大摆地像少校一样在我们面前来回走动着，"让我们直言不讳地说吧，在这里没有个人想法。不允许士兵有想法。你一思考这个集体的力量就会被削弱。如果发现有人有自己的想法，那么他将被送上军事法庭。在八连，任何有头脑的人必须立即把你的聪明才智交到军需官那里。他们正在军官室里发愁大脑不够用呢。”

在休息期间我们也可以唱歌。无论是山地人还是我唱歌都跑调，我们对音阶的理解就是提高或者压低嗓门，但是我们喜欢把歌词吼出来。对所有人而言，遗憾的是我们除了那些大量难听的、无病呻吟的“战歌”之外无歌可唱。

像“日本人你们全来吧，美国人可不是傻瓜蛋”或“我的吻丢进了海洋”这样的副歌根本不能激励人们去杀敌或去征服。唱了几天后，我们开始挖苦这些战歌，于是改弦易辙唱起了低级趣味的歌曲，这样至少可以解解闷。

不能唱着自己的歌曲奔赴战场是件很可悲的事。一些鼓舞士气的战歌，像《吟游男孩》[①]，或者一些欢快和讽刺的歌，像英国人唱的《六便士》，也许能让人觉得这场战争值得去打。但是我们没有这样的歌。我们的歌曲是《先进时代》，歌词太复杂也太做作，且已经过时。在我们这样一个充满理性的时代，那些作战口号或者战地歌曲听上去似乎很天真很可笑。我们是吃着精神食粮长大的，我们接受过像“四大自由”[②]这样的抽象教导。如果可能，唱支进行曲也不错。

要让一个人忍饥挨饿，冒着生命危险生活在泥泞中，那你就必须给他一个理由，给他一个原因，光有结论不行，结论不是原因。

没有理由，我们就会变得可笑。我们只需要看看比尔·莫尔丁的绘画就会发现二战中的人们变得多么可笑。我们不得不自嘲，否则在这场毫无意义、毫无人性的杀戮中，我们会发疯。

也许作为海军陆战队员，我们比其他军人幸运，因为除了不多的一些欢笑之外，我们还有对海军陆战队的狂热崇拜。

---

① 美国南北战争时期托马斯·穆尔根据爱尔兰古民谣创作的歌曲，在南北军中都广为流传。

② “四大自由”是富兰克林·罗斯福在1941年1月名为《四大自由》的演讲中提出的奋斗目标。

没人能够忘记自己曾是一名海军陆战队员。海军陆战队员的身份从一个人身着森林绿制服或者长时间擦亮的咖啡色军靴就能看出来，海军陆战队员的精神从士官长得意地歪戴着的军帽上体现出来，海军陆战队员的特征从握枪的手指长过其他人这一特点表现出来，海军陆战队员的特色体现于每一堂授课、每一次训练或者每一次枪械操作说明之中。有时候士官长会中断步枪授课而回忆往事。

“有一次到中国去执行任务，小伙子们，把一个旧上海交给我，没有什么能和那个地方比了。有军营，伙食很棒——我们甚至能用盘子吃饭——在那里我们穿着蓝军装，无拘无束。重要的是，中国女孩子喜欢海军陆战队员！她们最喜欢美国人，但是假如她们身边有海军陆战队员，那么水兵或步兵就不能约她们出来。我们就在那儿服役，小伙子们。”

海军陆战队员是志愿兵，因此他的抱怨常常是有限度的。他可以絮絮叨叨地抱怨，直到招来这样的斥责：“你是自讨苦吃，不是吗？”

只有一次我听说我们可能要捉对厮杀了。在拼刺刀训练中，两队人马面对面站立。我们握着上了刺刀的枪，刺刀被刀鞘包裹着。一声令下，两队队员展开了厮杀。

不过中士不满意我们的表现。也许是因为我们不愿意彼此动真格的吧。他咆哮着让我们停下来，然后大踏步走到一名士兵跟前，劈手夺过了他手中的步枪。

“杀，挡，杀！”他怒吼着，在演练中把枪左右舞动。

“杀，挡，杀！然后用枪托打他的小肚子！见鬼，伙计们，你们将要面对的是世界上最厉害的拼刺刀专家。你们将和那些热爱冷兵器的敌人作战！看看他们在菲律宾都干了些什么！看看他们在香港都干了些什么！我告诉你们，伙计们，如果不想让那些黄皮肤小日本们挑出肠子的话，你们最好给我学会拼刺刀！”

场面真让我们尴尬。

甚至在场的其他中士也有点脸红。我忍不住将这位中士还有他假装出来的愤怒和帕里斯岛上的中士们的训练方法进行了对比。帕里斯岛上的中士们常常激怒我们用拔出鞘的刺刀来袭击他们，然后满脸笑容地解除我们的武装。

可怜的家伙，他认为吓唬我们就是指导我们。时至今日我依然记得他在瓜岛的样子：眼睛因为恐惧睁得滚圆，面无血色，浑身的肌肉抖作一团。他们发善心把他撤了下来，从此以后我再也没有听到过他的消息。

我们再也没有听到表示我们技不如人这样令人不爽的暗示。

训练完毕后我们列队行军回营。从训练场到距离营房四分之一英里的地方，我们可以便步行军。我们把枪挂在胸前，随心所欲地懒散前行，不需要步调一致。我们在越来越浓的暮色中一路欢笑着走回营房，回家的感觉真好。

但是一到距营房四分之一英里的地方，便传来连长的吼声："全——连！"——我们挺起了胸膛——"立——正！"我们立即端直了步枪，又开始了踏步走。就这样，当暮色笼罩在海边那片沼泽地上时，我们回到了八连营房——我们的"家"。此时我们口干舌燥，满脸泥污，我们以检阅时的节奏和标准行进在营区的道路上。

接着我们洗澡吃饭，不到一小时又生龙活虎起来。有人检查油量了。

"嗨，拉基——我们的石油快用光了。"

于是，我带上桶，趁着夜色溜出营房，朝着倒油的地方走去。

笑面虎和山地人则朝着小酒店走去，不久他们就扛着啤酒回来了。此时某位绅士或者说某个人会把营房打扫得干干净净。橡木墩可能也会帮忙，橡木墩来自宾夕法尼亚州，是个矮矮的公牛一样的农村小伙子，他不喝酒也不抽烟(至少当时是这样子的),但是喜欢蹲坐在地板上掷骰子,洗牌,向头上涂抹一种香味浓烈的发油。对橡木墩而言,生活就是骰子、扑克牌和发油。

接下来我们点燃炉火,把啤酒放在地板中间,我们则半躺在帆布床上,头靠着墙壁,一边痛快地喝着啤酒一边海阔天空地神聊。

那些夜晚我们都聊些什么呢?

三句话不离本行——闲话我们的部队和我们的目的地,无休止地批评伙食、军士以及军官。当然我们也会大谈特谈性方面的话题,很自然地,每个人都对自己的猎艳能力夸大其词,尤其那些年纪小一点的人更是如此,就如同他们夸大自己参军前的收入一样。

我猜想我们谈的大部分内容都是无聊的,而且我相信这些话题拿到今天也会显得很无聊。尽管如此,这些话题是家庭式的茶余饭后的谈资。我们正在变成一家人。

八连就像一个家族或者一个部落,而班队就是其中重要的构成单位——家庭。像家庭一样,各个班队互不相同,因为其组成成员是不一样的。它们完全不同于很多战争书籍中描写的特有的班队——那些深受读者喜爱的群像:有天主教徒、新教徒和犹太人,有富人的孩子、中产阶级的孩子以及穷人家的孩子,有笨蛋也有天才——这些不可能的甜蜜组合很讨美国人欢心,像全明星橄榄球队一样。

我所在的班队在种族或宗教问题上也没有受到偏执狂的困扰。我们没有所谓的内部冲突。这些事情基本上都是没有打过仗的人的想象。只有脑满肠肥的后备部队人员才会有这种富贵病,就像讲究饮食的人会得痛风一样。

我们不能忍受意见不合,所有的纷争都在对军官和纪律的共同讨厌中消失,而后太平洋地区的丛林和日本军队成了我们的两个敌人。

作为社会学的一个样本,现代小说家笔下的班队形象是不真实的:

它冷漠,没有灵魂。这种形象的班队和我熟知的班队风马牛不相及,真实的班队就像人本身,是彼此分离和独一无二的。

第二节

“瘦脸”中士临时接管了我们排。排长“常春藤联盟”中尉[1]将在几天后加入我们的队伍。所以眼下我们就归瘦脸中士领导。他比我大不了多少——也许就大我几个月,但是他已在海军陆战队服役三年了。这使他显得比我大好多岁。

“好吧,就是这儿了。”他对我们说,随手把金色直发快速地向后梳理了一下。他那瘦瘦的男孩脸很严肃地皱着眉,他发布指令时总是这表情。“就是这儿了。我们要向丛林进发。士兵们,”——军士们怎么这么喜欢用这个词呢——“明天早上开拔,带上你们的全部行军装备。水兵袋锁在营房里,不要带在身上。检查你们的炊事用具。检查你们的单人帐篷。你们最好带够帐篷地钉,否则只好用你们的屁股固定帐篷了。”

“所有的自由活动都被取消了。”

我们嘟囔着发着牢骚,回到了自己的营房。我们开始整理背包。然后,军官们第一次开始从捉弄士兵中取乐。瘦脸中士似乎每过一小时就突然来到我们面前宣布一条新命令,这条新命令时而和前面的行军命令一致,时而又相互矛盾。

“连长说不需要带帐篷地钉。”

“营长说带上你们的水兵袋。”

---

① 本书作者常常用人的某些特征作为名字而不用真名,比如常春藤联盟中尉意思是该军官毕业于美国常春藤联盟学校中的一所。

"把地钉放在帐篷里一起带上。"

只有山地人对这些混乱的指令置之不理,他对军官们心平气和的轻蔑与生俱来。每次瘦脸中士气喘吁吁地向我们宣布一条新命令的时候,山地人就从他的帆布床上站起身来,侧耳细听。但是当瘦脸中士从我们眼前消失后,山地人耸耸肩,重新坐回床上,抽着烟,用一种居高临下的眼神扫视着我们。

"山地人,"我说,"你不准备打包吗?"

"我把我的东西都翻出来了。"他说道,一边用手指着一堆袜子、短裤、刮胡膏和其他行头。

"可是你不准备把它们打包吗?"

"见鬼!我才不呢!拉基,我到明天早上再打包不迟——那时他们也做出了愚蠢的决定。"

笑面虎那刺耳的声音插了进来,玩笑的成分缓和了山地人的斥责带来的紧张气氛。

"你最好现在就打包。他们会来视察,那时候倒霉的就是你。他们会把你扔进远在军舰上的禁闭室,远得给你送饭都得用弹弓。"

山地人先是轻蔑地哼了一声,随后咧开大嘴笑了起来。整整一个下午他看着我们,不停地抽着烟,喝着前天晚上偷藏起来的两罐温啤酒,他始终确信自己的判断是正确的。

他猜对了。我们不停地把行头放进包里然后又拿出来,我们就像风向标,而从指挥部里传出来的命令就像是方向不定的风。但是山地人猜对了。第二天早晨营长下达了最后一道命令。他放弃了戏弄士兵的游戏。当他的命令传来的时候,与任何其他命令都不同,因为那是正式的命令。

我们拆开背包,又重新组装起来,然后摇摇晃晃地把这个笨重的家伙驮到了背上。

我回想不起来这次的行军装备有多重了,也许有二十磅吧。每个人的背包重量都不相同，甚至差别很大。我的背包重量已减到了最低限度，里面的东西都是上校开列出的项目。但是爱干净的人也许会悄悄往包里多塞几块肥皂或带上一瓶发油，还有人也许会在背包底部藏上两罐豆子，还有一些人无法忍受没能带上一大堆家书的失落感。

战士的背包就像女人的钱包：包里装的是他的个性。我曾很悲哀地看到死去的日本兵的背包里装着一些信物。他们都是很恋家的人，这些面部光滑的男人们的背包里装着的是他们的家人。

我们在营房前集结，身上的背包沉重，温暖，舒适。

“向前齐步走！便步走！”

于是我们出发奔赴丛林。

我们走了大约十英里，这十英里在老兵眼里不算什么，可是当时对我们而言却是一段很长的距离。我们要穿越一片松树林，还要经过一段宽度仅允许一辆吉普车开过的土路。整营的人马行进在这条小路上，而我们班被挤在中间或中间偏后的位置。红色尘土像乌云一样落在我们身上。我的头盔烦人地撞着贴在我肩膀上的机枪，有时背包的晃动又会让它猝不及防地撞上我的眼睛。走了大约一英里的路，我就不敢再喝水壶里的水了。我不知道我们还得走多远。我的粗布军服已被汗水打湿，军服的浅绿色变成了深绿色。在第一英里的路程里我们还一直有说有笑，有人甚至还唱起了歌。而现在只听到鸟儿在歌唱，从我们身上发出的只有沉重的脚步声、水壶的叮当声、皮革枪带的吱吱嘎嘎声，偶尔还有一两声嘶哑的高声咒骂和徒劳的叹息。

每隔一个小时我们就休息十分钟。我们会躺靠在路堤上，靠着背包休息一会。每到这个时候，我就把手伸到背带下面去按摩被背带勒得发酸的肩膀。我们会抽支烟。我的嘴唇发干，舌头肿胀，我大喝一口宝贵的水来湿润它们，接着我愚蠢地吸了一口烟，于是嘴巴立即又干燥起来。不过靠着路堤躺在那里是极惬意的一件事，所有的疼痛和酸胀都一扫而光——或者至少暂时停止——鼻孔里则充满着烟草那虚幻的令人愉悦的香味。

接着命令来了:“起立,出发!”

这就意味着我们要起身站起来。真见鬼,我们既讨厌命令本身又讨厌发号施令的司令官,我们挣扎着站起来,迈着沉重的步伐又开始了单调的行军旅程。

就这样我们来到了一条运河边上,在那里几艘希金斯登陆艇正等待着我们。这条运河是北卡罗来纳州交织的运河中的一条,这些运河又是内陆水运航道系统的一部分。这座水上迷宫似一条白蛇蜿蜒穿越松树林,撒欢一般奔入大海。

我们笨拙地爬进登陆艇,坐了下来,头部刚及船舷上缘,头盔放在两膝之间。

登陆艇刚一启动,我左边的一个人就呕吐了起来。他叫“小兄弟”,是一个身材修长、性格腼腆的少年,他太害羞,不适合当海军陆战队员。小兄弟来自纽约州北部,绝对不是当水手的料,因为他连顺风和顶风都分不清。他在上风口呕吐,结果脏兮兮、臭烘烘的呕吐物顺风喷洒到我们身上。对他的叫骂声此起彼伏,声音甚至盖住了盘旋在头上的海鸥的微弱叫声。

“你就不能吐在头盔里吗?”山地人咆哮道,“哎呀呀,我说小兄弟,你以为那是用来干什么的呀?”

这时候,别人也都呕吐起来,开始按照山地人的提醒充分利用头盔。可怜的小兄弟脸上露出了谄媚而又胆怯的笑容,显然他为自己不是唯一的麻烦制造者而感到高兴。到了登陆艇离开海岸进入大海在海浪中颠簸的时候,艇上的一半人都恶心起来,舰艇水手长则高兴得手舞足蹈。

随着舰艇水手长的判断,舰艇不停地上蹿下跳,孤寂的大海在我们看来一会变大一会又变小,而最抢眼的是舰艇水手长,只见他站在舵轮之后,像毒蛇一样残酷无情,很显然他要通过排演一出喜剧来款待他的水兵同伴——看看这些不可一世的海军陆战队员如何第一次经受大海的严峻考验。

我现在知道了，我们当时是在一边兜圈子一边等待我们第一次水陆两栖训练的靠岸命令。当命令到达时，我们的舰艇开足了马力，舰首似乎要钻进水里，而舰身则平稳地转为水平飞驶。谢天谢地，"摇滚运动"终于减缓了。

"蹲下！"

于是我们的舰队分散开来，呈进攻态势。我们朝着海岸方向欢呼。清凉的水花溅落在我的脸上，耳边只听到舰艇马达的轰鸣声。随着一阵剧烈的晃动，我们身下传来了舰身钻进沙土里的嘎吱作响声。我们靠岸了。

"起来登陆！"

我一只手高举着枪，一只手抓着船舷，躬着身子跳进海浪，冰凉的海水刚刚没过腿肚子，但是背包和武器的重量几乎把我压趴在水里。我浑身湿透了。在武器装备和水的双重重压下，我快步跑上了岸。

"卧倒！"

我们奉命行动，用手中的武器射击假想中的抵抗者，之后当我们起身站起来的时候，身上沾满了沙子，就像面粉粘在排骨上一样。

行军时的汗水早已使身体的摩擦部位灼热难耐，刚才海水里的盐分又钻了进去，灼痛阵阵袭来，现在再加上无处不在的沙子，更让人难以忍受。我们接到集合向新营地进发的命令，还需行军大约一英里的路程，在此过程中我们要忍受身体的疼痛。每向前迈一步，每次无意识地摆动胳膊，胯部和腋窝就好似被锯齿划过一样。

步履蹒跚地走过这段距离后，我们来到了一片茂密的松树林。在路的一边，次生植物被铲除干净，形成了一片林中空地。在空地中央已经竖起了三个金字塔形的帐篷——一个用作厨房，一个用作医务室，第三个供连队指挥官使用。他们让我们就地解散，告诉我们这里就是我们的营地。

以排和班为单位依次划分营区的时候，凉飕飕的雨开始淅淅沥沥下了起来。一排排小帐篷出现在空地上——不是像从前一样整齐划一的精心排列，而是故意纵横交错以追求一种新的伪装效果。

尽管我们经历了行军和大海带来的疼痛，此时已经筋疲力尽，现在又在雨中饥寒交迫，按理说搭帐篷对我们来说是一件雪上加霜、苦不堪言的事。其实不然。我们甚至没有骂指挥官一句话。突然之间，搭帐篷成了一件让人兴奋的事，兴奋带来的热量完全击败了冷雨或空腹或酸痛带给我们的痛苦。

不久我们就一瘸一拐地四处寻找松针铺在毯子底下。

那是什么样的一张床啊！两条深绿色的毯子，一条铺，一条盖，垫毯下面是散发着刺鼻味道的柔韧的泥土以及散发着芬芳味道的松针。

正如我说的那样，我们四处奔忙，不久空地就回荡着我们的叫喊声，回荡着对笨手笨脚未能及时甚至永远不能支起帐篷的士兵的善意叫骂声。这场雨就像一个不怀好意的不速之客一样心神不定，时而蒙蒙细雨，时而滴答小雨，时而瓢泼大雨，似乎对我们连队的无忧无虑以及自己的忧伤迷惑不解。

我们在帐篷周围挖出了一条排水沟，以便让帐篷里的地面保持干燥，随后便听到了食堂开饭的命令。饭端在手里像咖啡一样热乎，这对住在野外的人而言已经足够了。天色渐晚，我们摸黑吃完了饭，并把金属餐具洗刷完毕。

在回连队的途中，我们要经过六连的帐篷区域，不时有人不小心被地钉绊住，倒在帐篷上，招致帐篷里士兵们的一阵号叫和怒骂。

对于机枪手们我们有精确的编码来指代，对于所有的枪手我们都有清晰易懂的描述让人知道他来自哪个部队。但是如此恶毒的咒骂是难以言表的，尽管我们有某种体面的粗俗话来说明它们。

就这样，在雨中，在黑暗中，在咒骂声中，我们第一天的野外生活结束了。我们已经有资格进入破烂王的行列了。

第二天我遇到了行者。过去几天里他一直在山地人所在的排，最近才加入我们排，不过我一直没有碰到他。遇到他的时候，他正从笑面虎的帐篷里笑着走出来，一边还回头说着俏皮话，我和他撞了个满怀。他步伐轻盈有力，几乎把我撞翻在地。这就是行者：他有两条肌肉发达的腿。后来我得知，原来他以前在预科学校是个短跑健将，鼓胀的小腿肚就是短跑训练的痕迹。

行者和我们很合得来。他对笑面虎的崇拜近乎对英雄的膜拜。不过笑面虎有勇气阻止这种事情的发生而不伤害行者的面子，我则怀疑笑面虎为拥有这位黑发小伙子的崇拜而暗自得意。行者来自水牛城，他老练地高谈阔论学校舞会和汽车，而这些东西对于来自路易斯维尔、生活混乱马虎的笑面虎来说简直就是不明飞行物。

随着我们四人之间的友谊不断加深和巩固，笑面虎说话的分量越来越重，这显然是因为他得到了行者的拥戴。

因此笑面虎成了我们四个人的首领，对于这个既成事实我和山地人都没有承认过，行者也只是通过处处顺从而提示我们他已接受了笑面虎的领导。

很奇怪，不是吗？人们需要领袖，我认为两个人不需要首领，但是三个人就需要，而四个人一定需要，否则，谁来解决争端、计划冒险、提议娱乐地点或娱乐方式，谁在总体上维护和平？

这是我们在“穷乡僻壤”那段美好时光的开始。我们睡在地上，家就是一块帆布支起的帐篷，但是我们开始以能够处之泰然而自豪了。在这样的环境下，所谓的美好时光自然就是乱糟糟的，甚至常常是粗野的。

一天的训练压不垮我们这些年轻的灵魂和身体。如果没有夜间练习或者连队执勤的话，我们的自由时间就会从晚饭后一直延续到起床号响起。有时我们会聚集在篝火周围，一边烧着松木皮，一边喝着从烈酒走私者那里买来的玉米白酒。松木皮在燃烧时会发出醉人的芳香，一如我们肚子里的玉米白酒。

我们会在篝火周围唱歌摔跤。我们旁边也会有其他篝火，有时候会和别的篝火周围的人进行唱歌比赛，不久唱歌比赛会演变成呐喊比赛。偶尔有一只倒霉的负鼠误闯进我们的圈子，结果负鼠的挣扎声和人的喊叫声响成一片，随后大家急匆匆脱下靴子朝负鼠砸去，就这样，这个可怜的小动物一命呜呼了。接下来那些喜欢磨刀的人迅速拿出刺刀剥负鼠的皮，而它细小油腻的身体则被扔进了火堆里，等待这只可怜小动物的是几张渴望尝尝味道的可恶嘴巴。

有时候，山地人、笑面虎、行者和我会在饭后聚在一起散步，一直走到离营地两英里开外的公路上，脚下厚厚的尘土使我们走路都没有声响。有时候我们在紫罗兰色的夜晚伴随着公路两边柔软的松木沉默无声，有时候我们在尘土中又跳又闹，一个接一个地玩跳山羊，对着黑洞洞的夜空狂喊，只为了听听自己的回音，有时候我们很严肃，抽着烟低声谈论着家长里短，谈论着我们会在何时何地参加战斗。

公路两边是一些简陋酒馆。到了公路上就能看到一个新世界：刚才还是温柔的黑夜再加上松木散发出的味道以及我们在尘土中轻轻的踏步，一会儿又是风驰电掣般飞速驶过的汽车和军用车辆，两边简陋的酒馆前挂着裸露在外的电灯泡，毫不羞怯地闪烁地照着挂在墙上的可口可乐以及香烟的广告牌子。

这里没有女孩子。沿着公路向前走上好长一段路到了莫尔黑德和新伯尔尼才能找到女人，这里只有喝酒和打斗。在格林维尔倒是有个劳军联合组织，但是身穿粗蓝布军服的“穷乡僻壤”海军陆战队员们很少去那个地方找乐子，因为得冒着因穿军服外出而被宪兵队抓住的危险。笑面虎和我只冒过一次险,回报就是美味可口的汉堡包。

一个叫绿灯笼的地方成了我们营部人员常去的地方,也许是因为在高速公路附近它距离我们最近吧,它位于土路和公路连接处的角落里,看上去似乎土路钻到了公路下面。这个地方是银行做广告的理想所在,很方便就能找到。

在绿灯笼,打架斗殴是家常便饭。每当你到这里的时候,打架斗殴或者刚刚结束或者刚刚开始或者正在酝酿之中。每天早晨的伤员集合时间,前天打架的证据一览无余:颧骨上抹着大块的龙胆紫药水,指关节遍布着伤痕。

我们在一间简陋的酒馆开始了第一次冒险。那是一个周末,我们身穿军装回到营房,难得享受一次放假的自由。我们四人晚上去莫尔黑德,一路上喝着酒。我们需要搭便车,因为支付不起昂贵的出租车费用。但是多少次我们跷起拇指要求搭车都没人停车,我们变得不耐烦起来,于是不断来回穿越公路到酒馆里去买酒喝。在一家酒馆里,我们发现口袋里的钱不够用了,于是我提出偷一箱酒的建议。装酒的箱子堆放在屋子后面一览无余。

"你疯了吗?"笑面虎低声嘟囔道,"不会得逞的。你的一举一动都逃不过酒馆老板的眼睛。"

我坚持说道:"不会的。我们走到前面去——就在酒箱子旁边。酒馆的门是向里开的,我们偷偷爬过去,先把其中一箱酒弄松垮了。他隔着柜台看不到我们在干什么。接着我们就在他鼻子底下把酒箱子推到门边,等我们到了那里,只要突然跳起来,抓起箱子就跑。"

笑面虎龇牙笑着说:"就这样。"

一切很顺利。我们拆散了一箱酒,肚皮贴地爬了过去,就在酒馆老板的鼻子底下悄无声息地把它运到了门口。我们就像坦克的两道履带,酒箱则如同连接体把我们连接起来。只有"穷乡僻壤"的海军陆战队员才有这样的耐力把那么笨重的箱子一直运到离门口只有几英寸的地方,同时在朝门口蠕动身子的时候又不会让箱子发出任何可疑的摩擦声。

到门口的时候，我们跪起来以保证我们之间酒箱的安全，然后我们半站起来，最后像连体婴儿一样一齐冲出了敞开着的店门。

这真让人愉快！当我们大步流星朝公路跑去的时候，感觉夜晚的空气充满了酒一样的芳香。我们穿越公路，浑然不觉公路上车来车往的危险。到了公路另一边后，我们把酒箱放在公路边上，几乎是歇斯底里地欢笑着喊叫着从路堤上滚下去。我们每人将会额外得到六瓶酒而变得更加"富有"，这个夜晚似乎也显得特别漫长。

我还在方便的时候，笑面虎又从路堤下面爬了上去。当我返回路基的时候，我看见他不是一个人站在那里。一个男人和他在一起，当我靠近他们时，那个人开口对我说：

"把那个该死的箱子搬回去。"原来他是酒馆老板。

我勉强笑了笑。"你自己搬回去。"我说。这时我看到他手里拿着枪。他朝我摆了摆枪，可以看出来他很生气。我却愚蠢地顶撞他，等他说第二遍"把箱子搬回去"时，我认为他会朝我开枪。不过他只是把枪抓得更紧而已。我的气势顿时没了。我和笑面虎一道抬着酒箱穿过公路，酒馆老板拿着手枪在身后押着我们往回走。

当我们重新回到他的小酒馆时，我羞愧得面颊发热，行者则用手盖住了脸上的笑容。我们被押着来到酒馆的后面，如同等待处决的犯人一样，然后把酒箱重新放到原来的地方。

怜悯是一种特性，它是隐藏在人内心深处的一种禀赋。这位酒馆老板就是一位具有怜悯之心的人。我们回头发现他走到吧台后面，朝行者和山地人走去，他进门时一定是把手枪装进了口袋。他向这间简陋小屋里的每个人传达了这样一个信息：我们这次失败的打劫只不过是和他开了一个大玩笑而已。我们走到行者和山地人那儿去的时候，他拿出四瓶啤酒对我们说：

"来，孩子们，每人一瓶，我请客。"

我们赶紧向他道歉。他咧嘴笑了起来。

"算你们走运，我是一个心软的人。看见你们扛着箱子跑出去的时候，我气得真想开枪把你们屁股打开花。后来我改变了主意，算你们走运。"

我们都笑了起来，把他送的啤酒喝了个精光。他再次咧嘴笑了，为对我们发号施令以及免除对我们的惩罚而高兴，仿佛他是位宽宏大量的征服者。

人们常在那些简陋的酒馆里自找麻烦，也常常在驻军城镇如莫尔黑德、新伯尔尼以及威尔明顿的咖啡馆里寻找另外一种麻烦。我之所以称这些地方为咖啡馆，是因为店主装饰它们的风格。它们比那些小酒馆好不了多少，只不过这些咖啡馆位于城镇的街道上而那些小酒馆则位于公路两侧，并且咖啡馆里的墙壁粉刷过。

还有一个更大的不同之处：咖啡馆里有女孩子。她们来自城镇，和咖啡馆没有任何联系。她们出现在咖啡馆里也许是受店主怂恿或得了物质恩惠，但是她们不像大城市里夜店舞女或职业色情表演者一样有正式身份，这是委婉说法。

在海军陆战队员云集的城镇如新伯尔尼和莫尔黑德，每到星期六大街上到处都是身穿绿军装的人，每条街拐角处都有咖啡馆：价格便宜，光线幽暗，人们在里面吞云吐雾，自动点唱机里的哀怨歌声极富穿透力，你几乎能看到它把咖啡馆里缭绕的烟雾搅出了旋涡。

在这些咖啡馆里往往有女孩子们的身影。

她们坐在大理石面的桌子旁边，桌上是玻璃杯底留下的印渍，一个连着一个，还有更新鲜的、窄小一点的啤酒瓶底的印渍。这里真是可乐加啤酒的乐园。

她们坐在桌子旁，不慌不忙地喝着饮料，手上夹着香烟，时不时地发出咯咯的笑声，她们的身体似乎要奋力摆脱紧身衣的束缚——嘴巴不停地动着，一会嚼着口香糖，一会叽叽喳喳地说着话，不过最厉害的当属眼睛，她们左顾右盼，扫过一张张桌子，注视着走廊里的动静，她们的眼睛在寻觅……在猎取……在渴望着一个大胆的回应调情的眼神……一旦捕获到这样的眼神，她们就从容不迫地掐断香烟，若无其事地站起身，整理裙摆，扭动着瘦屁股信步离开桌子朝目标走去，仿佛她们坐在那里耐着性子看完电影《地狱天使》然后再大踏步地出去进行性交易才显得完美一样。

我是和油面下士一起去的新伯尔尼的咖啡馆，感觉很不寻常。他叫我李基。“来吧，李基，”他对我说道，“让我们去新伯尔尼吧。”他在读“新伯尔尼”时将两个音节合二为一了。

油面下士和他在咖啡馆结识的一个女孩子结了婚。他认识这个女孩子才一个小时就借我的钱雇了一辆车动身到南卡罗来纳州注册结婚，而我的钱是靠典当我的手表得来的。他不能在周六下午的新伯尔尼注册结婚，但是他知道南卡罗来纳州有位治安法官可以主持结婚仪式。结婚仪式一结束，他就转身驱车返回了新伯尔尼，在那里度了一天的蜜月，周一早晨起床号响时他又出现在新河。

油面下士没有还我当了手表借给他的钱。我相信他把我的手表当成了给他的结婚礼物。

就算是这样吧。

第三节

随着训练强度的增加，我们自由活动的时间越来越少。不久我们根本就不可能返回基地了。日子就这样百无聊赖地打发着，日复一日。周六和周日与其他日子没有什么区别，除了每周日早晨被森林大火惊醒。

没人确定是少校放的火，但是也没人怀疑不是他干的。我们猜他内心没有纵火的欲望，他只是不愿意看到自己的军队在周日早上高枕无忧地睡懒觉而已。但是，正如我说的那样，没有证据证明火是他放的——现在有人需要事实证据吗？——只是火势似乎常常在周日早上同一区域起来，而在森林的这个区域，火势不会轻易扩散。

我们被赶上卡车，匆忙赶往火灾现场，心里不断咒骂着少校，祈求上天让他玩火自焚，被烧成灰烬。

我们通过构筑防火地带、挖掘沟渠来扑灭大火，或者有时候我们趁着火势未演变成火灾之时干脆直接用树枝扑打红红的火苗。就在这样的一次灭火行动中，我的衣服烧着了。

我当时站在浓烟滚滚、焦炭似的草地中间，四周炽热，我感到自己就像站在火上一样，甚至连我厚厚的胶底鞋以及厚实的袜子还有脚板上硬实的老茧都阻挡不住火烤的感觉。我低头看了一下，很快就吃惊地发现我卷起在左腿踝关节内侧的裤腿正在冒烟，风一吹就燃烧起来。

我一阵风似的跑了起来，不是被吓得不知所措，而是有意急速向一排木篱笆跑去，因为木篱笆的外面是一片凉爽的草地。我知道光用手扑灭不了裤子上冒烟的地方，我必须在地上滚来滚去沾上泥土才行，而在我原先站立的地方是不可以这么做的。

我向篱笆桩方向跑去，战友们以为我吓傻了，跟在后面追我，边追边喊让我停下。我率先来到篱笆桩，一个鱼跃翻身跳了过去，肩膀一着地就翻滚了起来，一下又一下我不停地翻滚，随手抓起一把把泥土往冒烟的裤子和袜子上涂抹。

当战友们也翻过了篱笆把我压住生怕我再次站起来跑掉时，我身上的火苗已经熄灭了。是行者第一个冲过来压在我身上的。感谢上帝，幸亏我比他跑得快，否则我永远也翻不过那个篱笆桩。至今我不再怀疑当时假如朋友们在火场中央就追上我的话他们将会做什么。

我左踝关节内侧的烧伤十分严重，它让我好几天都得一瘸一拐地走路，时至今日还可以看到轻微的伤疤。

现在训练的日子终于要结束了。这些日子对我们而言都是什么样的日子啊：无休止摸爬滚打的日子；毫无目的流汗抱怨的日子；毫无理由彼此掐架的日子，如同数十日生活在愚蠢的法国大革命中一样；在实体军舰模型上爬上爬下于吊货网的日子，吊货网粗糙而且散发出令人难以忍受的臭味，悬挂在如同特洛伊木马一样的木制构架上，木制构架被用来模仿战船的一侧；还有在野外挖坑的日子，我们在野外浅浅地挖一个坑，也就是被菲律宾战场的人称为散兵坑的——挖掘、铲土、撒土，必须挖到我们的身体在地面上看不到为止，因此我们必须不停地挖，必须躲进大地身躯上的新鲜伤口里，我们的脸紧贴芬芳的泥土，泥土里的虫子惊慌失措地四处蠕动，好像被瞬间形成的坟墓中那饱满结实的尸体吓坏了一样；我们行军的日子，太阳照在头盔上，汗水顺着眉毛往下滴，嘴唇上全是汗，顺着下巴往下滴，而整个身子变得僵硬，在“享受”它的机械运动，一种由汗水润滑的运动——汗水顺着脊梁往下流，当舌头不由自主地舔舐上唇时就能够“品尝”到汗水的咸味……所有这些日子，乏味而又让人变得野性，还包括单调地在灰色海槽上随船颠簸的日子；还有听课的日子，射击的日子，检查的日子，清洗帐篷和武器的日子，学习军事礼仪的日子，无聊地听鸟儿唱歌看军官们为地图的事争吵不休的日子，沉闷到极点的日子，对疼痛感到麻木的日子，雨打树林弄湿毯子的日子，没有上帝只有直接攻击对手的日子，眼睛变得明亮、筋骨变得坚强的日子。而现在终于熬到了最后一天，就像一首诗里吟诵的：我们就像挺立的稻茬，“美丽的外表掩盖了内心的野蛮”。我们熬了过来。

在最后一天，海军部长诺克斯专程从华盛顿过来看望我们。我们被集合到了实体战舰模型的阴影下面，在内陆水路一边如玩具大兵一样密集列队等候。

我现在想不起来我们到底等了多久，也许一个小时，也许是两个小时。总之，站在太阳底下等人的滋味不是那么舒服，其间我们得到了一次阅兵稍息的机会。突然一阵军号从水路上传了过来。一艘在阳光下闪闪发光的汽艇从河道里急速驶来，汽艇上的旗子随风招展，船头趾高气扬地翘起来，船尾沉下去，一路驶来——如同一匹脱缰的野马。我们知道，海军部长终于驾到了。

汽艇一靠近我们的队列，上尉马上加入军官的队列，只剩下老士官长在后面向部长敬礼。老士官长站在那里，一副古板守旧的模样，海军陆战队里的“满大人”，久经沙场而显得威风八面——这形象是任何级别在上校以下的军官见了都望而生畏的。部长和其他军官走了过去，不受欢迎的少校走在最后面。正当他经过的时候，全营士兵都听到了老士官长清晰精确的吼声：“稍息！”

我们猛地把步枪放了下来。少校的脸顿时像刚刚从海里升起的太阳一样红。全连的人一阵闷乐，没人能听到快乐的欢呼，但是人人都能够感受到那种快乐。少校加快了步伐，似乎要逃离一个不祥之地。

老士官长不慌不忙转过身来，满脸的皱纹因心满意足而挤成了一朵花，笑得像柴郡猫。

但是海军部长没有视察我们——确切地说是没有视察我们连。我一直有种感觉，觉得他在那段灰心丧气的日子里来到新河只是想确认一下那里还有人马，他也许怀疑海军陆战队第一师只存在于报纸上，而这种情况当时在我们的军队中并不少见。

在“穷乡僻壤”的日子就在那天结束了。海军部长的汽艇一走我们就开始拔营。我们即将返回比起这里来相对奢华的营房、食堂以及小酒店，一想到这些我们就很高兴。战争离我们依然很遥远。即便到了那个时候，也没人能够领会到部长视察的重大意义。

在基地的生活相对来说就轻松得多。军官们也温柔得多。从周五下午四点到周一起床号我们有六十二小时的自由活动时间，周围的城镇突然之间对我们失去了吸引力，我们纷纷回家探亲。

每到周五下午，兵营外面的公路上就挤满了出租车，只见它们满载着海军陆战队员一辆接一辆地呼啸而去，就如同驶出坑道的赛车一样。

我们通常五个人租用一辆出租车赶往约三百英里之外的华盛顿。在华盛顿我们转乘火车到达纽约。租用出租车费用不菲，每人大概需要二十美元，这包括司机先把我们送到华盛顿，然后在周日晚上再从华盛顿把我们接回兵营的费用。自然，这笔费用得从父母的腰包里掏。每月领二十一美元军饷的二等兵支付不起，每月领二十六美元军饷的一等兵也支付不起，而我刚晋升为一等兵不久。尽管费用昂贵，但是乘坐出租车是最快最稳当的回家方式。火车既慢又脏。如果士兵未能转上火车，那他一定会在周一早晨起床号响后成为擅离职守人员。

我们归心似箭，出租车也就沿着海岸线左摇右摆地向前直冲，尤其是当我们有人从不愿遵从"加大油门"命令的司机手中抢过方向盘的时候更是如此。就这样我们飞也似的向华盛顿方向驶去——九十迈，九十五迈，我们把油门踩到了最大限度，让出租车能开多快就开多快。

一般情况下我们会在当天半夜赶到华盛顿联合火车站，而在六点之前我们还没有离开新河。去往纽约的火车通常都是人满为患。每节车厢似乎都有得克萨斯人或乡下人，他们背着铲子，鼻音很重，火车上也有一些醉鬼，他们或者斜靠在座位扶手上，或者干脆就像地毯一样四仰八叉地躺在地上。我们抬脚跨过他们，一路向卧铺车厢走去，在那里我们可以喝一晚上的酒，直到凌晨昏暗的光线如早晨的蚊子一样来到泽西草场。

我们就是这样赶回家的：不耐烦的情绪在内心燃烧，只有威士忌能够浇灭它。

谁还能够吃得下饭呢？有一次这样匆忙的探亲周末，父亲带我到纽约闹市区一家著名的英式海鲜野味饭店吃饭。我摆弄着半只烤野鸡，对美味无动于衷，只勉强吃了一点，但是却迫不及待地牛饮着啤酒。两个月后当我在瓜岛饥肠辘辘时，我想死了这半只没有被吃光的烤野鸡。

我们在家变得急不可耐，变得焦虑不安。我们不能够想放松多久就放松多久。在那些天里，没有一个人愿意回顾过去。我们很少谈论战争，除非当它可能和我们有关系时，即使不得已谈论战争，我们也从不抽象地谈论它，比如我们从来不谈论希特勒的道德观，不谈论他对犹太人的种族灭绝行为，也不谈论黄祸——这些都是绅士们在报纸社论上探讨的话题。

我们为激动人心的事情而活着——不是战场上激动人心的战斗，而是激动人心的汽车超速、灯光昏暗的咖啡馆、令血液加速的畅饮、美人面颊的触感以及丝般光滑的小腿的光泽。

任何事情都不能持久。一切都捉摸不定，我们需要得到的不是确定性而是可能性。我们不可能静止不动，永恒的运动，万物无常。我们就像移动着的影子，永远在移动，我们像银幕上脱离了肉体的幽灵，我们像被宣告有罪的人，灵魂已入地狱。

不久这六十二小时的自由活动被宣告终止。1942年5月中旬我最后一次回家。家人在此后近三年的时间里没有再看到我。

海军陆战队第一师第五团先于我们离开了新河，他们是在晚上开拔的。当我们醒来的时候，他们团的驻地已是人去营空，清理得干干净净，仿佛连一个人影都没有到过那里，更别说那里曾驻扎过生龙活虎的三千五百个年轻人了。就连一根烟屁股一个空啤酒罐子也没留下。

真干净。

我所在的第一团在第五团离开后的几星期内也离开了新河。我们把所有多余的衣服和个人用品打包装进水兵袋。每个水兵袋上都仔细地打上我们连队的标记。然后所有的水兵袋都被扔上卡车拉走。我直到回到美国才再次见到我的水兵袋。从离开新河的那天算起——除了在澳大利亚的短暂间隔——我们一直靠着背包生存，就那么一个大小约如便携式打字机箱子的背包。

我们接到命令，只准携带武器和规定数量的衣服，特别指明不准携带酒。就在我们出发的前一天，我设法去了杰克逊维尔，当了手提箱买了两小瓶威士忌。

我把这两瓶威士忌放进了背包，当我们晃晃荡荡地登上火车的时候，我感到背部被扁平的酒瓶子压着，硬硬暖暖的。服务员帮我们铺好床之后，我们当晚就在卧车里摸黑把这两瓶酒干掉了。不错，我们乘卧车旅行，而且还配有服务员。我们在餐车里吃饭，而且还可以行贿服务员，让他晚上给我们弄一个火鸡三明治。这真是奔赴战场的一次奇妙之旅啊，就如同《战争与和平》里的俄罗斯贵族乘坐一辆华丽的四轮马车匆匆赶往战场，当他的男仆用银制茶壶泡茶时，他则站在一座小山丘上欣赏鲍罗季诺城的风景。

我们也有一位热情的服务员。他喜欢嘲笑那位最近才加入我们排的得克萨斯人。有一次，他偷听到这位得克萨斯人正在说着得克萨斯式的大话。

“见鬼啦，”服务员笑道，“得克萨斯州可是太干旱了，兔子都不敢到那里去，除非它身上背着一盒午饭和一罐子水。”

我们听了哄堂大笑，得克萨斯人的脸唰地一下红了起来，服务员则得意扬扬地咧嘴笑着退了下去。

穿越美国大地的时候，我们士气高昂，心情舒畅。我们一路上都在谈论着刚刚发生的中途岛之战[①]，言谈中充满了对美国海军陆战队和海军飞行员的敬慕之情，是他们遏制了日本的进攻。

大多数时候我们玩扑克或者欣赏沿途的乡村风光。对我而言，我大多数时候都处于万分激动的状态之中，因为此前我没有到过宾夕法尼亚州匹兹堡市以西的地方。这是我的国家，这是我第一次仔细地看她，我把她画在脑海里，时而是她的宏伟景象，时而是柔美如面庞曲线的大山，时

---

① 中途岛之战被认为是二战期间太平洋战场上最重要的一场海战，时间为1942年6月4日到6月7日，交战双方为美国和日本。

而是她广阔的平原，时而是她富饶的田野。现在我不能够一一回忆起来了，我后悔当初没有用笔记下来。现在只有一鳞半爪的影像模模糊糊地萦绕在心头……让人失望的是我们在夜间渡过密西西比河，只感到空气中弥漫着的湿气以及脚下运送火车车厢的平底船的轻微晃动……欧扎克高原真的很美丽，一望无际的绿色森林一直延伸到和蓝色天空相接的地方，怀特河汹涌澎湃穿越其间，河水清澈，犹如森林下面的一支长矛，而在顶上有一个十字架的小山丘则如同瘦骨嶙峋的胳膊伸张着，似在乞求着什么……落基山脉（宏伟壮观的景象在哪里？是不是太靠近了反而看不出来？）看上去就像香草冰激凌上的顶冠，流淌下来的则是巧克力酱的河流，但是算不上壮观，当我们到达最高峰回首瞭望时，才被眼前的景象震慑住了……啊，宏伟壮观的景象终于来到了，现在我们来到了波澜壮阔的西部，这里有科罗拉多河，翻腾滚涌眨眼间就穿过了皇家大峡谷……向上，向上，向上，火车在内华达州如过山车一样向上爬行，紧接着一路爬坡长驱直入挺进加利福尼亚州，进入了阳光地带。

火车一进入旧金山的薄雾之中，我们就失去了阳光普照。我们已经临近海边，周围环绕着伯克利地区的棕色山岭。弯弯曲曲的著名海湾犹如一座充满水的圆形露天剧场横亘在我们面前。海豹在海湾里嬉戏。

我当时只有二十一岁，极目远眺能够看到金门海峡，而且能够看到屹立在海峡上的金门大桥。

出发时刻还未到来。我们又待了十天才离开金门海峡，登上了“乔治·F.埃利奥特号”军舰。它简直就和贩运非洲奴隶的船一样，我们讨厌它。

每天我们都要进行登陆练习。

这些天是我们最后疯狂的日子。除了唐人街，旧金山在我眼里只有酒吧和咖啡厅。最近一次父亲拗不过我的恳求给我汇了一百美元。所以我能够进入这里最好的咖啡厅和最低档的酒吧。它们没什么区别。

对于这些酒吧和咖啡厅我没有什么特别的记忆，只记得留声机里一遍又一遍地放着歌曲《十二朵玫瑰》。记得有一次我被人从唐人街一间公寓里整个给扔了出来，原因是我轻狂地冲进正在疲倦地摆姿势的女子合唱团队伍里大喊“嘘！”

就在那天晚上，我从一名海军陆战队员身边赶走了两名华人，没有看到他们手里拿着刀，但是估计他们一定有刀，因为海军陆战队员的棕褐色衬衣上沾满了鲜血。他瘫倒在一家快餐馆门口。我对餐馆老板疯狂吼叫着，他原本木然地旁观了这场冲突，现在在我的怒吼下赶紧拿起电话报警。我担心宪兵前来盘查就悄悄离开了。

在那十天的时间里有不少插曲，但都大同小异——无非是食和色。

最后我腻烦了，厌倦了。一天晚上我和一个名叫“嚼舌头”的海军陆战队员一起搭乘一辆出租车和旧金山说再见了。嚼舌头来自佐治亚州的奥克弗诺基沼泽地区，他是那种脸上长满雀斑，五官棱角分明的白种贫苦农民，他的名字既契合了家乡的名字又契合了他喜欢大谈特谈南北战争的习惯。嚼舌头爬出了出租车，门卫把门打开。我偷偷瞧了一眼司机的脸，把三分钱硬币——我们身上就这么多——丢在他伸出的手中，对他说道：“到城里给自己买张最好的狗屁报纸去吧！”我溜进大门，喊叫着朝军舰跑去，可是司机扔出的一枚硬币依然击中了我。

1942年6月22日清晨，我们的军舰在淅淅沥沥的小雨中离开了金门海峡。军舰灰色的笨重舰体一点都不可爱。经过金门大桥时我坐在船尾往回张望，眼光在寻觅着什么。就像移民们离开家乡时带上一把故乡的泥土伴随他们漂洋过海一样，我想在这里寻找一个可资记忆的东西陪伴我。

在高高的金门大桥上，在雨中闪着光亮的大桥中间，站着一名身披雨衣头戴头盔背挎步枪的哨兵。他在朝我们挥手。尽管我身边的嘲笑声和嘘声此起彼伏，他依然坚定地挥着手，持续了好几分钟。我喜欢他的这个动作，他在朝我挥手。

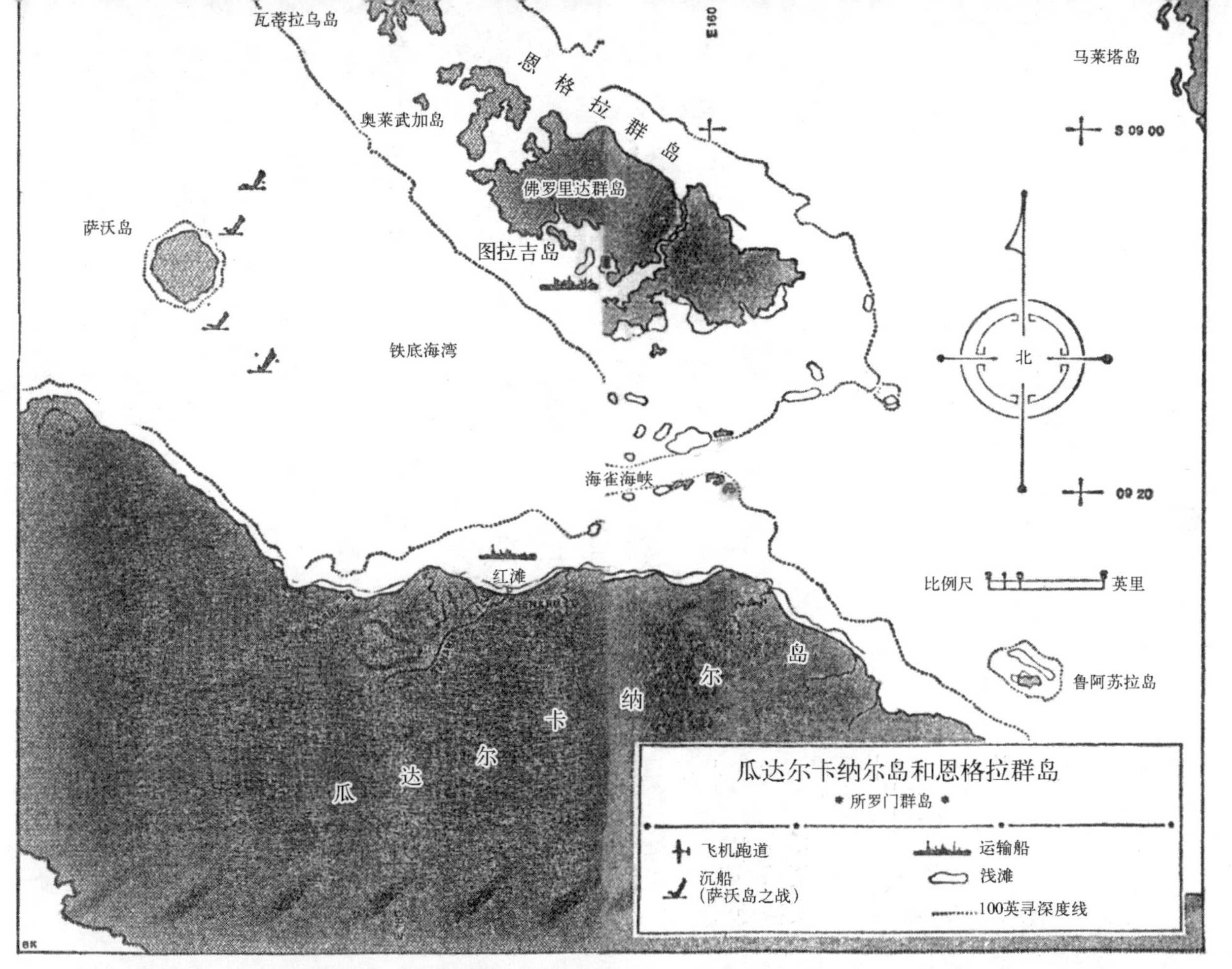
瓜达尔卡纳尔岛和恩格拉群岛
所罗门群岛
飞机跑道
沉船
(萨沃岛之战)
运输船
浅滩
100英寻深度线
瓦蒂拉乌岛
E160
马莱塔岛
恩格拉群岛
奥莱武加岛
S 09 00
佛罗里达群岛
萨沃岛
图拉吉岛
北
铁底海湾
海雀海峡
09 20
红滩
比例尺
英里
鲁阿苏拉岛
瓜达尔卡纳尔岛

第3章

勇　士

第一节

我们来到甲板上，看到瓜岛的海岸上火光闪烁。

令我们失望的是，那些不是我们期待已久的冲天战火。我们原以为从战舰舱口钻出来时看到的是冲天战火，瓜岛的轰炸似乎很猛烈，我们的舰队似乎有能力把瓜岛炸个底朝天。我们当时就是这么断定的。

但是就在1942年8月7日那个污浊的早晨，岛上只有星星点点的火光在摇曳，如同城市垃圾场里的灯火，然而就是这点点火光照亮了我们开创历史的道路。

我们有些不安，但不是恐惧。此时我还没从和水兵炊事员吵架的愤怒中缓过劲来。早餐吃的是豆子，我吃的时间有点长，吃完的时候，我发现水兵们正卖力地清理厨房。也许这个地方很快就要被当作治疗登陆伤员的手术室。柜台后面的总炊事长正在盖装橘子的箱子——这些橘子是作为战前礼物分发给士兵的——我一个箭步冲了过去准备要我自己的那只橘子，但是他拒绝重新打开箱子。于是我们激烈叫骂起来。我想要得到橘子的欲望比范德格里夫特司令想要得到瓜岛的欲望还强烈。水兵炊事员不肯向我让步，并威胁说——哦，真是愚蠢至极！——要举报我，举报我谩骂了他。举报我！举报一个即将把鲜血洒在瓜岛椰树林的人！我真想用刺刀把他当肉串挑了，不过我还是忍住了，用手把他推到一边，打开箱盖，抓起我的橘子，一溜烟登上了梯子来到甲板上，加入战友们的行列，身后炊事员的怒骂声渐渐平息。

正当我如瓜岛弯曲的海岸线一般摇摇晃晃的时候，耳边传来了老军士长的吼声：

“一排下军舰！放下吊货网！”

“乔治·F.埃利奥特号”在温和的海浪中左右摇晃着，吊货网也随之来回晃动，在吊货网上的我们不时撞击着军舰的钢体侧面。我的枪罩把头盔撞得扣在眼睛上。在我下方，希金斯登陆艇在海浪中忽上忽下。

轰炸声一阵紧似一阵，我朝左右扫了一眼，发现战友们像蚂蚁一样挂在吊货网上，西拉克海峡已经挤满了我们的军舰。我的左边，也就是西边，是庞大的萨沃岛；我的前面，即北边，因为“乔治·F.埃利奥特号”挡住了视线，我只模糊看到了佛罗里达岛和图拉吉小岛。在图拉吉岛上，海军陆战队的突击队和伞兵队已经在浴血奋战了。我能够听到从那里传来的阵阵枪声。在我身后，也就是正南方，便是瓜岛。

吊货网的末端距摇摇晃晃的希金斯登陆艇甲板还有三英尺，我们必须跳上登陆艇，要知道我们身上还背着重达五十多磅的装备。来不及细想了，因为吊货网上面的人就要踩着我们的手指头了。往下跳吧，只希望跳的时候希金斯登陆艇不会被海浪冲走，让我们在蔚蓝的海面上着陆。还好，我们都安全跳到了登陆艇上。

现在我看到其他军舰旁边的登陆艇也都排成了进攻队列。一艘接一艘的登陆艇装满了士兵，然后离开母舰加入进攻行列，一艘艘登陆艇盘旋而过如同大龙虾在水中嬉戏。

“所有人都俯下身子！”

此时我能够看到登陆艇呈扇形散开摆出进攻阵势。和战友们一样，我蹲伏着，不让头露出舰艇舷缘之外，只感到脚下的舰艇轻轻地转动方向，艇头冲向海岸。甲板在马达的驱动下振动得特别厉害。

进攻开始了。

昨天晚上我已经慎重细致地祈祷，祷告上帝和圣母玛利亚在我万一于战场上遭遇不测时能保佑家人和朋友，但是此时我忍不住再次祈祷起来。以我年轻的勇敢无畏，我敢断定我会战死沙场，同样以我年轻的勇气，我把我的事情托付给全能的上帝，如同一位年长的兄长拍打着弟弟的肩膀说："约翰，现在你是一家之主了。"

但是我的祷词有些含混不清，因为此时除了我们即将登陆的海岸线之外我没法想别的。在我们的登陆艇前面还有别的满载着海军陆战队员的登陆艇。我设想着从他们俯卧着的身子后面开枪射击的情形，他们用血肉之躯筑起了一道防线。我能够预见到在椰林之间会有一场大屠杀。我不再祷告。我像一只动物：耳朵竖立着倾听战斗的声音，身体紧绷着随时准备飞身下船。

登陆艇撞上了海岸，突然倾斜，最后停下了。我立刻站了起来，飞身跳下了船。湛蓝的天空看上去似乎是一个巨大晃动着的穹顶。我瞥了一眼头顶上方的棕榈叶子，它们在温柔地晃动，这是我有生以来见过的最精美最雅致的画面。

紧接着眼前突然一片模糊，原来斑驳陆离的颜色加上形状加上我们的移动构成了一个快速变换的万花筒。我趴在沙土上，喘着粗气，周围是椰子树，这才感到腰部以下的衣服全湿透了。我已经深入岛内约二十码的地方了。

但是依然没有发生战斗。

日本兵已经逃之夭夭。我们排成作战队形趴在那里，但是没有遇到任何对抗。不久，紧张气氛缓和了下来。我们四下张望着，观察着周围奇特的风景。不久就有人笑了起来，也有人调侃起来。

"嗨，中尉，"山地人噘着嘴说道，"这样子打仗可是很难的哦。"

瘦脸中士则气急败坏地冲着一名正试图敲开椰子的士兵嚷道：

“你想被毒死啊？难道你不知道这些水果可能被下了毒吗？”

听了瘦脸中士的话所有人都笑了起来。瘦脸中士真是书呆子气十足，他曾经接受训示，说日本兵喜欢到处布雷或者向水源投毒，因此他就认为椰子里也被下了毒。但是，要知道瓜岛的椰子有数百万之多，要向每个椰子里注入毒液谈何容易。我们只管笑他，继续剥掉椰子皮，然后敲开内核，将里面又凉又甜的椰汁一饮而尽。瘦脸中士只好怒目而视，这是他的强项。

传来了命令：“出发！”

我们纵横交错地排着队列，吃力地向前行走着。

我们兵不血刃地抢占了红滩，但是以后的战事就没这么顺利了。当我们发现登陆没有受到任何抵抗后，有种说不出的轻松感和幸福感，但是这种感觉只持续了十分钟。就在我们从白花花的海滩进入绿茵密布的椰林的过程中，身后高射炮射击声和飞机高速飞行声交织在了一起。日本人已经向我们逼来，战争开始了。一切将从此改变。

我们在炽热的茅针草地缓慢行进，蹚过几条河，再蹚回来。我们翻越了几个小山岭，进入了丛林。我们用砍刀开路，或者沿着弯弯曲曲的羊肠小道前进。每前进一步我们都如坠入云里雾中，不知身在何处。

每走一段路，我们就看到一小簇正弯腰研究地图的军官，他们显得很焦急。那张可恶的地图！地图上红滩的位置是对的，可是特纳鲁河的位置就不对了，连绵数英里的椰林在地图上以整齐的符号标出，不过这些符号看上去更像是鸢尾花而不是椰子，看了这张地图的人会认为这片广大的岛屿尚未被利华兄弟公司[①]开发。

---

① 该公司是联合利华的前身，当时以生产肥皂闻名于世，它在所罗门群岛种植油椰子以提取制造肥皂的原料。

这是一张满纸谎言的地图,从一开始就给我们带来了麻烦。

军官们惶恐不安起来。

他们知道我们已经迷失了方向。

“嗨,中尉,我们这是往哪里走啊?”

“草丘。”

“它在哪儿?”

“直往前走,就在日本兵出现的地方。”

真是天真烂漫的对话:草丘……向前走……日本兵出现的地方。我们正在玩一场捉迷藏游戏,就像牛仔和印第安人或者警察和小偷之间玩的游戏一样。甚至师长都冷静地宣布,我们有望在草丘之顶解决晚餐。

“先生们,对好你们的手表,我们开始进攻了。”

最后一个到达草丘的人是草包。

是的,我们在随后的五个月里要学会很多东西,而在这个过程中很少有人到达了草丘。

登陆的第一天,挫败感就这么开始了,随之而来的就是孤独感。身后的战斗声逐渐平息,这平添了一丝不祥的预感,身边的军官则表情焦虑。日本军队正在缩小对我们的包围圈,而我们这群可怜的大傻瓜还以为自己正在追杀日本兵。

我们浑身是汗,穿越茅针草地的行军几乎让我们筋疲力尽。此时,在湿冷的雨林里,被汗水染成深绿色的粗布军服正死死地凉凉地粘在我们身上。

“嗨,拉基,”山地人喊道,“我敢打赌从你背上能弄到一夸脱卡尔弗特酒。拉基,把你的上衣脱下来拧一拧,我们每人都能喝到一口。”

可惜,我们需要的不是威士忌。我生平第一次遭受真正口渴的折磨。一开始是炎炎赤日,现在又是让人汗流浃背、疲惫不堪的森林,这两样东西似乎都把我身上的水分榨干了。我的军用水壶里不是没水,但是我不敢碰它，因为没人知道什么时候才能再次向水壶中加水。我们已经走了三个小时或者不止三个小时了，但依然没有看到水源。

忽然在丛林中的峰回路转处一条河展现在我们面前，河里的清水在欢快地流淌着。

我们不小心欢呼起来，随即冲向河流，河流把我们的疲惫一扫而光。大队人马顿时成了一群乌合之众，有的兴奋地大呼小叫，有的互相泼水，有的在痛饮，还有的在往水壶里灌水，甚至连常春藤联盟中尉都加入了这次纪律大涣散。哦，这要是日本人来了，他们看见的将是多么美妙的景象啊！他们错失了一次多么好的大屠杀机会啊！

一些人甚至躺在浅浅的溪流中——我们深情地把它称为“我爱你河”——张大嘴巴，任溪水冲进他们的胸膛，犹如流进洞口大开的排水沟。常春藤联盟中尉一边用头盔盛着水在嘴唇边晃来晃去，一边大声吼着：“不要喝！可能有毒！在使用净化剂之前不要喝！”

我们一边认真地点着头，一边不管三七二十一如同参加盛宴般痛饮着，痛饮着，痛饮着——当甜蜜的轻快的小河冲走我们身上咸咸的汗水时，我们如同河流的情人般一声叹息。

喝完了水我们重新精神抖擞起来，又开始了行军。

我们浑身湿透了，但此时湿透身体的是干净的河水。在雨林里浑身湿漉漉的不算什么，而如果湿透身体的是河水而不是汗水，那感觉会稍好一些。

当我们还在行军时，黑夜骤然降临了。我们急匆匆设置防卫工事。第一天就这样平安无事地过去了，不过我们还是损失了一个人。那名战友在我们前进队列的侧翼，神不知鬼不觉地就消失了。

当我们在一座小山上架设枪炮时，天空开始下起了雨。令人讨厌的雨水下个不停，我们蜷缩在斗篷雨衣里，按命令保持安静，从背包里拿出凉的干粮大口嚼了起来。每个人单独地坐在一个地方，但是所有人都仿佛是在黑夜之海上一起漂着。

那一夜对我们而言可能是最恐怖的一夜，也确实算得上是最恐怖的一夜。我们困惑，我们沮丧，我们寒冷，我们透湿。我们对周围环境一无所知，所以我们害怕；我们对敌人一无所知，所以我们害怕。我们在山上孤立无援，周围是丛林，丛林中到处传来活物移动的声音，在我们听来这无疑就是悄悄靠近我们的敌人的脚步声。

但是我们麻木地看着这一切，如同被打得晕头转向的拳击手目瞪口呆地看着对手，先前遭受的打击太沉重，让人无法移动脚步，茫然不知所措，只能眼巴巴地等待着即将到来的致命一击。这一天发生的事件如同连续的组合拳一样打得我们眼花缭乱。

那天晚上我们听到了一阵枪声，枪声撕破了夜空。我们趴在枪上，在黑暗中张着嘴盯着前方。但是随后黑夜再次包围了我们，周围一片漆黑，只听见雨打树叶的滴答声和丛林在风中的沙沙作响声。

没人过来。

黎明时分，我们得知了枪声的来源。一名医务兵被打死了，而开枪的是自己人。

当他解手回来受到哨兵盘问时，他磕磕绊绊地说不清口令“小人国”，于是招致了杀身之祸：几个辅音就给他带来了永生。

我永远也不会忘记朋友们掩埋他时脸上的悲伤神情。在那个阴郁的凌晨，他们擦拭掘墓工具的声音如泣如诉，如同一只受伤的老鼠发出的哀嚎。

光线依然很暗淡。常春藤联盟中尉请求连长批准士兵抽烟。

“我不知道天是否已经大亮，”上尉回答道，“你何不走到那棵树那边划根火柴呢？这样我就可以判断天是不是还太黑。”

中尉大踏步地向那棵树的方向走去，划了根火柴，我们只能看到一丝微弱的光亮，然后听到他细声细语地问道：“怎么样，上尉？”

上尉摇了摇头。

“不行。天还是太黑，吸烟信号灯继续关闭。”

我偷眼瞧了一下上尉，他脸上的焦虑依然没有消失，似乎昨晚发生的事件让焦虑刻在了他脸上。这让我感到很吃惊。他不是一名勇士，不是一名身经百战的老兵。他和我一样只是一介平民，他的自信并不比那位动不动就扣动扳机、打死医务兵的哨兵多多少。他的年龄比我大很多，然而他身上肩负的责任以及对战争的陌生吓得他不敢把对常识的自信传递给我们。

他以为火柴划出的极细微的光亮也会引来敌人的袭击，如同我们晚上生营火一样。又过了一分钟的时间，天空亮了起来，于是我们都抽上了烟，很快上尉也点燃了一支。

接下来的整个白天我们都在行军。草丘依然“在前方”，日本兵也依然“在前方”。我们沿着斜坡向雨后变得清新的山丘上缓缓爬行，进展缓慢。到顶后就从山丘的另一面滑下去，如同陆地蟹或滑雪者一样。可怜的机枪手们轻声诅咒着，因为机枪的三脚架无情地撞击着他们的后脑勺。瓜岛的地面几乎和钢铁一样坚硬，讨厌的丛林在地上洒了一层让人容易滑倒的黏液。我们一直在这些起伏不平的路径上深一脚浅一脚地行进着，双手一直在空中抓扯着，一路上时不时地有背着全部装备的机枪手重重地摔倒在地上。

我们在向敌人紧逼，但看起来却如同一个鬼鬼祟祟的马戏团。此时如果一个日本兵躲在光线暗淡、湿淋淋的丛林里，就能把我们消灭掉，他对我们的袭击就会和当年我们的先辈们对从列克星敦撤退的英军所发起的袭击一样。

但是我们没有发现敌人。我们度过的是单调地目睹太阳东升西落的一个白天，既没有值得回忆的也没有让人懊悔的事情发生。

不过晚上的景象我倒是终生难忘。

我半夜醒来，看见火光冲天。天空中出现的景象一如儿时梦境中的红色薄雾，那时我梦见的是我在城堡球场打棒球时世界末日到来的景象。此刻我们沐浴在红光之中，仿佛在魔鬼撒旦眼里被钉住了一样。想象雨中有无数个交通红灯在闪耀，你就知道我醒来后看到的是怎样的一个世界。

那是敌人的探照灯，它们靠降落伞悬在丛林上方，晃来晃去，向四周投射着红光。飞机的马达在天空振动。后来我们得知，那是日本军队的水上飞机。我们以为日本人正在追杀我们。

但是实际上这些探照灯只是日本海军无敌舰队的“眼睛”，他们的舰队已经横扫了西拉克海峡。很快，我们听到了机关炮的轰鸣声，脚下的大地都在震颤。炮口喷出红色和白色的火舌，然后就是惊天动地的爆炸。

日本人正在苦心孤诣地实现他们一次辉煌的海战——萨沃岛海战，后来我们得知人们更准确地称这次海战是“四只笨鸭子之战”。在这场海战中，日本人击沉了三艘美国巡洋舰——“昆西号”“文森斯号”“阿斯托里亚号”——和一艘澳大利亚巡洋舰——“堪培拉号”，同时重创了另外一艘美国巡洋舰以及一艘美国驱逐舰。

日军发射信号弹照亮战场。日本人曾一度打开探照灯，那就是我们在黏滑的丛林里挤成一团的时候看到的奇怪灯光。

我们用了两天的时间才进入雨林，但是从雨林撤出的时间还不到一天。我们当初不知道进去的路，不过出来时已经是老马识途了。

当我们从丛林中走出来沿着斜坡走下茅针草地时，满载着食品和饮用水的水陆两栖战车已经停在那里等候着我们了。笑面虎走在我前面，滑下了最后一个斜坡。当他坐下来准备向下滑时，背在身上的三脚架从脑袋后面死死地钩住了他。

他站起身来，狠狠地踢了踢三脚架，接着就是一顿气急败坏的臭骂。

他弯下腰如同抓住一个活物的喉咙一样抓起了三脚架，双手掐着它似乎在用力把一个活物掐死——过去两天来的烦恼、饥渴、潮湿以及焦虑带来的愤怒现在都被一股脑地发泄到了这个硬邦邦、冷冰冰的物件上了。只见他双手一举把它扔了下去。三脚架在空中作抛物线状飞了下去，重重地摔在了草地上。

笑面虎坐了下来，点上了一支烟。茅针草地成了我们营临时休整的地方，我们跌跌撞撞地从山丘上下来，身上粘满了烂泥，衣衫不整，子弹带和头盔都歪七扭八显得很难看，脸上胡子拉碴，两眼无神。水陆两栖战车上的饮用水和定量配给罐头食品源源不断地卸了下来。我们重新往水壶里灌上了水，也填饱了肚子，然后过足了烟瘾，于是再次动身出发。

到达海滩时天色已晚，我们看到瓜岛和佛罗里达岛之间的水域漂浮着冒着烟的军舰残骸。

我们的海军消失了。

消失了。

我们在海边休整。几队士兵沿海滩迤逦而来。他们的脚轻轻地踩着沙子。太阳已经落在了丛林后面。夜色从向东延伸的海面上裹挟着佛罗里达的紫色向我们席卷而来，仿佛一股脑把我们淹没了一般。

和越来越浓的夜色形成对比的是士兵们的轮廓。在忽明忽暗中，士兵们看上去像平面的剪影。他们疲惫不堪地移动着，彼此之间似乎用链子拴在一起，如蛇神一般机械地走动着，毫无生气。在他们身后矮矮的地平线上，太阳散射出暗淡的余晖。绝望似乎总是伴随着荒凉而生。

我很高兴夜晚终于降临了，轮到我们连站岗了，这样我们就可以于黑暗中在寂静的海滩上徘徊。

我们采取防御态势，在海滩上挖出一个浅浅的掩体，然后把机枪放在掩体里，枪口朝向海面。我们派出岗哨后就去睡觉了，伴随我们进入梦乡的是海浪冲击海岸线的声音。

第二天日本人轰炸了我们，不过我们一点都不害怕，因为还没尝到害怕是什么滋味的时候轰炸就开始了。

“红色警戒！”不知谁大喊了一声，我们便听到了敌机的嗡嗡声。大概有十二架左右，它们在高空中银光闪闪，细长细长的。它们排成漂亮的V字形在我们头顶掠过，把炸弹投在了瓜岛的亨德森机场。我们叫着跳着嘲笑日本飞行员的愚蠢，其实愚蠢的是我们，因为轰炸机根本就不是冲我们来的，而是冲着机场的战友们去的。我们听到了爆炸声，感受到了大地的振动，但是威力还不足以让一个孩子眨一下眼。

我们愚蠢的举动源自安全的错觉。我们笑着朝远去的轰炸机直挥拳头，似乎是我们打得他们仓皇逃窜。

唉，我们有很多东西需要学习。

接下来更令人兴奋的是我们发现了日本人藏米酒的仓库。

在离我们的海滩防御工事西边不远的地方，我们发现了一间长长的茅草木屋，里面堆满了成箱的日本米酒。另外一些箱子里还装着日本啤酒——啤酒瓶子上还套着小巧的草编带。很快和海岸线平行的这条土路就变成了东土大街，街上挤满了灰头土脸、笑逐颜开的海军陆战队员，推着装满米酒瓶子和啤酒箱子的车子向海滩走去。

仓库里还有食品：大罐的面粉和大米以及小罐的鱼头罐头，这些都是日本人爱吃的精致食品。但是我们当中没人拿这些东西。

另外，我们以班为单位搭建自己的食堂。我们有自己的面粉和猪肉罐头以及桃罐头、白糖和咖啡——我们的运输船为了躲避曾击沉我们巡洋舰的日本无敌舰队，仓皇卸下了这些食物。登陆的当天我们乘坐的军舰就因一架日本零式战斗机坠落在船中部而起火，因此我们没有了营部食堂。不可思议的是，这些小型班级食堂如雨后春笋般沿着海滩出现在了我们面前。

有了这些吃的,再加上日本米酒和啤酒,我们热热闹闹度过了大约一周的时间,直到日本酒喝完为止,正是那时,少校前来征用食品。

这是多么美妙的一周啊！能够以这种方式打仗岂不快哉!

笑面虎、山地人、行者和我把我们的米酒和啤酒都埋在了沙土里,埋得很深,海水渗透进来,里面很凉爽。这是我们的窖藏,只有我们四人知道。我们窖藏的酒绝大部分进了我们自己的肚子,除非酒酣耳热之际善心大发,便邀请其他战友加入我们的小圈子一起喝酒。

我们蹲坐着。装米酒的瓶子太大,很难往外倒酒,于是我们就轮流传着喝,就像印第安人轮流抽和平烟斗一样。不过要喝大瓶子里的米酒需要一定的柔术技巧:两腿夹住瓶子,然后身子弯下去直到嘴巴触到瓶口,接下来一个后滚翻,这样凉爽的米酒才会滚进喉咙里去。

啊,真是爽!

我在味觉方面不是专家,但是这种米酒流经喉咙的快乐感觉确实是其他饮品无法比拟的。喝着敌人的酒是何等荣耀啊。

我们在荣耀中喝得酩酊大醉。

一天夜里,饮酒比赛结束后我摇摇晃晃地回到睡觉的地方:其实就是从我们喝酒的圈子滚几英尺回到我挖出的浅坑,我就躺倒在这个坑里睡觉。浅坑上方的棕榈叶在沙沙作响,热带柔和的星光夜色透过这些可爱的星状叶子洒在身上。我被一群嗡嗡叫着在我胸前飞过的“昆虫”吵醒,但是看不见它们。听到枪声的时候,我意识到这些“昆虫”其实是子弹。但是我继续睡觉,相信日本人已经远离了我们。

这就是日本米酒的威力。

第二天早晨,有人向我解释说昨晚的枪声是第五团的两个连相互射击造成的,这两个连都误认为对方是敌人了。“动不动就开枪。”他对我说道。我相信他说的话。他不需要权威,因为他有自己的一套理论,这套理论就是在瓜岛需要的唯一权威。

早晨是喝啤酒的最佳时间，因为此时啤酒经过凉爽的夜晚以及海水的浸润而变得冰凉。

橡木墩很快就把啤酒喝完了，这倒不是因为他喝得多，而是因为他喝得太快——其实这是一回事。只见他从我们圈子里摇晃着站起来，从树荫下向外走去，头刚一晒到太阳就晕倒在地上。我们赶紧给他盖上棕榈叶，又在他胸口放了一只空的米酒瓶子，这样他看上去就像一座日本神社。

紧接着山地人神情严肃地发现自己的衣服穿得有问题。他没有穿长裤。即使身边都是些不拘小节的人，这种失礼看上去也让山地人感到很痛苦。他躬着身子到处摸索着找裤子，然后东倒西歪地向海里走去。

"嗨，我说山地人——你拿着那条裤子去哪儿啊？打算去洗裤子吗？"

"我打算穿上裤子啊。"

"在水里穿？"

他咧着嘴傻笑起来，露出了一排坚实的大牙："我常常在大海里穿裤子的。"

他的自尊心比谁都强。海潮退去的时候，他把左脚伸进裤腿里。带着特别夸张的醉酒神态他抬起左腿来了个金鸡独立，重心压在右脚上，小心翼翼地保持着身体平衡。这时一个浪头从身后扑过去，他一个趔趄倒在了水里。

他每次都能有尊严地站起来。不过他还得再次接受严峻的考验。海浪再次欢快地席卷而来，让他喝了口水。有一两次，他摇晃地单脚站立着，看起来右脚不怎么听使唤，他利用站立的时间快速回头看了看，笑眯眯的似乎在看他的海浪老朋友是否还在那里。海浪一直在那里。

这就是日本啤酒的威力。

从到达海滩的第一天起我们就时时遭受日本人的轰炸，每天至少要遭受一次，有时候是好几次。敌人的海军开始出现在西拉克海峡的海面上。他们对我们的阻击不屑一顾，在大白天开过来轰炸我们。日本人要反攻了。

看来日本人决心要夺回瓜岛了。为了保护军事要地亨德森机场，我们加强了夜间巡逻。当连队接到巡逻命令的时候，我们的饮酒作乐也就随之结束了，我们在海滩边游荡的生活以一种悲喜剧的形式戛然而止。

就在我们窖藏的酒喝光的那一天，我和连队里的人一起离开海滩穿越椰林进入了茅针草地，最后到达亨德森机场的外围，在此我们可以守护机场。

走在我前面的是“没屁股”。他来自密歇根州，身材修长，爱说话，尤其令人啧啧称奇的是他能够惹怒我们八连中的任何一个人，他需要做的就是走在那个人的前面。他折磨人的方式很奇怪，因为他并非故意折磨人：没屁股看上去确实和没有屁股一样。他的臀部又长又平，以至于他的子弹带似乎有磕着脚后跟的危险。他的屁股上没有骨头或皮肉能够撑住子弹带。他走起路来看上去不用弯动那两条细长腿的膝盖，因此原本随着常人翘起的屁股而膨胀的裤子在他身上那个部位看上去向内凹陷！再加上他骂人时尖细似女孩的声音，活脱脱是个双性人，这让走在没屁股后面的倒霉蛋异常恼火。我常常气得发抖，恨不能上好刺刀把没屁股当肉串插。

这天当我们上好刺刀穿越茅针草地朝着一排树林进发时，一轮红日正在树林后面冉冉下沉。此时油面下士走在没屁股的后面。当时油面下士因喝了最后一瓶米酒而醉态朦胧。他看上去很兴奋，嘴里一通胡言乱语。突然，随着一声狂吼，只见油面下士端着步枪用刺刀刺向没屁股。

我们都以为这回没屁股可死定了，因为没屁股的惨叫声听上去像要死了似的。但是幸运的是油面下士所瞄准的目标领域肉太少，这倒是救了没屁股一命，刺刀穿透了没屁股的裤子而丝毫没有伤着他的皮肉，让没屁股发出濒死式惨叫的不是刺刀的锋刃而是步枪浑厚硬实的枪罩。

油面下士自认为很好玩，他不得不坐下来平息自己的狂笑。当他站起身来时，隐藏在树林里的一排大炮发出了震耳欲聋的吼叫声。这些大炮是我们炮兵部队的七十五毫米口径的榴弹炮，正向我们不知道的目标发射。它们时不时就吼叫两下，我们从来都不知道它们只是示威还是真的在准确地轰炸敌人。不管怎么说，野战炮发出的巨响常常引起人们的不安，哪怕最终证实枪炮声是来自自己的友邻部队。

油面下士被炮声惊呆了，张着嘴，露出了一排整齐的小牙，接着野兽一般地吼叫起来。他再次端起枪，朝着树林开火。这下油面下士在瓜岛的行动就此结束了。他被押送着离开了我们。

不过他留给我们的最后印象还是蛮有尊严的。他被安置在上尉吉普车的后面，站在车上，辱骂着上尉。

"我永远不和'风流'上尉同乘一辆车。"他正发着毒誓，吉普车猛地向前开动了，他一下子就被甩了出去，身子在空中翻了一个跟斗落了下来，落在地上时脚踝先着地，因此摔断了脚踝。他被送到战地医院，就在当晚一架运输机降落在我们的机场，他被转至新西兰接受治疗，被关了轻度禁闭，最后在奥克兰过着寻欢作乐的生活。尽管不是光荣负伤，他却是第一个意外受伤的人——老兵们都渴望成为这样的人：那些诸如腿折胳膊断之类的小伤就可以让人离开战场到后方享受市民的注目礼和免费的酒水。

当我们离开机场进入昏暗的丛林时，天色还是明亮的。这就像从万家灯火、车水马龙的城市街道一下子走进黑黑的静静的教堂一样，不同的是这里没有对神的敬畏，也没有蜡油的味道，这里有的只是对未知事物的恐惧以及腐烂的气味。

我们按照命令交错前行，彼此相距约十码。我不知道我们这支巡逻队共有多少人，也许一百多号人吧，其中约三十名来自八连。我们对这些事情一无所知。我们知道的就是横在前面的是黑乎乎晃动着的丛林，也许还有大批日本人，在我们身后是军事重地——机场。

我们在丛林里挖掘散兵坑时发出沉闷的挖掘声。这就像挖掘上万年的堆肥一样。腐土下面是一层黑乎乎的肥土。我们刚刚挖好，夜幕就突然降临了，就像一块黑布从丛林上方一下子盖了下来。我们溜进散兵坑里，躺在那里静静地等待着。

这是一种让人失去时间观念的黑暗，一种无法穿透的黑暗。想象中，我的身边浮现出了一些可怕而无形的东西，我看不见它们，因为没有任何光亮。尽管看不见东西，但是我不敢闭上眼睛，生怕黑暗爬进眼皮让我窒息。我只能听。耳朵成了我存在的证明，我能够听到一些微小的生命正在我衣服里面蠕动，我能够听到耸立在头顶上方的大树的腐烂声。我能够听到黑暗朝我聚拢而寂静在两物之间展开。

我能够听到周围都是敌人，他们在窃窃私语，而且还喊着我的名字。我躺在大树下面的散兵坑里，张着嘴处于半疯狂状态。在黑暗来临之前我没有仔细观察过大树的叶子，而此刻我幻想上面站满了日本人。世界上的一切都成了敌人，很快就连我的身体也背叛了我，成了我的仇人。我的左腿成了一个爬行的日本人，接着右腿也变成了一个爬行的日本人。双臂和脑袋也都先后变成了日本人。

最后就只剩下了孤零零的心脏。我心即我，我即我心。

它颤抖着躺在那里，我也颤抖着躺在那里，躺在到处是腐土的坑里，黑暗笼罩着我，一切造物都在密谋攻取我心。

这样躺了多久？我觉得自己永久地躺着。没有了时间观念，时间在黑暗的虚无中分崩离析。只留下空虚，只留下存在，只留下意识。

如同黑暗的电影院里突然亮起来的灯光，日光骤然来临。随着清晨的到来，我自己也回归过来。我能够看到左右两边战友的模糊轮廓，看到头上的那棵树，惊奇于这棵树的温顺及其枝丫的放肆。

现在我明白为什么人要生火了。

少校在椰林中驾驶着他的吉普车到各个班队食堂征用食物，言语中充满责问和紧迫感。除了紧迫感之外，他颇有一点童子军团长责备自己的团员不到中午就吃午饭的意思。

少校的到来意味着班队食堂的寿终正寝。我们逃避营部束缚的短暂自由也到此结束，营部厨房正在搭建。少校把找到的少量珍贵食品让人用手推车运到距离海滩约二百码的金字塔状的帐篷里。那里就是我们吃饭的地方，也是在那里我们初次接触到另一种风味的米饭。这些食物原本属于我们的敌人日本人，我们吃饭用的木碗也是他们的。和自己的班队食堂相比，我们更喜欢吃这里的米饭，因为我们食堂做出来的一切吃起来都像石头一样硬，实在让人恼火。在这里我们早上吃一碗米饭，晚上也吃一碗米饭。有一次，一名海军陆战队员向我们的两位军医中的一位抱怨说米饭里有虫子。

“它们都是死虫子，”军医笑道，“咬不着你。尽管吃吧，况且还可以吃到鲜肉，这不是挺好的事吗？”

他在开玩笑，但是也很认真。没人生他的气，我们都认为这个军医很幽默。

就在开始吃米饭的第二天，我们接到了少校不寻常的紧急命令。他命令我们立即离开海滩，到特纳鲁河西岸的一个新位置待命。我们接到的命令非常紧急。

敌人马上就要来了。

第二节

青绿的特纳鲁河看上去让人有点讨厌，像一条巨蛇蜿蜒盘桓在茂盛的海岸平原上。它被称为河，其实不是河，它就像大多数太平洋岛屿中的小溪一样不过就是一条溪流——不到三十码宽。

也许连溪流都算不上，因为它常常静止不动，很少到达目的地——大海。在它进入铁底湾的地方，一个宽度约四十码的沙洲将它隔断。沙洲的宽度随着潮汐变化，潮水或者大风可能会引起特纳鲁河河水上涨，此时河水会漫过沙洲进入大海母亲的怀抱。

一般情况下，特纳鲁河静止不动，水面上漂浮着泡沫和海藻，就像我刚才说过的那样，它看上去青绿而令人生厌。假如世上存在着河神的话，那么特纳鲁河就是凶神恶煞的栖息地。

我们这支小分队由两个班组成，其中一个班的机枪手是“绅士”，另一个班的机枪手则是笑面虎，我担任他的助手。我们驻扎在距沙洲上游约三百码一带。修筑工事的时候，我们可以部分地观察到沙洲的另一面，也就是敌人所在的那一面的情形。特纳鲁河已然成了我们的界河。在我们这边，即西岸，是海军陆战队员所能够占据的极限位置，而在对岸，一片长满椰子树的无人之地必将成为日本人进攻我们的阵地。

日本人势必迫使我们将特纳鲁河作为前沿防线，或者越过沙洲绕到我们的左边，但那里埋伏着我们的步兵和机枪手还有带刺的铁丝网，再或者他们也会尝试冲击我们的右翼，我们的右翼一直向南延伸约一百码，然后向北回转到特纳鲁河最窄的地方，那里的河面上有一座木桥。

绅士的机枪安放位置极佳，可以向对面的椰树林扫射。我们先安放绅士的机枪，而把笑面虎和我的机枪放在下游约二十码的地面上，那里有一排铁丝网的保护，铁丝网一直沿着陡峭的河岸向下延伸直到河岸半腰处。我们将在第二天安放我们自己的机枪。

我们把绅士的枪位挖得又宽又深——长和宽大约有十英尺，深五英尺——因为我们想要机枪手站在掩体坑道里开火，另外我们也想把枪位当作防空洞来使用，因为炸弹将会非常密集。

我们拼命地挖着，光着膀子汗流浃背，腰带都被汗水浸湿了，但依然不能在第一天就完成这个枪位的挖掘工作。当夜色降临的时候，只挖出了一个掩体坑道和一个放枪的土棚子。我们不得不等第二天再给土棚子搭上椰木顶。

我们感到暴露在尚未完工的防御工事下并不安全。刚刚挖出来的柔软红土隆成了一个小土包，黑暗让它显得很凶险，而我们就坐在上面。

我们都没有经历过实战，不知道兵道的凶险和迅疾，因此当我们坐在柔软的土堆上面时，感受不到凶险的前兆。我们用手捂着苦辣的日本烟，轻轻地抽烟，轻轻地交谈。我们唯一忧虑不安的是夜晚即来凌晨即走的那个不明移动物。

没人去睡觉。星星在夜空中闪烁，这足以让我们所有人当夜无眠，我们不想浪费一个明星闪亮的夜晚。

突然在我们右方的河面上出现了一个激起一圈圈涟漪、越来越宽阔的V形物。它似乎在有条不紊地顺流而下。在V形物的前端是两束绿色光线，又小又圆，紧靠在一起。

嚼舌头叫喊起来，随即端起步枪朝它开火。

在我们右面枪声大作，原来七连的步兵也在向V形物射击。越来越多的子弹击中水面。随即V形物消失了。

星星不见了。夜更加深沉了。我们的声音也渐渐平息下来，人们开始躺在离掩体坑道不远的地方裹着雨衣进入了梦乡。只剩下笑面虎和我在站岗放哨。

灯光在河对面的椰树林里忽明忽灭地闪烁着——像灯笼或者汽车前灯一样上下左右摇摆不定。真滑稽，那是一辆卡车！仿佛我们第二天醒来时发现静静的河流对岸竟成了一个火车站一般。椰林是无人之地，敌人完全有理由到达那里，但是丛林战争的经验告诉我们，在丛林里打着灯光无疑是发出了死亡邀请书，效果和让他的卡车轮子喊着“我们在这里”一样。

“谁在那里?”笑面虎吼道。

灯光继续安静地上下左右摇摆着。

“谁在那里? 快回答,否则我让你吃枪子!”

灯光不见了。

这太过分了。大家都醒了。刚才是神秘的V形物,而现在又是这些鬼火——真是欺人太甚! 我们兴奋地交谈起来,热烈的声音再次温暖了我们的灵魂。

在我们左侧很远的地方突然爆发出阵阵机枪声,听上去也许是从较远的沙洲传来的。接着又是一阵枪声。第三次,第四次。喧嚣的机枪声夹杂着刺耳的步枪声。紧接着是在我们身后重型迫击炮发射炮弹的扑通声,很快便听到了从特纳鲁河对面传来的轰隆爆炸声。战火迅即沿河向我们扑来,如同满载着火药的火车向我们驶来。

很快就轮到我们了,于是我们也开火。我们一片混乱,全然没有分散射击的意识,而是挤在那个掩体坑道里向外射击,就像我们是在这里出生的一样。我们正对面响起了一阵假声似的尖叫声,无疑是鸟儿受了人类入侵者的惊吓而发出的,于是我们朝着那个方向一阵扫射。尽管我不是绅士的助手,但是我帮着他扫射。他全神贯注地盯着河岸,一梭一梭地扫射着,确信日本人就在对面准备过河。尖叫声停了下来。

绅士轻声对我说:“去告诉那些笨蛋停止射击。告诉他们等听到鸟扑棱棱乱飞乱叫的时候再开火,因为聪明人会用这个作掩护移动。等他们要移动的时候再开火。”

我很高兴他让我执行这个简单的命令。我站在掩体坑道里看着绅士射击实在感到无趣。我爬出掩体坑道,告诉所有人绅士说的话,但是他们不听,继续乒乒乓乓地射击。等他们停下来,在安静的间隙,一直没机会拿自己武器射击的我拔出手枪点射起来。我趴在土堆上,在黑夜中挥舞着手枪进行射击,一会工夫弹夹里的子弹就被打光了。这时传来山地人的怒骂声。

“真他妈的该死，拉基，难道你在战友耳边开枪会打得更准吗？你想要轰掉我的脑袋吗？你这个新泽西混账小子！”

我冲他笑了笑，这时笑面虎从岸边爬了回来，对我耳语道：“过来，我们去拿自己的枪。”

我们像蛇一样扭动着身子爬上岸，因为夜空中到处飞蹿着愤怒的子弹。笑面虎占据机枪手的位置，我则蹲伏在他旁边向机枪里运送子弹。我们弹药充足，二百五十发的长长子弹袋一圈一圈地盘放在淡绿色的弹药箱里，弹药箱和今天擦鞋男孩扛在肩膀上的箱子一样结实。

笑面虎开火了，机枪从他手中蹦了出去，枪口戳到了土里，碰掉了防火帽，发出令人心烦的咔嗒咔嗒的声音，子弹在我们自己阵地上乱飞。

“都是那个胆小鬼搞的！”笑面虎骂道。

他骂的是一名下士，当时这名下士还不以勇敢而闻名，是他松松垮垮地安放了机枪，因此三脚架第一次遭到后坐力冲击时就倒了。

我爬下斜坡，把机枪重新摆正。随后，我紧紧靠在夹板上。

“弄紧了。”我告诉笑面虎。

话音未落，只感到一排灼热的子弹擦着我的鼻子飞过。

记得一个人这么形容战争的爆发：“所有魔鬼都出动了。”当他第一次说这句话时，这句话是真理——它精彩地描述了战争状态。但是当他第一百万次说这句话时，这句话就成了毫无意义的烂苹果：它变成了花言巧语，变成了陈词滥调。

但是距离第一次机枪扫射不到五分钟的时间，距离敌人第一次发射可怕的闪着绿光的燃烧弹不到五分钟的时间——战场上到处都是燃烧弹，随着燃烧弹的逐渐熄灭黑夜重新包围了我们——在不到五分钟的时间里，所有魔鬼都出动了。每个人都在射击，所有的武器都在吼叫，但是这不是乐器大合奏，不是极其美妙的死亡交响曲，不是颓废的后方指挥人员所描写的那样。这是刺耳的声音，这是不和谐的声音，这是粗野的声音，这是缺乏韵律的声音。在这里人们不分青红皂白毫无节制地射击。在这里，爆炸声、尖叫声、哭号声、嗞嗞声、碰撞声、振动声以及叽里呱啦的喊叫声交织在一起。这里成了地狱。

但每种武器都有自己的声音，训练有素的耳朵能够清晰地分辨出来并予以归类，他能够从整个喧嚣中一一辨别出来，尽管十几种声音混杂在一起，尽管他自己的机枪愤怒地吼叫着，跳动着，这是相当奇怪的一件事。迫击炮持续发射的扑通声，机枪的嗒嗒声，勃朗宁自动步枪的更细更快的哧哧声，五十毫米口径机枪的猛烈射击声，七十五毫米口径榴弹炮发射炮弹的爆炸声，步枪射击时发出的噼啪声，三十七毫米口径反坦克炮近距离向进攻敌人开火的重击声——凡此种种都向灵敏的耳朵传递去一些明确的信息，即使满耳充斥着战场的喧嚣。

我们的耳朵被一些奇怪的陌生声音刺痛着：日本步枪的声音更加尖细刺耳，如同木板的断裂声，还有日本人那速度极快的机枪的咕噜声，他们的轻型迫击炮的咯噔声。

在我们左侧，一束曳光弹在空中划了一道弧线落在了对岸的敌人阵地上。距离的遥远再加上我们身边此起彼伏的枪炮声使得曳光弹看上去似乎悄无声息地落在了敌人那边，就仿佛在聋哑人的世界里发射的子弹一样。

“那是‘印第安’发射的。”我小声说道。

“没错。但是那些曳光弹不是什么好东西。幸亏我们把它们从子弹带上解了下来，而他一直把曳光弹挂在子弹带上。日本人会发现他的，肯定会的。”

日本人确实发现了他。

他们在河对岸一辆废弃了的水陆两栖战车上架设起重机枪，打死了印第安。

他们射出的子弹射穿了沙袋，沿着印第安的步枪水套进入了他的心脏。日本人杀死了他，杀死了这个来自匹兹堡的印第安男孩，杀死了这个面部光滑的无名职业拳手。他的手还在紧扣着扳机，敌人的铅弹却已进入了他的心脏。他死了，但是他杀死了更多的敌人。因此，他不是无名氏，他也不是少不更事的男孩。

日本人击伤了他的助手，他自己也中弹失明，但是他依然继续战斗。海军陆战队授予了他海军十字勋章，好莱坞摄制了一部关于他和特纳鲁河战役的电影。我猜想美国人急切想要的是一位活着的英雄，而印第安死了。

印第安身边的这位小伙子成了英雄，这没什么问题，但是令我们感到悲哀的是，可怜的印第安什么都没得到。

这场战役是日本第一次有组织地进攻瓜岛，也是美国军人第一次挑战日本“超人”。日本“超人”将子弹射入了印第安的胸膛，印第安则朝他们发射了二百多发子弹。

海军陆战队怎么能够忘记印第安呢？

现在我们陷入了另外的曳光弹麻烦之中。我和笑面虎开始轮流射击，我也开火了。曳光弹朝我身边飞来，它们从黑暗的河面上飞了过来。你看不见它们飞过来，似乎它们并不存在，但是突然之间，它们已经来到了你面前，在你身边跳动着，带着地狱里的欢笑快乐地闪烁着。

它们朝我飞来，我确信只有几发曳光弹，但是当我斜着身子躲避它们时，我感到时间停止了。

“笑面虎，”我低声说道，“我们最好动一下。看起来我们进入了他们的射程。也许我们应该不断移动，那样的话他们就找不到我们，而且那样的话也许他们会误认为我们有更多火力。”

笑面虎点头同意。他拧松机枪，我把枪从三脚架的支架里拿下来。笑面虎倚在掩体坑道边上把三脚架拉到肩膀上。我倚在掩体坑道边上把机枪抱在胸前。我们像仰泳一样向后移动，动作和我们在北卡罗来纳的那个小酒馆里偷啤酒时一样，同时尽量不弄出声响，因为在战场上枪声间歇期间的寂静里，任何声音都会很刺耳——声音会招致对岸的敌人向我们射击，如果那里有敌人的话。

我这么说是因为我们从来不知道那里是否真的有敌人。我们听到那里有声音就朝那里射击。我们感到炮弹在身边爆炸，听到敌人的子弹在耳边呼啸，但是我们不能确定这些炮弹和子弹来自哪个方位。

但是此刻当我们蠕动到一个新位置时，没有敌人朝我们开火。我们再次装好机枪，继续射击。我们在这个位置上待了足足十五分钟，然后转换到另外一个新位置。就这样我们在战场上不停地移动着，射击着。

黎明似乎是从迫击炮的炮筒里喷薄而出，二者不期而遇。伴随着我们迫击炮的轰炸声，黎明的光亮也从天而降。此时我们可以看清楚了，我们正对面的椰树林里没有生命存在的迹象。那里只有尸体，没有活着的敌人。

但是在我们左侧朝着大海特纳鲁河对岸的地方，这支被击垮了的日本攻击部队的残余正在受到毁灭性的打击。我们能够看到他们抱头鼠窜，我们的迫击炮弹尾随在他们后面。与此同时，我们也朝着他们射击。炮弹雨点般落在敌人身后，追赶着他们向我们的阵地推进，迫使这些不幸的敌人放弃一个又一个掩体，无情地被赶往我们的前沿阵地，最终被我们消灭掉。

我们能够看到他们在椰树间跑来跑去。绅士找到一个极佳的位置对他们进行长时间纵向扫射。我们中的一些人用步枪射击。但现在我们退出了战斗，我们在右翼最远端，很显然一切都在我军的控制之中了，我们没有必要锦上添花了。

“停止射击，”来自七连的一个人朝绅士喊道，“第一营正在过河。”

步兵已经过了我们右边的桥，正在椰林里呈扇形散开，他们将向大海方向推进。

我们的轻型坦克正穿越远在我们左边的沙洲展开反攻。

日军正在被赶往死胡同,等待他们的是死路一条。

大家都忘了战斗,在旁观眼前的这场大屠杀,这时传来了呼喊声。原来一群日本兵正沿着对面河岸朝我们这个方向跑来。他们的出现大大出乎我们的意料,以至于我们一时竟然忘了开枪。

我们钻进掩体,找到自己的枪位。我一个箭步冲到了机枪旁边,笑面虎和我刚才把枪留在了岸上。我松了一下机枪,然后开始朝这群日本兵扫射,子弹从机枪里喷射出去,好似我握的是水管一样。

除了一个日本兵外,其他人全都应声倒地。第一个倒下得非常快,就像他的下半身被大镰刀砍掉了一样,接着其他人滚翻在地,不停地尖叫着。

我们的机枪再次脱手蹦了出去,于是我抓起一支步枪——至今我还记得那支步枪没有枪带——那支步枪就在机枪左边不远的地方。这时那个没有倒下的日本兵在我步枪的瞄准镜里已经深入了椰林。他的背部上下跳动,似乎要甩掉身上的背包。于是我扣动了扳机,瞄准镜里的那个日本兵消失了。

也许不是我打死了他,因为那时战友们都回过神来了,都抓起了武器。但是我向他们吹嘘说是我打中了他。也许射向他肩胛之间的那一枪也是对他的怜悯,因为即使他逃脱了,等待他的也是一个注定很悲惨的结局:黑夜、饥饿和在雨林里慢慢死亡。不过我当时丝毫没有悲天悯人的念头。

现代战争在丛林里展开。

第一营的士兵们正在清剿敌人。有时候他们把一个日本兵赶到我们这边来。日本兵以河岸为掩护,躲藏在那里,殊不知他的对面就是我们,一群武装精良、正杀得眼红、想打死更多日本兵的胜利者。就这样我们又打死了几个日本兵。我们处于狂热之中。

在沙洲上,日本兵正面临灭顶之灾,美军正在给他们的棺材钉最后一根钉子。

一些日本兵纵身跳入大海，试图游离那片恐怖的椰林。他们就像旅鼠，他们回不来了。他们的脑袋在海面上摇晃着，如同漂浮在水面上的软木塞。海军陆战队员则占据有利地形向他们开枪：趴在沙土上瞄准他们的脑袋射击。

战斗结束了。

那天晚上，月明星稀，V形物又出现在特纳鲁河里。两束绿光邪恶地闪烁着。有人朝它开枪射击。枪声沿着河岸向远处传去。V形物不见了。我们焦急地等待着，那晚它再也没有光临。

第二天清晨常春藤联盟中尉大步流星地来到了我们的掩体坑道。他坐在一个椰子树的树墩上告诉我们特纳鲁河战役的经过。他边说边拼命地抽着烟，两眼盯着河面。疲惫和紧张把他的眼帘拉得很紧。他的眼睛记录了发生在瓜岛的特殊一幕，长时间的注视让眼球看上去更黑、更大、更圆、更坚毅。这种生理变化在棕色眼睛的人身上特别明显。他们的眼睛似乎要变成红褐色了，如同爱尔兰猎狗的颜色。

"他们试图越过沙洲，"中尉说道，"他们绝对有一千人，而我们只有一排铁丝网和枪炮。你们应该看看他们蜂拥在'咬指甲'的机枪前面的样子，堆在一起一定有三人高。他们都疯了，甚至没朝我们开枪。"他停顿了一下，看着我们继续说道："我们听到你们这里开枪了，是怎么回事？"

我们把这里发生的事情告诉了他。他点着头，但是没在听，他依然沉浸在沙洲保卫战的回忆之中。再次开口说话的时候，他告诉我们有谁在这次战役中牺牲了。八连牺牲的人数超过了十二人，受伤的人数超过了二十人。我们排里有四五个士兵战死，其中两人是被砍死的。一队日本侦察兵发现这两人在河岸的掩体里睡大觉，于是就把他们砍成了肉酱。

听到“某某牺牲”的消息并不常常或立即让我们伤心，除非是死者的亲密朋友。我们很难为死者感到无比悲痛。此刻我听着中尉沉重地念着战死者的名字，强迫自己的脸上露出悲伤的表情，刻意地在我的心上蒙上一层黑纱，但是当我向内反观自己心情的那一刻，我赫然发现内心深处竟然没有悲伤。为了不让人知道自己是个冷血怪物（当时似乎就是如此），我刻意装出如丧考妣的样子。我们都是这样。

但是当我听到那位曾就米饭里的虫子开玩笑的医生的名字时，我的心着实跳得厉害。

常春藤联盟中尉起身站了起来，眼睛依然盯着河水，说道：“我得走了，我还得写信。”说完他转身离开了。

那天早晨我们安放了第二挺机枪。山地人和我偷偷溜到了沙滩上。

我们团共消灭敌人约九百人，其中大部分尸体都成堆或成群地躺在可以俯瞰沙洲的枪位前面，似乎他们不是单个单个而是成批成批地死亡。搜寻战利品的人们在尸体中间蹑手蹑脚地走动着，小心翼翼地从尸体上摘下或拿出战利品，生怕有诡雷似的。

只有战服的不同才能把那些海军陆战队员和希腊神话里的赫克托耳区别开来，前者弯腰从阵亡日本兵身上搜罗财物，而后者则从被杀害的普特洛克勒斯身上剥下从阿喀琉斯那里借来的盔甲。

一名海军陆战队员手里拿着老虎钳有条不紊地在尸体中间穿梭。他已经观察到日本兵喜欢用金料填补牙齿，他们的假牙常常是纯金的。于是他就对日本兵尸体的牙齿大肆劫掠。他用脚踢开日本兵的嘴巴，仔细地检查里面的牙齿，其认真态度绝不亚于帕克大街上的牙医——他很小心，不让自己碰到尸体而被污染——然后用老虎钳猛地拔出所有闪闪发光的牙齿。他把金牙齿放进挂在脖子上当护身符用的空烟袋里。我们把这个人称作“战利品狂人”。

我从掩体坑道返回之后，一想到战利品狂人和其他寻找战利品的人就回想起河对岸有我的战利品,这些战利品躺在那里未被动过,也许我可以堂堂正正地据为己有。

我在向那些沿着河岸逃跑的日本兵扫射的时候,看到一个银色的东西在第一个倒下的日本兵身上闪闪发光。我猜想那是日本军官的肩章对阳光的反射。假如那个人是个军官的话,他一定身佩军刀。这可是战争中最珍贵的战利品啊,我下决心去拿。

于是我悄悄地溜过铁丝网爬下河岸。我把衣服放在水边,像夏天里的小男生一样悄悄下了河。我嘴里叼着一把匕首,和小男生一样把自己想象成一个令人毛骨悚然的海盗。

我在水里蛙泳前进。即使敌人的射击也不会让我把脸埋进腐臭的河里。河上漂浮着一层厚厚的泡沫。当我向前游的时候感到身上起鸡皮疙瘩,脖子僵硬,脑袋直挺挺地仰着,如同一只天鹅。牙齿间的匕首让我感到寒意阵阵,口水沾满了匕首,随时会让匕首从牙齿间滑到水里。

我小心地划着水,绕过一个大个子日本兵的尸体,这具尸体漂在水上,一只脚被水下的灌木缠住了。他在水面上轻轻地摇晃着,如同拴在岸边的皮划艇。他的身体看上去似乎不同寻常地鼓胀,后来我明白了,原来他的制服上衣里装满了炒米,裤腿里也同样装满了炒米,一直到膝盖,在膝盖上他用皮筋绑住裤子以免炒米掉出来。“真是个炒米迷。”我在心里说道,不由得对他产生了一种莫名其妙的同情之心。我的双脚触到了河底的淤泥。我得向前走差不多三码的距离才能上岸,可是我的脚却踩在了软软的淤泥里,顷刻间我担心自己陷在了一片沼泽地里。淤泥淹没了小肚腿子,每向前走一步脚下就发出贪婪吮吸的声音,吓得招潮蟹横着身子四散奔逃。

椰林里日本人的尸体横七竖八地躺在那里。热带气候已经对尸体产生了作用,尸体开始腐烂,脓液开始流出来。一群群的苍蝇让我心惊肉跳,它们振动着细小的翅膀,发出低沉而可怕的嗡嗡声,以漏斗状的队形从每一个孔洞,包括嘴巴、眼睛、耳朵中飞出。

苍蝇是这里的主宰,热带气候是这里的胜利者,她的奴仆遍地都是,用它们的嘴唇贪婪地吸吮着这堆正在腐烂的肉体。看到眼前的可怕景象,我所有胜利的喜悦,所有富于幻想的自高自大都烟消云散了。那些上面正蠕动着白蛆的尸体有可能就会是我的身体啊,也许再有一天的时间我就变成了这个样子。

我身体僵硬地保卫着自己,仿佛用一只胳膊就能把惊恐拒之身外,我回到河岸滑进了水里。但是在回到水里之前我从一个日本兵身上拿走了一把刺刀和一架野外双筒望远镜,我把它们十字交错地挂在胸前,使我看上去仿佛是个手榴弹兵。我在椰林里没有找到军刀,这些死人中没有一个是军官。

我游了回去,迫不及待地想离开这片恐怖之林。战友们端着枪掩护着我的冒险之旅,当我拖泥带水地走出特纳鲁河时,他们把我脸上痛苦的表情误认为是胜利的喜悦。他们围拢过来仔细查看我的战利品。而后我到食堂吃饭去了。

回来时,我注意到一小群海军陆战队员兴奋地聚集在河岸上,他们中的大多数来自七连。行者拿着我新得来的双筒望远镜急匆匆赶了过去。

我来到岸上时,他端着望远镜正在瞭望。我以为他正在眯着眼睛努力地看着什么,后来我看到他实际上在扮鬼脸。我从他手中夺过望远镜,将焦点聚集到对面河岸,只见一条鳄鱼正在那里吞咬着那个肥嘟嘟的日本炒米迷。我观看鳄鱼的兴趣逐渐下降,但是当看到鳄鱼开始撕扯他的内脏时,我突然想起了自己不足一小时之前还在那里游泳,不禁膝盖发软,于是我把望远镜交给了别人。

那天晚上V形物再次现身。所有人都朝它呐喊,但是没有一个人朝它开枪。我们已经知道它是何方神圣了,就是那条鳄鱼。

三个较小的V形物尾随其后。

这些鳄鱼让我们不得安眠。空气中的气味也让我们睡不着觉。虽然我们用毯子蒙着头——这是躲避蚊子的办法——我们依然忍受不了空气中的那种气味。气味最容易引起人的愤怒。它会让你不得安宁。人们可以对丑陋的东西闭目不见,人们也可以对噪声捂耳不听,但是对强烈的气味人们却无处可逃,除非离开。既然不能离开,我们就躲避不了那种气味,因此我们彻夜难眠。

我们再也没向鳄鱼开枪,尽管它们日复一日前来吃它们的大餐,直到有一天我们把日本兵的残骸捞上来进行集中焚烧和掩埋,算是为死在我们手中的敌人举行的葬礼。

我们再也没向鳄鱼开枪,因为我们把它们看成是“河上巡逻队”。它们嗜血的欲望膨胀起来了,似乎每天都在特纳鲁河上逡巡。我们想,只要它们在里面,任何敌人都不敢游过来,即使他们有胆量游也不会成功的。我们这么想是基于对鳄鱼习性不完全的认识(即“如果鳄鱼追你,你就拐弯抹角地跑,因为它们不会改变方向”)以及能够阻止它们把我们撕成碎片的浓密铁丝网。有时候在漆黑的夜里,一阵恐惧袭来,我想象着那条大鳄鱼在追逐着我们,就像《彼得 · 潘》里那条嘴里含着钟表的鳄鱼追杀胡克船长一样。

所以鳄鱼成了我们的好朋友,我们再也没有骚扰它们。当然我们当中再也没人到特纳鲁河里游泳了。

第三节

我们在所谓的“地狱点之役”[①] 中取得的胜利并没有原先想象的那

① 即特纳鲁河之役。

么辉煌。它只是我们在瓜岛诸多战役中的一次，而且说到底也不是最重要的一次。但是它却是我们人生经历中的第一次，因此我们将其视为大获全胜，这就像有人把自己得到的礼品视为世界上最珍贵的礼品一样，既无往者可鉴，又无来者可追。

我们即将从享受胜利的高峰跌入接受考验和忍受单调的低谷了。日本人对我们的进攻将会倍加疯狂，更加持久，变化多端。他们将从海陆空全方位攻击我们。在日本人两次进攻的间隙是漫长无聊的等待，这种无聊足以吸干滋润一个人身体和灵魂的水分，如同甘蔗被土著人榨干一样，只留下干瘪的外壳，除了当柴火烧之外别无他用。

考验和单调交互作用会让人产生恐惧：考验会让人发颤，好似树梢头上的疾风，而单调则侵蚀人的意志，如同树根下面的洪水。每次新考验都比上次考验更加震撼人心，而每次单调的等待——其间胡乱推测一些可怕的事情——都会动摇意志力的根基，让人在下次考验来临时变得更加脆弱。有时候压倒骆驼的最后一根稻草降临了：在日本战舰的轰炸下，一个人蜷缩在掩体坑道里，掏出手枪对准了自己的脑袋，结果了自己。有时候一个偶然事件就把人击垮：一个人听到敌机俯冲下来的声音就崩溃了，他大喊大叫，浑身发抖，紧握双手，起身就跑。这就是我所说的恐惧，这种恐惧扼杀了人的理性。我目睹过两次这样的恐惧事件，两次感受过这样的恐惧对我的冲击。不过幸好这种恐惧并不多见，它只夺走了少数人的生命。

而勇气则随处可见。

勇气让人组成俱乐部或社团，正如人们基于各种理由极为看重的那些因素把人组成俱乐部或社团，如金钱，如慈善。勇气是俱乐部会员共同依赖的品质。当炸弹落下来的时候，或者当日本战舰从海上向我们轰炸的时候，泥泞的掩体坑道就成了我们的勇气俱乐部。这里也有共同遵守的协议，因此当其中某人突然感到恐惧时，很自然地他就会引起痛苦的沉默和尴尬的咳嗽。我们每个人都把脸扭向别处，这就像百万富翁们吃惊地发现一名俱乐部会员向服务员借五美元一样。

然而我认为在我们的俱乐部里慈悲的成分更多一点。我们对自己的勇气并非自吹自擂到认不出朋友脸上难看的表情其实就是自己内心的不安。今天是你害怕，明天就轮到我了。

一个月的时间过去了，在我们看来敌人发射的炮弹和我们周围的苍蝇一样多。日本人一天轰炸我们三次，而且每个周日清晨必轰炸一次(日本人真是一根筋，这可能是受到了他们周日清晨轰炸珍珠港取得巨大成功的鼓舞吧)，椰林在炸弹声中咝咝作响，听上去像一位巨人在忏悔。

到了晚上，日本飞机“洗衣机查理”出场了。洗衣机查理——给这种飞机冠以这样的名字是因为它的马达发出的声响和洗衣机类似——是夜间劫掠者，在我们上空徘徊。应该不止一架查理飞机——就是说，应该不止一名日本飞行员半夜驾驶飞机在我们上空盘旋——但是从来没有一架以上的日本查理飞机同时出现在我们的夜空里。这是日本骚扰我们的车轮战术中不可缺少的一环。

如同狗叫比狗咬更糟糕一样，查理马达的振动声比起它扔下的炸弹来更加可怕。飞机一旦丢下炸弹，我们就会长出一口气，因为知道它马上就要飞走了。可是查理飞机在空中打转的嗡嗡声让我们彻夜不眠，心神不安，因为只要查理飞机想待多久或敢待多久它就待多久。黎明的到来意味着查理飞机的离开，因为这时我们的飞机就会腾空而起去击败它，另外此时我们的防空炮手也能看清它的方位。

查理飞机没有炸死多少人，但是和麦克白一样，它谋杀了我们的睡眠。

比上述考验更为严峻的是来自海上的炮击。

日本战舰——通常是驱逐舰，有时是战列舰——远离海岸。别说晚上看不见它们，就是白天也很难看见它们的踪影，因为它们离我们有几英里。我们的飞机晚上不能起飞去轰炸它们，我们的七十五毫米口径的山炮对付它们就如同玩具枪对付步枪一样。日本人想怎么攻击就怎么攻击。

我们远远地能够看到海面上开炮时闪耀的火光，我们听到枪炮齐鸣发出的叭嘣声。然后是重磅炮弹像夜空中的货车车厢一样朝我们飞来。炮弹落地引爆后的地动山摇让我们心惊肉跳，尽管爆炸地点离我们还有几百码的距离。你的胃会痉挛，就好像怪物的手在胃里捣腾一样；你张着嘴大口大口地喘气，就如同足球运动员重重地摔在地上，被看不见的风彻底击败。

火光一闪。叭嘣。呼，呼——哧。

他们降低了炮准星……炮弹离我们越来越近……哦，一发炮弹就在离我们很近的地方爆炸了……沙袋掉了下来……我的耳朵被震得听不见任何声音。我听不见飞来的炮弹……就是那个你听不见的炮弹，他们说，就是那个你听不见的炮弹……它在哪里？……它在哪里？

火光一闪！……叭嘣！……感谢上帝！……他们升高了炮准星……炮弹朝着另外的方向飞去。

黎明的曙光在河面上闪耀。日本人的战舰离开了。我们的战机从我们身后的飞机跑道上起飞追击它们。我们从掩体坑道里钻出来。有人说很庆幸日本人整晚都在突袭轰炸我们，因为假如他们停止了轰炸，接踵而至的也许就是他们的地面进攻。另外有人称这种说法愚蠢至极。于是二人争论起来。不过没人理会他们。现在天色大亮，现在我们担心的只有轰炸——当然还有炎热、蚊子以及肚子里那些硬如石子的大米。

我们的眼睛瞪得更加溜圆，更加坚定地凝视着前方。

我们讨厌劳动队。我们饿得浑身无力。晚上我们守卫阵地，白天军官们把我们组成劳动队带到机场。在那里我们要掩埋弹药箱。先挖一个深坑,然后把重达一百磅的板条箱拖进坑里,完事后我们变得更加虚弱。

有一次我们从机场结束劳动后返回掩体坑道,途中炸弹突然从天而降。我赶紧赶在日本人扔在小树林里的炸弹追上我之前夺路而逃。我和另外三个人纵身跳进一个刚刚挖好的散兵坑里。我蜷缩在那里,空中传来的轰鸣声让我感到恶心反胃。在我身后蜷缩着另外一个人,他的脸紧贴着我赤裸的后背。他嘴里念念有词地祈祷着什么,我能感到他的嘴唇在我皮肤上的蠕动,那是害怕和信仰掺和在一起而形成的哆哆嗦嗦的吻。

当我回到我们的掩体坑道时,战友们告诉我另外一组劳动队被炸弹击中了,劳动队的成员都牺牲了,而我差点就被编入那个劳动队。但是"文明人"属于那个劳动队,他被当场炸死了,还有欢快的得克萨斯人。

笑面虎升为了下士。他是在一次战地晋升中升为下士的。常春藤联盟中尉向上级建议颁发给笑面虎银星勋章,原因是地狱点之役中我们在河岸上的战斗表现,他特别提到,我们把机枪从一个地方移到另一个地方的举动可能阻止了敌人的侧翼进攻。团长将嘉奖降格为晋升一级。常春藤联盟中尉在他的推荐信中没有提到我。对此我不明所以。尽管是笑面虎率先抓住了机枪射击,但是,是我提议移动扫射的——这一点常春藤联盟中尉心知肚明。我对自己被忽视这件事感到愤愤不平,我试图掩饰我的愤怒,笑面虎感到有点尴尬,想尽量淡化这件事,试图一笑了之。笑面虎既应该得到晋升也应该得到嘉奖,因为他天生就是位领导者。我一辈子都不能原谅常春藤联盟中尉,我认为从这件事开始我就讨厌上了他。

他们给我们送来了蚊帐。我们依然睡在地上——如果地面干燥的话就在身子下面铺上雨衣,如果下雨的话就把雨衣盖在身上。但是蚊帐确实给我们带来了很大的方便。现在我们可以睡在毯子上面而不必用它裹着脑袋躲避蚊子了。雨衣也可以卷起来当枕头了，假如下雨的话我们就可以钻进雨衣里避雨。不过蚊帐确实来得太迟了。我们都得了疟疾。

他们给我们送来了补给。每个班分到了一只牙刷、一包刮胡刀片和一块糖果。我们通过抓阄的方式瓜分了这些东西。行者抓到了糖果。苦于无法在十个人之间分配糖果，行者陷入了无法决定的精神痛苦之中，最后我们都安慰他，说他应该一个人独享。于是他溜进了灌木丛，解决了那块糖果。

橡木墩继续巩固他的私人要塞。每次我见到他的时候，要么他的手里拿着一把斧头，要么他的肩膀上扛着一根椰树木头。有一次，他扛了一根硕大的树干，这根树干把他的肩膀挂出了一道口子，而这种伤口在平民眼里就需要缝上几针。

我们每个人都满怀希望地不断说，下周陆军就会来跟我们换班。

所有人都绝望了。我们听到消息说前来换防的陆军在海上全军覆没了。

笑面虎和我去扫了墓。墓地位于海边小路的南边，这条小路自东向西穿过椰林。我们在熟人的墓前跪下祈祷。尽管墓地里处处散布着粗糙的十字架，上面钉着战死士兵的军籍号码牌，但是只有棕榈叶标识着他们被埋葬的位置。一些十字架上挂着饭盒，饭盒贴在十字架的木头上如同一个粗制的大奖章，上面刻着他们的墓志铭。

“他战死沙场。”

“他是一名真正的海军陆战队员。”

“他是个大个子，心胸宽广。”

“这里长眠着我们的好兄弟。”

“越是艰难他越是高兴。”

有的墓志铭是下面的诗文，我在来这里之前和之后的岁月里多次见到，它们直白朴素地诉说了海军陆战队员嘲笑尘世战争的心情：

他进入天国后
会对圣彼得说：
又有一名海军陆战队员向您报道，长官——
我在地狱服役期满。

有的碑文——大多数就是阵亡士兵的名字——是通过把子弹压到地里排列成一个个字母形成的，露出地面的圆圆的铜制子弹头在阳光下熠熠生辉。笑面虎和我将目光从墓地移开，看着远处的平原和山丘。笑面虎扬了扬眉毛冷笑着说：

“空地还很多啊。”

“那是肯定的。”我应和道。

我们在一名来自我们排的战友的坟墓前祈祷了一番。

“你知道吗，”笑面虎站起身来说道，“在地狱点之役前他的钱袋里有二百美元。是他玩扑克牌赢的。”

“怎么啦？”

“埋他的时候，他身上一分钱都没有。”

我们密谋要弄死一只对我们的掩体坑道恋恋不舍的老鼠。我们发誓要杀死它好弄顿鲜肉吃。它的习惯是急速跳过射击孔，几乎是一闪而过，在昏暗中它跑动的速度真是相当之快。随着我们因饥饿而变得越来越虚弱，这只老鼠的胆子似乎越来越大，在我们极端虚弱的时候它竟然慢悠悠闲庭信步似的踱过射击孔！我们没有逮住它。即便抓住它，估计我们也不会烹而食之的。

一天晚上，日军的巡洋舰又开始轰炸我们。一枚炸弹落在了离我们不远的河道淤泥里，我们的掩体坑道果冻似的抖动了几下。我们鸦雀无声，最后没屁股满怀希望地说："一定是个哑弹。"我回应道："难道你没听说过炸弹上会有定时延迟引线吗？"我们都咯咯地笑了，只有没屁股没笑，引人怜悯地喘着气。我不得不拍拍他的肩膀安慰了一下。

又有一个夜晚，一个漆黑的夜晚，我们挤在掩体坑道里，右边山坡上传来了战斗的声音。我们立即对敌人可能的进攻警觉起来。我们忐忑不安地坐了整整一个晚上，直到第二天早上传来消息才知道喋血岭之战已经打了一半，日本人已经被击退。

当夜幕再次降临时，战斗继续进行。我们还是坐在漆黑的掩体坑道里，等待着。这一次我们几乎听不到轻武器发出的声音，只听到大炮的轰鸣声——我们希望那是我方军队的大炮发出的吼声。我们轮流从枪口里向外瞭望或者干脆爬到河岸上更仔细地侦察，看看敌人是否向我们这边进攻。我们只盼望着我们的突击队以及海军陆战队空降部队能够在那个黑红色的山冈上挺住，战斗已经向我们逼近，我们的炮弹已经落在了我们自己的阵地上，我们的海军陆战队员弃守了这些阵地，而日军攻占了它们。我们的一百五十五毫米口径的大炮发出令人难以置信的攻击，震得我牙都疼了。

清晨是我们的福音，它赶走了我们对日本人突破山冈防线的恐惧，它的光辉穿过各种缝隙洒满大地，也洒进了我们身后的树林。我们知道日本人遭到了我军的迎头痛击。很奇怪，我们守夜的焦虑所带来的疲倦几乎和真打仗一样。

第二天山地人一语道破了我们心中的忧虑。

我们聚集在河岸上仅有的一棵树下乘凉。山地人倚着树干坐在那里，手里削着一根木棍。

他不停地用刀子一层层地削着木棍，脚底下堆满了打成卷的长长的白色木片。他似乎并不在乎别人是否留意他说的话。

"他们会把我们砍成碎片,"他一字一顿地边说边削木棍,"昨晚他们攻击了突击队,今晚他们就要攻击我们。当然我们会击败他们,就像突击队打败了他们一样。但是每次我们都要损失一些'木片',每次我们都要损失几百人。他们在乎损兵折将吗?生命对他们来说微不足道。再说了,他们有大把大把的人,"他挥舞着木棍继续说道,"他们有充足的'木棍',但我们只有一根,只有我们这些人。今天早上五营的人过来说,日本人又运了两船兵来。他们会不停地砍杀我们。白天我们在敌人的轰炸里损失一二十人,晚上'洗衣机查理'又夺走我们几个人的生命。当他们的战舰袭击我们的时候,不知道我们又要损失多少人。"

"但是他们为所欲为地干着这一切,"他继续咕哝着说道,手中的刀砍上了一个硬疙瘩,"因为我们没有战舰,除了几架格鲁曼战机外也没有其他战机,即便有这几架格鲁曼战机,它们鼓捣半天也起飞不了,因为我们没有汽油。而敌人呢,他们有战舰,也有飞机,而且看上去他们还有时间。所以啊,我告诉你们,"说到这里,他的刀猛地穿过了木棍,棍子应声断为两截,"他们会砍死我们。"

笑面虎设法用开他玩笑的方式缓和一下气氛。

"我说你今天吃错什么药了?你原先从来没有说过这么多话啊。嗨,大家听着,这里有位长舌妇想回归到平民队伍里去,想排长队领战争债券。你想要什么——啤酒里放鸡蛋吗?"

"别傻了,笑面虎。我不是和你们开玩笑。他们会把我们拖垮的。"

"我不想把鸡蛋放在啤酒里,"行者说道,"直接把鸡蛋给我就行了,把我的那份鸡蛋放进一只优雅的高脚杯里让我吃掉就得了,就像在斯塔特勒酒店里那些人一样。卡菱啤酒,卡菱黑带啤酒。"

山地人站起身来,用疲倦和愤怒的眼神低头看了我们一眼,然后大步走开了。我们静静地坐在那里,觉得自己就像是神学院的学生,而我们的导师就上帝是否存在这个话题作了一番最震撼人心的辩论之后拂袖而去。我们必胜的信心一直坚不可摧，而胜利的对立面——失败——在我们中间没有市场。胜利是可能的结果，仅此而已；它可能来得容易，也可能来得艰难，它可能来得早些，也可能来得晚些，但是它一定会到来。现在经山地人这么一搅和，硬币的另一面展现在我们面前：我们会失败。

他的观点动摇了我们，从那天开始我们的情绪中出现了一种认为自己是牺牲品的倾向。

所有军队都有牺牲。一小股军人的牺牲对整个军队而言算不上什么致命损失。在一些严峻的形势下，一个人也许会考虑牺牲掉他的一根手指而不是整个手掌，或者在极端严峻的情况下，他会考虑牺牲掉手掌而不是心脏。无论是在和平时期还是在战争时期，都会有被丢掉或被毁灭的牺牲品，而这些牺牲品的拥有者是没有权利躲避的。一支枪或者一条子弹带都是可牺牲的。人也是如此。

实际上，人是最容易被牺牲掉的。

饥饿、丛林、日军，这些东西没有一个（加在一起也不行）能比自认为是牺牲品这样的情感更加消磨人的意志。

这种被牺牲的感觉不是献身的感觉，因为它绝对不是自愿的。如果海军陆战队要求志愿者前来参加像瓜岛之战这样不可能完成的任务，我丝毫不怀疑几乎所有目前参战的人都会挺身而出。这是牺牲，是自愿的。被牺牲的感觉会剥夺一个人的喜悦、自我克制和自我牺牲的自由。被牺牲的感觉让人觉得自己是牺牲品而非殉道者，这常常使被牺牲者产生怨恨。我怀疑以撒[①]是否毫无责备地接受了父亲亚伯拉罕的那一

① 希伯来族长，犹太人的始祖亚伯拉罕和撒拉的儿子。《圣经》里说，亚伯拉罕为了向神表明自己的诚意而献出了自己的独子以撒。

刀，我相信如果以撒知道是为了同一个天主而死他愿意高兴地死上一千次。这个世界上充满了具有牺牲精神的英雄和烈士，但是牺牲品只有一个。

如果我们将要成为牺牲品，我们肯定会成为被绑在柴火上的以撒那样的角色。我们没有一天不强调这一点。

“中尉，我们什么时候离开瓜岛啊？”

“你问我，我不知道。”

“你就不能问问上校吗？”

“凭什么你就认为他知道呢？”

“这东西太难吃了，中尉。”

“是，我知道——不过你最好还是吃掉。”

“我实在是再吃不下一口这种有虫子的米饭了。”

“吃掉它。”

“但是你怎么可以指望我们——”

“吃掉它。”

“但是它会噎死我的。”

“好的，那就算了吧。”

“我估计我得了疟疾了。这里——你摸摸我的前额。”

“糟糕——我想你说得对。你的前额滚烫滚烫的。你应该到医务室看看去。”

“不去。”

“为什么不去？”

“去了有什么用呢？他们只会给我点阿司匹林。如果我发烧确实很严重，他们只会把我和其他重症发烧者放在同一个帐篷里。他们不会让我回家的。他们不会带我离开瓜岛的。没有人离开。所以去了也没用。”

“没错,我想你说得对。”

“我当然说得没错啦。所以啊,我宁愿受点罪也要在朋友们中间。我告诉你——没人会离开这个岛的,即使进了松木盒[①]也不行。”

“你说得没错。我们在这儿不是有公墓吗?”

真寂寞。晚上守夜很寂寞,听着数不清的移动物体发出的声响,并紧张辨别在自然界杂乱无章的韵律掩饰之下有没有人类发出的有规律的声音。还是寂寞。这个掩体坑道在我们的热切盼望中昏昏欲睡,里面充满了我们对整个世界的无情责备。

从另外一种意义上说,从一种近乎伤感的意义上说,我们已经认识到我们在这里成了孤儿。没人关心我们,我们就是这么认为的。数百万美国人日复一日地做着同样的事情:看电影、结婚、参加大学毕业典礼、召开销售会议、去咖啡馆烤火、看反对活体解剖的新闻、听政治演讲、讨论百老汇的大热门和大冷门、关注小报上的头条新闻(诸如上层人士的惊天丑闻、出租屋内的谋杀案、墓地遭到破坏以及名人入教等)。美国人天天就这样打发日子,毫无变化,也丝毫不关心我们。今天看来我们的这种想法是多么可笑。

可是我们当时千真万确就是这么想的,因此我今天认为如果当时不发生痛苦的但却是让身心得以解放的变化,我们在特纳鲁河边也许会承受难以承受的痛苦。还好我们接到了转移到新阵地的命令。

我们离开了特纳鲁河。我们是在没有预先得到通知的情况下匆匆离开的。我们把背包甩到背上,把枪扛在肩上,步行走过那座木板桥,经过

---

① 西方文化里用“松木盒”婉指棺材。

鳄鱼窝,爬上山丘,然后走进了一片草地。

第四节

我们在这里稍事休整。这片草地好像是度假胜地一样,让人暂时从繁重的工作中解脱出来,适合人们前来度周末或寒假之类的。在这里,我们心中的恐惧几乎完全消失了,我们就像考古队员或围猎队员一样轻松。只有漆黑的夜晚才让我们重新想起压在心头的三座大山: 黑暗、丛林和日军。

令人窒息的酷热弥漫在这片长满茅针的草地上,即便如此,我们的轻松心情丝毫不减,因为我们已经挖好了比在特纳鲁河岸的掩体大一倍的掩体坑道,我们就躲在那里乘凉。我们的掩体就是一座堡垒,差不多和厨房一样大小,深度达到甚至超过了六英尺。上面担着两层厚的木头,木头上面铺着一层几英寸厚的泥土,最上面覆盖了一层厚厚的野草,这些野草在我们刚刚铺上后不久就扎下了根,因此从一百英尺以外的地方看,这个掩体俨然就是一座小山丘。

我们在掩体里向外射击的范围非常开阔,犹如无人的大海一样一望无际,再加上密密麻麻的铁丝网如暗礁一样随时让粗心大意者陷入困境,我们现在所要认真对付的就只有轰炸机或战舰的直接轰炸了。

我们躺在防御工事里一方面消磨时间,一方面护理我们的“热带溃疡”。热带溃疡是我们自己起的名字,指的是感染或者化脓,特别指的是那些触及骨头外表层的脓疮。我们中绝大多数人的腿上和手上都点缀着红白相间的菊花团样的斑点: 红色的是血,白色的是脓包,脓包周围常常有黑色苍蝇飞来觅食。

不过我们在草地上也有奢侈品: 我们有床。我们在草地上发现了日军留下的一大堆绳子，我们就用这些绳子来做床：把木头插进土地形成长方形，然后用绳子编一个床垫。

真舒服！干燥、温暖，而且我们的身子在睡觉时离开了地面。就是骄奢淫逸的酒色之徒睡在华盖罩顶的席梦思上左拥右抱，也赶不上我们睡在这种自制床上那种纯粹快乐的感觉啊。

笑面虎和山地人并排靠着睡在一起，他们的床之间只有几英寸，其他守夜值班的伙伴也是如此，比如行者和我。笑面虎和山地人的床搁在了掩体坑道和热带丛林之间的灌木丛里，距离掩体坑道约有十二码。几乎在每个夜晚，当行者和我躺在床上说悄悄话的时候，我们似乎都能听到陆地蟹穿过灌木丛时发出的巨大声响。我们也能够听到笑面虎的鼾声，我们此时会停止交谈，静静地等待着。

接着是一片寂静，像两个音符之间的休止符。随后同时爆发出三种声音：山地人的愤怒尖叫声、笑面虎的大笑声以及陆地蟹逃回老窝时发出的不可思议的跌跌撞撞声。

"真他妈的该死！笑面虎，难道这很好玩吗？"

"怎么啦，笑面虎？发生什么事了？"

那一定是行者，他强忍着笑声在问。

"又是陆地蟹，山地人的陆地蟹。它穿过床垫割断了绳子，扎了山地人的屁股。"

山地人的回答划破了夜空。

但是随后响起来的笑声减轻了伤痛，大笑直冲云霄，直到最后连受到伤害的山地人也忍不住笑起来。

一个人怎么可以让发生在身边的这种小事吓得魂飞魄散呢？

我们的战机开始在我们上空挑战日本战机的霸主地位了。每天在亨德森机场上空都会上演激烈的空战。我们的掩体坑道和亨德森机场离得很近，所以很多空战都在我们的掩体坑道上方展开。只要轰炸机在我们上空盘旋或者防空炮弹的碎片在不停地落下，我们就不会钻出地面。现在我们对飞机的恐惧根深蒂固了。

大家以前都很喜欢看，但现在只有“歪下巴”坚持在外面观看空战秀。他坐在掩体坑道上方，像观看马戏表演的孩子一样大喊大叫，即使炸弹的爆炸声相当近、相当危险，即使在掩体坑道里都能听到坠落弹片的叮当声或嗖嗖声，他也不为所动。他不断向我们描述战斗过程。

“哦，小伙子们——掉下来一架！”随即我们听到了飞机俯冲的呼啸声，接着听到了爆炸声。“哦，那一定相当于五百磅炸弹的威力。嗨，笑面虎，拉基，快上来看啊。你们错过了会后悔的。”

“后悔个鬼！”笑面虎吼道，不过接下来他提高了嗓门，“你刚才说什么？掉下来一架？哪一方的？”

“是我们的。”

我们皱起了眉头，面面相觑。不知是行者还是谁摇着头说道：“这个浑小子竟然不关心谁赢谁输！”

“看哪！看哪！他们咬住了他们。他们不会让他们跑掉的。是日本人在逃跑——他们正在掉头逃跑。”

有时候出于愤怒或者当炸弹离我们比平常更近的时候，有人会朝上面大喊：“赶紧下来，歪下巴。快下来，你这个疯小子，再晚点你的屁股就被炸开花了。”

歪下巴哈哈大笑起来，边笑边说道：“有什么区别吗？就是躲在下面炸弹一样会把屁股炸开花的。所以你躲在哪里都没用。是福不是祸，是祸躲不过，你一点办法都没有。兄弟，大限到了的时候，你就认命吧。所以担心什么呢？”

没有人和他争辩，也没有人和他的宿命论同伙争辩。听天由命在瓜岛上已经蔚然成风。你可以听到人们以各种各样的方式为“命中注定”

注解:“为什么要杞人忧天呢?大限一到,你自然会走的”;“可怜的比尔,一定是到了他走的时候了”;“啊呸!我还以为我气数已尽了呢”。

几乎没人和宿命论者进行辩论。尽管你费尽了口舌,但是像歪下巴这样的人依然懒洋洋地坐在枪林弹雨中。如果你告诉他们说你不信运数之说,他们会说“当你的寿限来到的时候你就会离开的”。仔细想一下,其实是他们自己的蛮干害了他们。他们才是自己的死刑执行者,是他们自己随意把自己的名字交给了阎王爷。需要提醒宿命论者注意的是,即使他们逆来顺受地接受宿命的安排,他们也必须选择:他们必须选择“别无选择”。

这是一个很好的争论话题,是大家消磨时光的好方法,但是当炸弹落下来时,歪下巴——那个令人担心的宿命论者——懒洋洋地一个人坐在上面,坐在枪林弹雨中,没有驳斥我们。

一天,天气很热,我从到处是烂泥的地下掩体里爬出来,到了稀疏阴凉的灌木丛里,头朝下趴在那里小睡起来。突然我被身子下面大地的震动惊醒,吓得身上直冒汗。大地在颤动,我知道这是地震。我真担心身体下面的大地会裂开,一口把我吞下去,但是当我发现没有出现裂缝而自己安然无恙时又很失望。人类毁灭的情形一定是这个样子:大地裂开,脚下一片空虚,下面是万丈深渊,跌下去就万劫不复。

到了晚上,由于饥饿再加上胀气,我的肚子不时发出咕噜咕噜声,行者抱怨无法入眠。他把我的饥肠辘辘声误认为是远方敌舰的隆隆炮声。一天晚上我醒来,听到他从睡袋里一骨碌爬出来向掩体坑道跑去。

“大家都起来!”他嚷道,“大家都起来!敌人又从战舰上开炮啦!”

“嗨,行者,”我朝他喊道,“快回来,不要乱来。没有战舰——那是我的肚子响。”

他走了回来,心不在焉地骂了我几句,那是睡意蒙眬而无望的诅咒。

行者当然完全有理由一听到沉闷的咕噜声就害怕是战舰。尽管我们是在草地上，但是从海上发射的炮弹听上去还是很刺耳。随着一声声的爆炸，我们脚下的大地会颤动，况且这里比特纳鲁河离爆炸地点更近了。

日军的第一次轰炸像地震一样来得突然，出乎意料。我们没有听到海上发出可怕的叭嘣声，也没有听到炮弹从上空呼啸而过的声音，直到三声撕心裂肺的炮弹引爆后的巨响把我们从梦中惊醒，如同刺耳的刹车声打破了客厅的宁静一样。

我们在黑暗中恶狠狠地咒骂着，快步跑向掩体坑道，在坑道入口争先恐后地向里钻，就像纽约人在地铁站挤地铁一样。我们又损失了一晚的睡眠时间。日本人依然在消耗我们。

那天晚上的轰炸是我们登陆瓜岛将近两个半月以来遇到过的最厉害的一次，我之所以记得主要是因为我差点在这次轰炸中被吓得精神失常。

第一波轰炸在我沉睡时来得如此迅猛以至于我对自己失去了控制。我感觉炮弹好像是在我背包里爆炸似的，第二波爆炸无疑会把我炸得粉身碎骨。

我发疯似的抓扯着蚊帐，企图用头撞击蚊帐来找到自己的路，企图从薄纱中挤出去。接着第二轮集束炸弹落地爆炸，距离比第一次爆炸地稍远，我停下来喘了口气，一动不动地躺了一会，仿佛是让自己从恐慌的扭曲状态中解放出来。

我小心地把手伸到身子下面抓住了蚊帐的下端，向上一拉终于把蚊帐拉开了。我小心翼翼地爬出蚊帐，毫不犹豫地站立了起来。然后我抬腿磕了下自己的屁股，向掩体坑道走去。

这是最厉害的一次狂轰滥炸，但是我竟然在轰炸中安然入睡。

这是由于我在恢复了自我控制能力之后，大家也谅解了我表现出来的惊慌失措，于是我完全恢复了自信和轻松，恐惧一扫而光，在轰炸中进入了梦乡。

笑面虎在“我爱你河”岸上找到了一些新鲜木瓜。

我们在早上吃饭之前先吃完了这些木瓜，木瓜里面还饱含着夜晚的清凉和清晨的潮湿。

常春藤联盟中尉听说了之后就过来要木瓜，看到我们已经吃完了很不甘心，于是他就组织了木瓜搜索队去寻找这些多汁的瓜果。

但是“我爱你河”岸上再也没有木瓜可寻了，不过我们找到了比木瓜更好的东西。木瓜搜索队变成了游泳队。我们在河岸远处安置了岗哨，然后下到美丽的河里尽情享受。这条河就是我们刚登陆那天在里面洗澡喝水的那条河，依然轻快地流淌，依然凉爽，依然能给闷热得汗流浃背的我们带来欢乐。

热带地区有它自己的清热解毒之物，现代社会称这种东西为“内在之物”。比如椰子的凉爽椰奶，像从山冈上流淌下来的小河。“我爱你河”以及伦加河这样的河流能够让我们的身体保持健康。虽然我没有统计数字来支持这一观点，但是我自己的观察告诉我，我们中间那些常常在这些河里洗澡的人最不容易得溃疡或者疟疾。

然而我们对“我爱你河”的重新发现来得太晚。我们仅仅在她诱人的怀抱里享受了一周的时间就接到了准备出发的通知。我们即将转移到新阵地去。

“我们的陆军来了。”

“绝对不可能！”

“我可告诉你们，他们确实来了。我亲眼看见了，”说这话的是笑面虎，他愤愤然地挥着一只手向我们解释着，另一只手紧紧抓着一条搭在肩膀上的白色麻袋，“我在海滩下游伦加海角的地方看到他们上岸的。”

“你麻袋里装的什么东西？”行者问道。

笑面虎咧着嘴笑了起来。他弓腰蹲着，当我们屁股底下无东西可坐而地面又很泥泞时就采取这种姿势。他边笑边说道：

“我从来没有见过那阵势。我当时就在伦加河入海口的海滩上，看到了他们的军舰。有人还乘着坦克登陆艇陆续而来，一群士兵走到椰子林的时候，突然有人喊‘红色警戒！’，可怜的浑小子们，我真为他们感到难受。他们刚刚度过一个艰难的夜晚，昨晚那好大一阵炮声就是日本海军对付他们的。我听到日本飞机来得太晚，没有把我们的运输舰击沉，不过日本人还是向机场方向投了些炸弹。尽管炸弹没有炸着这些陆军士兵，但是着实把他们吓得够呛。

“不管怎么说他们对空袭毫无准备，于是他们开始四处挖防御工事。一位军官想出了一个好主意，于是接下来，他们所有人都跑到椰林里隐蔽去了。”

笑面虎脸上笑出了一道道褶子。

“你们真该看看当时的情形。那真是我见过的最伤天害理的事了。那些陆军士兵一进椰林，一大群衣衫不整的海军陆战队员就从树林里冲了出来。海滩好似舞台一样，你方唱罢我登场：陆军士兵们从一边消失，日本战机凌空而至轰炸了亨德森机场，接下来这群灰头土脸的海军陆战队员就从另一边溜了出来，大肆掳掠陆军士兵们留下的东西。随后红色警戒解除，变成了黄色警戒，于是海军陆战队员就退回到丛林。椰林就像被一阵暴风吹过一样。陆军士兵们从里面出来的时候，他们的东西不见了一半。”

这是有关美国陆军的一个大笑话，是海军陆战队员们最津津乐道的故事。

“听你的意思是你一直只是袖手旁观？”山地人满脸狐疑地问道。

“当然不是了！我一直观察直到他们拥出丛林抢掠东西，我也加入进去了。”

“那你抢到了什么？”

笑面虎打开了他的麻袋——麻袋也是刚偷来的——向我们展示他的

赃物。赃物显示笑面虎是个有眼光的小偷。赃物里没有俗不可耐、华而不实的装饰品，也没有国内虚伪世界里看重的东西，比如电动刮胡刀、金戒指或者钱包，只有在这个岛上价值连城的宝贝，诸如袜子、衬衣、肥皂以及饼干。这些就是笑面虎偷来的东西，为此我们给了他热烈的掌声，如同罗宾汉从诺丁汉城成功扒窃返回森林后得到小约翰的赞许一样。

仅仅几个小时后我们便得知，正是这支陆军部队将会接替我们驻守前线阵地。听到这个消息后我们高兴万分。他们抵达瓜岛就意味着我们不再被日本军包围，此后我们和外面世界的联系会成为家常便饭，美军在威克岛上的厄运也就不再萦绕在我们心头。我们的海军回来了，因此我们可能碰到的最坏情形无非就是敦刻尔克式的狼狈撤退。

所以我们高兴地看到他们风尘仆仆地来到我们的掩体坑道。他们在又一次空袭后来到了我们这里，一次近距离的轰炸。不过类似空袭这样的事情对他们还没产生什么影响，战争对他们而言还只是嬉戏。他们的脸庞还很圆润，他们的肋骨还没有瘦得根根突出，他们的眼神还很天真。其实他们的年龄比我们大，他们平均二十五岁，而我们平均二十岁，但是我们对待他们像对待孩子一样。我记得曾经有那么一次，他们中的两个人听说有条“我爱你河”后，立即拔腿就向那里走去，他们选择穿越铁丝网到达那里，如同植物学家迫不及待地出发到野外实地考察植物一样。

我朝他们大声喊叫让他们回来。我说不准是什么原因让我朝他们大声喊叫，也许是因为他们那副对危险无所谓的样子吧。

在他们眼里铁丝网只是障碍赛跑训练场上的障碍物，而敌人占据的丛林只是野营地。他们像孩子般好奇，并且他们还对瓜岛留给我的黑色回忆嗤之以鼻。

“快他妈的给我回来。”我朝他们吼道，他们乖乖地退了回来。

他们的军官问道：“有什么问题吗？”我故意夸张地回答道：“那里有炸弹。它们很可能是属于延迟爆炸的那种。”他听了很高兴，对我表示了感谢:“感谢上帝,总算有人告诉了我们这些事情。”这让我觉得自己像个一本正经的人。

终于我们和他们说了再见。他们留在了茅针草地。我们给他们留下了我们的射击场、坚实的掩体坑道、用绳子做的床、铁丝网以及“我爱你河”。我们爬上了正在等候我们的卡车。

到此为止我们在岛上住过的地方有海边的沙滩、河岸上的泥地以及茅针草地,现在我们就要向珊瑚岩云岭山脉进发了。

我们的卡车沿着盘山公路向上行驶,盘山公路一圈又一圈,像一条盘旋而上的大蟒蛇缠绕着山脊。车开到最高峰时,我们下了车。

就这样我们来到了云岭。

第五节

云岭如同鲸鱼的脊背拱起于黑压压随风起伏的林海之中。它居高临下,环视着海湾和瓜岛的整个北部区域。

常春藤联盟中尉催促我们继续前进,他在我们前面一路小跑,似乎他是橄榄球教练,率领着拖着比赛装备、动作迟缓的大学生代表队。他率领我们走到“鲸鱼”的最南端,鲸鱼的“鼻子”向下一直延伸到了热带丛林里。我们部队里增加了一挺机枪。常春藤联盟中尉把我们班一分为二。

“笑面虎,你带一队。拉基,你带另一队。”

紧迫的形势似乎让他的声音提高了八度,这让我们不免有点担忧。

“看到了吗?”他指着下面的丛林说道,“那就是草丘了。”

有人窃笑道:“不管怎样,就算我们永远到不了那儿,我们至少可以说看到过它。”

中尉咬着嘴唇说道:“情报人员告诉我日军正向那里大规模集结,预计今天晚上即可到达。”此时我们都屏住呼吸听他讲话。

“我们这里是突击队和伞兵队阻击他们的地方，但是他们可能会试图再次反扑。这就是你们多了一挺机枪的原因。”他转身向下扫视了一眼热带丛林继续说道，“下面的那条小路直通向草丘。”

没人说一句话，然后他挥手示意我和我的队员跟着他走。我们跳下足有六英尺高的云岭山嘴。常春藤联盟中尉手指着山坡上的一个浅坑说：

“把你们的机枪搁在那里。”说完他便转身离开了，临走答应天黑前给我们送热乎的食物来。

那个浅坑是一个陷阱。

是一个陷阱，陷阱，陷阱。

它如同一只装在空洞大眼眶里的邪恶眼睛从满是红黏土的山坡一边怒视着下面狭长而又坑坑洼洼的山谷，此刻夜色正漫卷过来。

我们面面相觑。

“好吧，”我对队友们说道，“我们把枪架到那边去。”

我们默默地把机枪架设起来。但是浅坑非常狭窄，仅仅能容纳两个人——我和我的助手。我的助手是“辛辛那提”，他是个金发小伙子，来自俄亥俄州，膀阔腰圆，巧舌如簧，日后在澳大利亚通过向战友放利率为百分之十的高利贷而名声大噪。

我们队的其他人——行者、橡木墩、军医“红头”以及来自宾夕法尼亚的荷兰后裔“阿米什”——在山坡上分散开来。我能够听到他们缓缓向上移动，距离我们身处的陷阱越来越远。我一言不发。谁能责备他们？我感到自己的胳膊就像被捆起来一样。从我们所处的位置上打仗简直是不可能的事情。我们还没发觉敌人的时候他们就会铺天盖地地拥到我们跟前。一队“小蝗虫”只要沿着眼前的小路上来就可以在离我们几码外的地方袭击我们。即使我们击退了他们，也仅仅是权宜之计，因为我们所处的浅坑隐蔽性很差，地势也很糟糕，敌人一颗手榴弹就会立刻把我们送上西天。

而且他们不需要费力瞄准。

如果他们今晚就袭击的话，我们必定死在巴掌大的枪位里。我们无法逃脱。更糟糕的是，我们无法阻止他们的进攻，甚至不能暂时阻止一下他们的进攻。为国捐躯是一回事，无谓的牺牲又是另外一回事。

夜幕降临了。我们在黑暗中坐等着，周围的声响加剧了夜的寂静，我们听着自己的呼吸声犹如将死之人感知自己的脉搏，惊讶于周围山地轻微的岩块剥落声。在我们脚下，热带丛林不安地躁动着。

我们开始咒骂。我们轻声地咒骂愚蠢的军官把前线布置在这个地方，咒骂没头脑的常春藤联盟中尉。我们单个单个地骂或者成双成对地骂，或者泛泛地骂或者有所指地骂。咒骂仿佛是在排空绝望的毒液。骂过之后，我转向辛辛那提说道："拆下机枪，我们离开这个鬼地方。我们转移到山顶上去。我不知道你是怎么想的，不过我不想不经一搏就死掉。"

他向我耳语道："你说得很对。"说完就开始拆卸机枪，而我则爬出浅坑向山坡上的队友发出警告。

我轻声地向他们喊道："行者……阿米什……"

"是你吗，拉基？"那是阿米什，声音中充满着惊奇和一点点怀疑。

"是的，是我。我们马上就上去，把机枪拿到山顶上去。这下面是个陷阱。我们向上爬的时候你们要掩护我们，你把这个情况告诉行者，让他转告笑面虎和其他兄弟，我们上去的时候不要朝我们开枪。"

他压低声音回答："好的。"于是我爬回浅坑。我对辛辛那提说道："你拿着枪和水壶，我拿着三脚架和子弹箱。"

他没说话，接着我低语道："走。"我们没有费多大力气就带着武器装备爬出了浅坑，我们用脚把沙袋踢到了坑里，然后向上爬去，离开了那个不祥的浅坑。

再次架设好机枪时，我们已经汗流浃背，尽管如此我们还是松了口气。我们在新空间有活动余地，这样就可以战斗了。

不过我们已经变得有点神经兮兮了。爬到新阵地还不到十分钟，我就向前探着身子一只手抓住了辛辛那提的胳膊，我认为自己听到下方和左边有动静。

当我自认为听到了窃窃私语的类似“在这里”的命令声时，我对辛辛那提耳语道：“他们来了！”然后猛地拉开了枪栓。

我们等候着“小蝗虫”的到来，等待着从夜色丛林里冒出来的蘑菇一样的头盔。

但是没人上来。

我们等了一整夜也没有人上来，尽管在此期间我们听到了枪声和迫击炮声。第二天早晨，我们得知枪炮声是来自日军对替代我们的那队陆军的攻击。他们坐在我们留下的宽敞而结实的掩体坑道里，躲在铁丝网后面，面对着前面广阔的射击场，狠狠地痛宰了日本兵一顿。

我们感到很失望，不是因为日本人没有到云岭来攻击我们，而是因为我们在草地的时候没有机会摧毁他们。我们很高兴他们没有攻击云岭，因为我们没有遮拦。他们原本可以将我们一扫而光，虽然我们也可以抵挡他们一下。

那天早晨我们还得知我们昨晚差点被牺牲掉。

“你们难道不知道吗？”一名驻扎在云岭另外一端的枪手问我，“我们接到命令向任何往山顶移动的人开枪。”

“真的吗？假如是我们向上爬呢？假如下面打得太激烈我们撤回来呢？”

那个人耸耸肩道：“你们觉得我们该怎么做？要你们出示通行证？不会，我们会把你们的屁股打开花，就是这样。”

山地人的眼睛瞪得大大的，愤怒地骂了一声：

“真他妈该死！”

没人因我擅自转移阵地而批评我。我向常春藤联盟中尉指出，从现在这个山尖位置我们能够居高临下用俯射火力控制整个山路以及下面的山谷，同时我们还可以和位于右上方的绅士的机枪构成交叉火力，而且，一旦我的火力被压制住，绅士可以从高处俯射增援。于是，中尉认可了我们的这一行动。

我们将云岭构筑成了一个多么牢固的军事要塞啊！

我们将山谷两边的覆盖物全部清理掉，我们把高起的地面夷平并在上面覆盖上铁丝网，我们在残余的丛林里布置放着手榴弹的陷阱，我们把汽油装进加仑罐里，然后把这些加仑罐绑在树上可以用枪射击的位置，这样我们可以用子弹将它们引燃。我们从炮兵部队那里搞来一百零五毫米口径的炮弹并把它们埋在丛林里，炮弹上的引线一直延伸到我们山顶上的掩体内，随时准备遥控引爆。我们在掩体之间凿枪眼，挖沟渠，因此整个云岭形成掩体纵横、枪眼密布的格局，山顶上到处布满了蜂窝状的防御工事，云岭处于七连步兵的控制之下。最后，我们检查丛林中的平地部分，敌人最喜欢在这些地方架设榴弹炮和机枪，也最可能在这样的地方向我们发起进攻，于是我们在山上练习用枪瞄准这些地方，小心翼翼地测量着距离，以便能够在夜间朝目标开火并击中目标。

明晃晃的太阳一直火辣辣地照晒着我们。云岭上没有一棵树，我们没有阴凉可乘，除非躲进掩体坑道里去，但是到了中午时分，即便这些掩体坑道也热得让人难以忍受。

汗水从我们身上流下来，手上和腿上的脓包裂开了口子。当我们的身体被铁丝网划出一道口子鲜血直流时，一想到苍蝇会飞到伤口上，我们就愤怒至极，绝望至极，痛苦至极。我们只有不停地运动才能保证贪婪又肮脏的苍蝇不会停在伤口上。尽管我们所处的地势很高，但是对于苍蝇来说还不够高。我们爬到了蚊子到不了的地方，但是苍蝇还在不停地追逐着我们。

有时脓疮会肿胀疼痛，于是我们的军医红头就会从他的药箱子里拿出锈迹斑斑的手术刀探查伤口。他诊察着一个特别厉害的脓包，吹了一下口哨说道："瞅瞅！这个脓包长了多长时间了？"

"大概一个星期吧。"

"真的吗？"他温和地询问着，如同一个人在谈论邻居家的百日菊，然后他以一个热爱工作的人的全部热情，全神贯注地用手术刀切开脓包。

我们班里的"砖头"长的脓疮特别严重，他的腿上到处都是，厚厚的一层。和红头军医一样，他也受不了炎热。对他们来说炎炎烈日就是一场噩梦，他们二人皮肤最为白皙，头发火红，眼睛淡蓝色。但是他们对炎热的反应不一样。

砖头屈从于炎热的淫威。每天当太阳高照的时候，他就龟缩进掩体坑道里，脸贴在凉凉的水壶上，把一片湿毛巾捂在前额上。有时候他会热昏过去，或者被热得筋疲力尽动弹不得。只有被分配到较凉爽的地方干活或者天赐甘霖时他才从痛苦中得以解脱。

烈日炎炎下红头军医变成了一只鼹鼠。他总是用头盔遮住眼睛，用衣服护着身体，似乎置身于北极一般。他龟缩进自己的身体里了。

他不再和我们攀谈，只是泰然自若地发布医嘱，根本无视被诊治对象的存在；或者一个人滔滔不绝地疯狂念叨，念叨着他如果能够活着离开瓜岛是否会被派往家乡尤蒂卡附近服役。

但是更加怪异的是他的头盔！他无时无刻不戴着它，一方面是害怕太阳，一方面是担心炸弹。他睡觉时也戴着头盔，甚至洗澡的时候也戴着。我们常常看到他站在连队阵地后面靠近五连阵地的小溪中洗澡，他的身体白得可怕，可笑的是他头上居然还戴着头盔！

如果你好心提醒他，朝着他喊道："红头，把那顶该死的头盔摘掉！"结果你得到的会是动物般的仇视目光。在头盔下面，他的脸显得细长而充满仇恨，如同一只长着尖牙的野兽。

不久他的头盔就成了我们的一大心病。我们想让他摘下来。头盔成了红头即将疯掉的标志，他疯了以后，下一个会是谁呢？我们策划着如何消灭它……

“唯一的办法就是我们把它射成一个窟窿一个窟窿的。”笑面虎说道。和往常一样，我们蹲坐在山坡上，在笑面虎的掩体和我的掩体中间。红头军医离我们远远地坐在那里，像只鼹鼠，头盔耷拉着遮住了眼睛。山地人想了想狡黠地笑道：“谁去完成射击头盔的任务？”

“我！”笑面虎应声答道。

“哦，不行，你不行。我们抽签决定。”

笑面虎不同意，但是我们通过投票压制住了他的抗议。不过抽签结果和他的毛遂自荐没什么区别：他抽中了。

我们的计划是，行者过去和红头攀谈，与此同时我从红头身后靠近他并打掉他的头盔，接下来当头盔滚下山坡时笑面虎用机枪朝头盔打一梭子弹过去。

行者慢步走过去在红头身边坐了下来，大声问红头一旦我们从瓜岛回去能否在纽约州北部一个比较舒服的地方服役。红头立即把纽约州北部地区确定为尤蒂卡市，看来这个问题正合他心意。于是我不声不响地来到他身后，一扬手把他的头盔拨拉了下来。

紧接着笑面虎的机枪嗒嗒嗒地响了起来。

受到头盔被打掉和枪声大作的双重惊吓，红头军医像弹簧一样跳了起来。他紧抱着脑袋，紧捂着一头蓬乱的红发，生怕自己的脑袋和头盔一样滚下山去。他的脸上布满了惊恐神色。所有人都蹦了起来，挥舞着手臂欢呼雀跃。

“噫啵，噫啵，噫啵——呀呼！”

“嗨，红头，你的笨脑袋没有在你的头盔里，太可惜了！”

“笑面虎，再来两枪，把那该死的玩意打到看不见的地方去呀！”

“呀呀呀——呼呼！”

带着满身枪眼，红头军医的头盔滚到了山下看不见的地方。行者喝令笑面虎停止射击，然后跑下山坡把头盔捡了回来挂在铁丝网柱子上，接着头盔又被一阵乱射，成了一个筛子。最后有人把头盔摘下来带上山，扔在红头军医脚下。

红头军医满脸惊惧地盯着自己的头盔，然后转身看着我们，我们在他眼里看到的不是仇恨，而是一汪泪水和动物被击倒后麻木的哀求眼神。

我们原本指望他会笑的，但是他哭了，然后向山顶的营部救护所跑去。

他一直待在那里，直到部队发给他一顶新头盔并劝导他回到我们的掩体坑道。他回来之后，态度更加冷淡了，头盔的下巴安全带再也没有松开过。再也没人拿他的头盔开玩笑了。

转眼到了十一月，我们登陆已经三个多月了。整个十月，日本人都在攻击我们师的周边防线，而且似乎都在各个击破，晚上向前渗透几步，到了早上又被我们狠狠地打回去，损失惨重。但是他们不断地前来进攻。我们三个步兵团——第一团、第五团以及第七团——下属的每个营几乎都和日本人交过手，就连陆军第一百六十四团也未能幸免。但是日本人还是不断前来。有时候我们在云岭山脊上能够看到他们从停靠在海滩边的运输船上蜂拥到海滩上。

有时候我们的老式空中眼镜蛇也会从机场起飞到运输船上空进行轰炸，并用机枪扫射。当我们的战机飞过我们上空去轰炸、屠宰日本人时，我们欢呼雀跃。而当它们划出一条抛物线，慢慢俯冲过去用机枪扫射或者投下炸弹时，我们都出神地看着。

但是日本人还是不断地冲上来。他们现在有了重型大炮，而在马塔尼考河之战中他们曾使用重型坦克。他们不停地进攻我们的阵地，又不停地被击退，我们每晚都预料他们还会袭击我们。时间已经变成了一个可怕的简单节奏，如同一个被黑暗中的声音吓坏了的孩子的呼吸。每天晚上海军陆战队第一师的队员们以及登陆瓜岛和我们并肩作战的陆军战士们屏住呼吸，驻守在云岭上和峡谷里，在海滩上警惕地注视着海面，守卫着瓜岛上的河流，蹲伏在机场的防空洞里。所有人都屏住呼吸，像一个单一而又巨大的有机体在倾听黑暗中入侵者的声音。而到了每天早晨，我们都松一口气——长长地缓慢地静静地松一口气。

……日本人还是源源不断冲上来。

日本战机也越来越多，它们从军事基地拉包尔出发，像飞鱼一般飞来，在湛蓝的天空中银光闪闪。有时候，日本轰炸机还没有投下炸弹或者刚投下炸弹之后，一场空中大战即在云岭上空展开，战机离我们如此之近，看上去简直触手可及。

一天，这样的空战又上演了。只见一架日本零式战机不停地戏弄我们，用机枪扫射我们。笑面虎怒不可遏，拎起机枪猫腰走出掩体坑道，然后架好机枪准备朝日本战机开火还击。尽管明明知道用区区三十毫米口径的机枪打高速飞行的零式战机是徒劳的，他还是不能忍受躲在掩体里由着日本人戏弄。

笑面虎咒骂着那架正优雅地侧身转弯的零式战机，一边手忙脚乱地把机枪摆好位置，一边大声地朝我喊道:“快来，拉克——帮我一把。”

我跑过去帮他。可是零式战机已经调转机头朝我们这边飞来。我离笑面虎还有一段距离的时候，零式战机呼啸而至。看见战机射出的子弹激起层层尘土，听到空壳炮弹落在云岭上的叮当声，我转身就跑。笑面虎已经卧倒在地。我拼命地跑，战机跟在我后面，咆哮着，扫射着，轰炸着。我翻过山坡跳进了我第一夜弃守的那个离山坡六英尺的浅坑，脚还没落地，就听到零式战机从我头顶呼啸而过。

山顶上笑面虎的咒骂声更加响亮。我快速爬上去，帮他架好了机枪，装上子弹带，蹲坐在他旁边，手扶着子弹带。我们等待着那架零式战机回来。

果然它再次向我们俯冲过来。

“来吧，你个狗日的，”笑面虎咆哮道，“这一次我便宜不了你。”

叮当声再次响了起来，一排尘土飞扬着向我们扑来，我们的机枪朝着它扫射过去。此时从云岭后面并驾齐驱地飞过来两架空中眼镜蛇，而零式战机消失了。我是说它消失了，我猜测它的机头被空中眼镜蛇的火炮击中而解体。不过我没有听到爆炸声，可能是因为整个云岭被巨大的声响所笼罩，像炸开了锅一样，有激烈的空战声，有机场那边的爆炸声，还有机场防空高射炮还击的轰鸣声。

我们的防空高射炮的射击和敌机的轰炸一样让我们暂停战斗，因为它们发射的炮弹大部分在我们头顶爆炸，因此我们所在的云岭被巨大的爆炸声淹没。

我们赶紧隐蔽起来，既害怕雨点般的硫黄，也担心敌人的炸弹和子弹。在云岭上走动并观看大批敌人的进攻，观看我们的黑色炸弹在他们身边爆炸，或者听弹片的呼啸声，这些都是不明智之举，因为云岭上面没有多少遮蔽物。

十一月中旬的一天，天清气爽，我经过营部战地指挥所的时候正碰上红色警戒，只见天空中出现了一群轰炸机，它们在高空中紧密地排成V字形飞了过来。我们的防空高射炮立即向高空发射了一堆黑色爆炸物，迫使轰炸机匆匆丢下炸弹掉头鼠窜，炸弹在丛林里爆炸了，对我们没有造成危害。

不一会工夫我就成了孤家寡人，所有人都钻进了地下掩体。我从一个掩体跑到另一个掩体寻求容身之处。但是所有掩体都挤满了人。无奈之下最后我来到了挖掘于山坡侧面的军官掩体。炮弹碎片在我身边纷纷落下，我撩开军官掩体入口的帘子，发现翘臀上尉正用那只一眨不眨的可怕玻璃眼盯着我。那是一种多么蔑视人的眼神啊！这感觉就像持有普通火车票的人试图登上特等豪华铁路客车一样！他充满敌意的目光像一个巴掌打在了我的脸上。在那一刻，我恨死了翘臀上尉以及所有像他一样的军官。

我嗫嚅着说了一句道歉的话，赶紧退了出去。云岭上如雨的弹片中只有我一个人，我在心里发着誓言：宁可死在外面也不会在里面忍受屈辱。然而我没有被炸伤，受伤的只是我那颗敏感的心。

战利品狂人和我们一样再次出现在云岭上。自打特纳鲁河之役以后我就再也没见过他。他现在成了六名神枪手中的一员，是团里的侦察员。每隔一周左右的时间他就要到丛林里及草丘一带侦察一番。和他同行的是一位老资格的海军陆战队中士，他身体结实，沉默寡言，红头发像杂草一样蓬乱，一把红胡子让他看上去像来自地狱的圣诞老人。当他们从我们的山头慢步走下去的时候，他从来不说一句话。不过战利品狂人倒是很喜欢我们开他的玩笑。

“嗨，我说战利品狂人，带着你的老虎钳了吗？”

战利品狂人咧嘴笑了起来，拍了拍身后的口袋说：“你们真了解我，孩子们。我就算忘了带枪也不会忘了带钳子的。”

“做个交易怎么样，战利品狂人？我用十美元换你脖子上的麻袋。”

“是吗？想得美。你给我十美元我给你一品脱的血，怎么样？”

“你的麻袋里到底有多少颗牙啊？”

“和你无关。”

“有一百颗？”

“再猜吧，小子。使劲猜。”

战利品狂人咧着八字胡下面的嘴狡猾地笑了几声，然后消失在热带丛林里。但是他那满是日本兵金牙的著名麻袋让他的羡慕者们依然猜测不已。

“我真想知道这个家伙的麻袋里头到底装着多少颗金牙。”

“我不知道——不过听他在六连的老友说，他光在地狱点之役就搞到了五十颗。那是三个月之前的事了，从那以后他每周都要外出侦察，像今天一样。我认为他的麻袋里至少有七十五颗金牙。”

“哇，那一定有几千美元了。该死！我真希望回到美国后会有这么多钱。我要到宾馆开一间房……”

“你怎么知道你能再见到美利坚呢？”

“你觉得我们离开这个地方后会去哪儿呢？”

“还要到另外一个岛上去，那就是我们要去的地方！谁要是认为我们会回到美国谁就是彻头彻尾的大傻蛋！他们会很快让我们进行另一次登陆。我们中的任何人都不会看到美国，在很长时间里不会看到，除非你是被抬回去的。”

“啊呸！乌鸦嘴！”

我们变得越来越焦躁不安。我们的勇气正在逐渐被削弱，我们中的不少人感到身心疲惫。常常会出现这样的情况：一个人用尽浑身的力气沿着湿滑的山坡下到位于山谷的伙房里去吃饭，然后再爬上来。有时候雨下得特别大，我们就可能不去吃饭，尽管肚子饿得咕噜咕噜响。山坡实在是太滑了。

可恶的大雨。

雨季来临了。大雨滂沱浇落在裸露的云岭上。几秒钟就能让人湿透，牙齿开始打战，赶紧伸手掏出宝贵的香烟把它们转移到安全的地方——头盔的衬里，嘴里恶狠狠地咒骂着，抱怨自己等这么久才意识到香烟所处的险境。

把香烟转移到安全地方后，我们开始担心弹药。雨水顺着山坡流进了掩体坑道以及浅坑，就像流进下水道一样。我们不得不急忙跑到掩体坑道里把弹药箱搬离水窝，把它们一个摞一个地码放在放枪的土台上。掩体里任何干燥的地方都留出来堆放弹药，想要避雨的人必须坐在水罐上。

倾盆大雨整天下着，我浑身湿透，瑟瑟发抖，呆呆地望着外面，看着灰蒙蒙的雨帘像鞭子一样抽打着云岭，又像海浪一样随风摇晃。此时此刻，人的大脑已经麻木不听使唤，它似乎沉入到了某个很深的地方，犹如人们在激动的时候红血球从身体表面“撤走”一样。人失去了理性思维能力，剩下的就只有本能的感知能力了，像藤壶虫本能地附着在船底一样。此时此刻，人所能感受到的就只有生命、潮湿和冷冷的雨。但是假如理性没有这样自动消退，就只有一条路可走了：发疯。

在瓢泼大雨中我有了一个发现，我发现即使在潮湿之中也会存在着温暖。

在云岭之上只有我一个人有帆布床。我把它放在了我的浅坑里。我把沾了泥水的雨衣铺在床上。我们的禁令很多，包括不能在地面上竖木棍之类的，以免被敌人发现成为进攻目标。于是我在浅坑里开了沟，有时候我自制的排水道再加上雨衣能够让我保持干燥，但是如果雨下得很大或者持续下个不停的话，这些措施就都无济于事了。

浅坑里积满了雨水，淹没了我的帆布床，我泡在了水里。有时候，床下的积水深达一英尺，而漫过床上的积水有一英寸。我躺在这样的床上感到刺骨的寒冷，这是因为前一阵子的酷热让我们的血液变得不耐寒。

我终于忍无可忍，气愤地把帆布床拖到山坡上。让禁令见鬼去吧！就让日本人射击吧，假如那个近视的家伙能够穿过雨幕看到我的话，假如他愚不可及地想这么做的话。

我把一条湿淋淋的毯子垫在身子下面，把另外一条盖在身上。真暖和啊！尽管毯子被雨水浸透了，但是裹着它感觉很暖和；尽管这样看上去很可怜，但是它让我笑了。

如果你愿意就请看看此刻的我吧，你就能看到太平洋战争。看看云岭吧，它像一条鲸鱼拱背于墨绿色的林海之上，睁开你的眼睛扫视一下棕褐色的山坡吧，在那里寻找生命的迹象。你看不到任何生命的迹象，只看到灰色的雨幕自天而降，在雨中一张帆布床上，一个孤独的人正蜷缩在一条毛毯里。

啊，他竟然很高兴！他，整个世界上只有他，能够在一条湿毯子里感到温暖！

行者染上了疟疾。他在营部救护所待了几天，然后又被送回了前线。他仍然发烧，但是军医们已经黔驴技穷了。他躺在自己的浅坑里，吃不下东西。当他打冷战的时候，我们把自己的毯子一股脑地盖在他身上。当烧退下去汗水流出来的时候，他轻松地笑了起来。他几乎还不能说话，不过他轻声说道："感觉真好，感觉真好。真舒服，真爽。"

到了十一月中旬，我们知道危机时刻已经来临。我们师已经一次又一次地击退了日军的进攻，有时候还会主动攻击日军。在艰苦卓绝的环境下我们坚持了下来，直至战役似乎进入了僵持阶段。但是到了十一月中旬，危机出现了。

我们从周边的氛围中嗅出了危机。正如一个人在黑暗中能够感知到某种敌意的存在一样，我们感到有某种不祥的东西正向我们逼近：大量日本特遣部队正从北边基地南下赶往瓜岛。

如果他们的计划得逞，我们就将一败涂地。

但是危机到来之前人们总是盲目乐观。我们的危机也不例外。一支小型舰队出现在了海湾里，慢慢悠悠地朝瓜岛驶了过来，看上去无疑是我们期盼已久的援军。

“哇塞!”歪下巴不顾平日的沉着冷静大声喊了起来,“海军来了!海军回来了!瞧西拉克海峡。看哪,看哪!一艘巡洋舰和三艘驱逐舰!”

我们赶紧跑上云岭最高处的山坡,在那里可以全方位地观察瓜岛的北部地区、大海以及周围的岛屿。从这个地方看去,西拉克海峡只是一条蓝色的水道。

但是那里有战舰。我们高兴地相互拥抱,我们兴奋地跳着,笑面虎、行者、山地人还有橡木墩,我们所有人都很高兴。我们努力地睁大眼睛搜寻着运兵船,不过没有找到。

紧接着问题就来了。

“谁说这些船就是我们的?”

沉默。

很快战舰上的大炮给出了答案。他们向我们的岛上开火了!光天化日之下,敌人竟然如此傲慢,如此轻视我们,这种行为甚至比枪炮更可怕。他们接连向我们的机场发射炮弹,击沉了我们的一些小船,然后快速掉头按原路返回。他们的船尾扎入翻滚的水面如同女人嘲弄地掀起裙角。

懊丧。

即使我们翻遍了词典也找不到一个恶毒单词来表达我们懊丧及愤怒的心情,我们的咒骂中带着深深的失望。

我们走下山头回到掩体坑道,花了一个下午的时间来平息胸中的郁闷,拼命地试图释放这新出现的可怕事件所带来的压力,没人敢对这次事件予以命名。

那天晚上我们似乎都不想睡觉,夜已深,但是我们都弯腰弓背坐在笑面虎的掩体坑道周围,回忆着那些月明之夜我们即兴表演杂耍所带来的快乐,企图营造一种并不存在的欢乐气氛。

最后所有人都回到自己的窝里。半夜里海战之声惊醒了我。黑暗中传来了一向沉着冷静的歪下巴有点嘶哑的呼喊声："哇塞！是海战耶！我们能够看得到！快来啊，你们这些浑球，快来这里看哪！"

我想起了审判日，我想起了众神的黄昏，我想起了星球爆炸，行星像烟火一样爆炸，我想起了火山爆发，我想起了令人难以置信的咆哮和能量，我想起了大屠杀，我看到黑夜被划出了数千道猩红的口子，我看到红红的地狱之眼在黑夜的伤口上闪闪发光——尽管我想了这么多，但是我却不能向你描述那晚在山坡上看到的可怕景象。

照明弹腾空而起，红得可怕。巨大的曳光弹在空中划出一道橘黄色的弧线照亮了夜空。有时候我们以为它们是朝着我们飞来，就想躲避一下，其实它们还在数英里之外的地方。

大海就像是一大片被磨得锃亮的黑曜石，战舰则像被粘在海面上一样，成了同心圆的圆心，就像一块石头掉进泥水里形成的冲击波。

发射照明弹和曳光弹的巨大声响让瓜岛为之一震。黑夜中先是出现了一点点光亮，接着光点变得越来越大，直到照亮了整个岛屿，我们都沐浴在白黄相间的光亮里，紧接着就传来了一声地动山摇让人心惊肉跳的咆哮，刹那间一种恐惧涌上心头，我们感到脚下的瓜岛在移动，我们感到云岭在颤动，似乎这条大鲸鱼被鱼叉叉中了一样，又像是烙铁压进了柔软的皮肤里。

一艘大型战舰发生了爆炸。

我们猜不出这艘战舰是我们的还是日本人的，也不知道它是什么类型的战舰。我们只能趴在山坡上屏住呼吸观看，直到海战结束，然后回到掩体中，在低语声和心跳声中等待黎明的到来。如果海战结果没那么重要的话，我们简直就像棒球迷焦急地等待比赛分数一样。

机场众多飞机起飞的马达声告诉我们，我们取得了海战的胜利。

天刚蒙蒙亮，我们的战机就从机场起飞去追赶敌人的舰队。飞机的马达声宣示了我们的胜利，就如同《阿伊达》[1]中的进行曲一样。当飞机飞过我们身边时，我们欢呼雀跃，向他们挥舞着胳膊，为飞行员们加油鼓劲，期待着他们沉重打击日本人的海上舰队。

这真是一件振奋人心的事。我们头顶上飞机的嗡嗡声一直响个不停。它们一整天在我们上空飞来又飞去，即使最老最旧的飞机都在上空盘旋，我们不知疲倦地向它们挥手致敬。整个瓜岛充满了希望，沉浸在即将品尝胜利果实的喜悦之中。我们曾经自认为难逃一劫，如同腿上绑着铁链的犯人一样。但是现在我们如释重负。敌人在逃窜！敌人对我们的围攻已经瓦解！整整一天飞机的马达在上空回响，像天堂里传来嘹亮的感恩赞歌。啊，那天的空气呼吸起来多甜美！那天的身心是多么愉快和轻松！我们都有一种浴火重生的感觉，似乎把旧的自我抛弃在一边，像抛弃一堆破衣烂衫一样把忧虑的自我抛弃掉，代之以满怀希望和快乐的全新自我。

整个瓜岛都成了欢快的海洋。

笑面虎在放衣服的盒子里发现了一只蝎子，这个衣服盒子原本是一个装罐头汤的板条箱，他把蝎子放在了自己的浅坑里。“嗨，拉克！”他喊道，“我在盒子里发现了一只蝎子！快过来。”我仔细端详着这只有着吓人尾巴的螃蟹一样的东西。“让我们瞧瞧蝎子会不会真的自杀。”笑面虎找来一块石头，用石头狠狠地敲打着盒子底，把蝎子赶到了角落里。他最后一次敲打在距离那只蜷缩着身子的蝎子大概只有四分之一英寸的地方。我们等待着。我们聚精会神地看着蝎子，只见它的尾巴在不停地颤抖着，慢慢地翘了起来，像弓一样向后弯曲，最后搭在了背上。蝎子似乎还在抽搐，不一会就躺在那里一动不动了：看来已经完蛋了。“我真浑！”

---

① 意大利作曲家威尔第的著名歌剧。

笑面虎长长地出了一口气，突然说道，“怎么会是这样！”他翻过盒子，把死蝎子倒了出来，不过我建议等一会再确定它是否真的死了。于是我们爬到山坡上蹲坐了一会，五分钟后等我们返回时却发现蝎子不翼而飞。“我真浑！”笑面虎又骂了自己一句，不过这次恨恨地，“谁都不能相信，连蝎子都是骗子！”

第六节

笑面虎和我开始为我们排搜索吃的东西。常春藤联盟中尉让我们像猎狗一样自由行动去寻找食物。我们的裤子被太阳晒得褪了色，我们把膝盖以下的部分剪掉，每天我们都把手枪别在裤腰上，肩上背着空袋子，系好头盔，然后离开云岭出发去寻找食物。

我们必须徒步下山，但是一旦到达草地和海边的椰林，我们就可以搭便车了。我们的目的地是食品仓库，离我们第一次沙滩保卫战的阵地不远。自从日本海军被击败之后，食物源源不断地进入了瓜岛。但是自从阿伽门农时代以来，军队食物分配的特点就是食物到不了前线部队手里。食物被集中在伙房里流进了指挥中心人员及所有安全地躲在后方的指挥人员的肚子里，这些胆小鬼是前线战士既羡慕又蔑视的对象。

我们把这些食物看成是我们自己的。无论它们被圈在铁丝网包围的食品仓库里，还是被堆放在后方指挥所的帐篷里。我们想方设法千方百计地得到它们：或偷或骗或抢。为了它们，我们去偷，我们去骗，我们去乞求。

首先，笑面虎和我搭乘一辆军用卡车，行了一程后从后挡板处跳下车，然后爬着向前靠近戒备森严的食品仓库。一旦接近栅栏——不会进入陆军守卫士兵的视野，他们坐在堆起来的箱子上面，步枪横放在膝盖上——我们就在栅栏下面挖出一个洞，从洞里钻进去。

堆积起来的食品箱子给了我们很好的掩护，我们蹑手蹑脚悄无声息地向前移动，寻找罐装水果、煮豆、意大利面条、维也纳香肠——甚至罐头猪肉！是的，罐头猪肉！也许在美国本土餐厅里罐头猪肉算不上什么好东西，但是在瓜岛却是难得一见的美味佳肴。我们常常为了一罐猪肉罐头而冒着背后挨一枪的危险，因为猪肉罐头就在守卫士兵坐着的一摞箱子的最下面的箱子里。我们轻轻地将罐头从箱子里偷出来，就像老鼠从睡猫的爪子中间偷奶酪一样。

不久我们就没必要偷偷摸摸了。食品仓库已经变成瓜岛最热闹的地方了。路上到处都是像我们这样的窃贼，腰间别着手枪或者肩上扛着步枪，聚集在栅栏外边，如同假期围在洋基棒球场门口的人群。现在栅栏下面已经被挖出了无数个洞，我们在任何一点都能够爬过去。而在里面，胡子拉碴、瘦骨嶙峋、破衣烂衫的陆战队员们大胆地逛着，兴致勃勃地撕开箱子，抓取中意的食品后不盖上箱子就去寻找下一目标，任由不中意的食品风吹日晒，也不在乎老鼠前来糟蹋食品。等背包装满之后陆战队员们就扬长而去——根本瞧不起来自守卫的挑战。

盗贼的蜂拥而至必然造成食品仓库的空虚，于是仓库防护措施得到了进一步加强。不得已我们只好把目标转移到了军舰上。自从上次海战以来，我们的军舰常常在海峡抛锚。

我们希望用海军陆战队员的“商品”——吹牛讲故事——来换取几杯美味的海军咖啡，也许还能够换取糖块呢！

我们等到一艘小艇腾出空位的时候就接近艇长。

“嗨，水兵，搭你的船到军舰上去一趟如何？”

绝对不能摆出傲慢的态度。我们装作天真的战士去乞求一种单纯的快乐，如同圣诞节前夕卖火柴的小女孩可怜巴巴地站在糖果店外面。我们要激发水兵的同情心，引诱他们忽视一条很平常的军规，即禁止海军陆战队员上军舰。尽管我们自己并不在乎任何军规（不在乎违规后的惩罚会是什么），但是我们必须说服水兵，同时还必须说服军舰上的值日军官，因为当登陆艇在军舰下面摇摇晃晃时，我们要朝上喊话请求允许我们登上军舰。此时值日军官经常怒声向下喊道：

“不行！艇长，把那些陆战队员送回海滩。你知道这违反了军人不得登上军舰这一规定。赶紧开船离开，听到没有？”

“可是，长官，我登上军舰只是想看一位朋友。他是我老乡。我和我的伙伴来看望朋友难道不行吗？我们过去是邻居。他是我最好的朋友，可是自从开战以来我们就再没见过面了。我奶奶过世的时候他就守在我奶奶身边。”

能不能登上军舰完全取决于值日军官是否足够聪明机敏或者甘愿上当受骗。如果他进一步询问我“朋友”的名字，我们就会彻底露馅。如果他是个大傻瓜相信了我们说的话，或者他灌了几杯黄汤竟然对我们明显的胡编乱造报以笑容，那么我们就可以抓住绳梯爬上军舰。

一旦进入船舱，我们就用我们的故事换取咖啡，用我们的战利品换取食品和糖果。很快在战舰的厨房里就有很多水兵围住我们。我们成了焦点人物。

“你们的意思是，当日本人进攻你们时他们真的很兴奋？”一个水兵问道，顺手往我们的咖啡杯里续上咖啡。

“那当然了，”我们回答道，“我们在他们身上找到了兴奋剂。他们都带着针头和兴奋剂。他们会在进攻之前让自己先兴奋起来，然后才‘冲呀冲呀’地攻击我们。”（事实上我们根本没在日本兵身上找到毒品。）

“陆战队员真的砍掉他们的耳朵？”

“哦，见鬼，是的！我认识一个家伙，他专门收集日本人的耳朵。大多数的耳朵是在地狱点之役——就是特纳鲁河之役中收集来的。他把这些耳朵穿在一根线上晒干，但是兴奋剂加上雨水把这些耳朵弄烂了。一天晚上雨下得特别大，把整串耳朵弄砸了。”

“说出来你们可能不信，一半的日本兵能说英语。一天晚上我们对着丛林喊话——‘东条英机吃屎’‘裕仁天皇是个畜生’之类的话——突然日本人的回骂一浪高过一浪，你们猜猜他们骂的是什么？——‘让贝比·鲁斯[①]见鬼去吧！’”

我们赢得了水兵们的阵阵笑声，于是杯子里又多了一些咖啡。

如果碰上特别好客的军舰，他们为了表示对我们的敬意会打开军舰上的储藏室，这样我们就会满载着糖果、刮胡刀片、肥皂、牙刷以及搜罗到的各式各样的物品回到云岭。必须承认，我们在分配糖果的时候藏着私心：我们认为这是掠夺者应得的犒赏，我们留作已用。

一天，笑面虎和我听说海军陆战队第八团——人称“好莱坞海军陆战队”——已经登陆瓜岛，而且还带来了小卖部，于是我们磨刀霍霍准备来一次最大规模的劫掠。

小卖部由两顶帐篷组成，外面有两个哨兵把守——每顶帐篷前面站着一个哨兵，扛着上了刺刀的步枪。帐篷后面就是瓜岛上最茂密的丛林。哦，帐篷后面居然没有守卫！没有防备的后部！难道他们认为丛林是无法穿越的？难道他们自认为纸糊的后方会给他们带来安全感？

震惊之余，笑面虎和我躲进附近的远程大炮炮台进行商议。我们看着对方，为预料中第八团会面临的尴尬局面而窃喜。

我们的计划是：我背着我们的两个背包进入丛林，用刀子开出一条路，从后方接近那顶较大的帐篷；十五分钟后，笑面虎将慢步回到小卖部前的空地上，和哨兵攀谈；我一听到他们的聊天声就用刀子割开帐篷进去，装满背包后再返回丛林。

我开始朝着帐篷匍匐前进，丛林里的凉爽绿荫正合我心意。手中的

---

① 当时美国的棒球传奇人物。

短刀非常锋利,割开挡路的攀缘植物和藤蔓植物并不费事,但是我极度小心谨慎,因此前行缓慢。我必须小心翼翼不打搅树上的小鸟或者丛林里的爬行动物,生怕它们弄出声响暴露了我。到达帐篷后面时,我已经汗流浃背了,刀把也已经很滑手了。我听到了笑面虎和哨兵的攀谈声,知道自己用的时间比预期的要长。

手触摸到又热又粗糙的帆布帐篷时,我感到无比兴奋。我用刀子划开紧绷绷的帐面,感到无比的畅快,不一会工夫,我就划开了一个可以进人的大口子。一进帐篷一股木焦油的气味扑鼻而来,而帐篷上划开的口子又重新合上了,于是我不得不把口子划得大一点,以便让光线和空气进入帐篷。

帐篷里堆满了纸板箱,我瞧着箱子上的字母,知道大部分箱子里装的是香烟,这真是天大的笑话,因为我们在瓜岛不缺香烟。不过也有装其他东西的箱子,不久我那双被汗水打湿的眼睛就盯上了一只装满饼干的箱子。听到笑面虎和哨兵忽高忽低的谈话声,我不再犹豫,赶紧弯下腰把箱子里的饼干装进背包里。

在转移饼干的过程中,我必须抑制内心的贪婪,尽管贪欲告诉我"继续拿,再拿点。装满背包后再撤回丛林",但是我迟疑了一下,然后决定适可而止,偷够自己用的就行。

我装满一个背包后直起身子来缓缓地喘口大气,竖起耳朵听着周围的动静。笑面虎爽朗的笑声透过帐篷传到我的耳朵里。我定了定神,躬身拎起了另外一个背包。此时我的目光落在了一只开着口的箱子上。

里面装的竟然是一盒盒的雪茄!

如果说在瓜岛上一寸饼干一寸黄金的话,那么雪茄的价值就可以称得上一寸雪茄一寸白金了。如论价值,只有威士忌能够超越雪茄,但是瓜岛上没有威士忌。不过在此之前岛上也没有雪茄,我估计这里是岛上唯一藏着雪茄的地方。

我正打算掏空装满饼干的背包来装雪茄时，发现那只箱子里只有五包雪茄，正好可以装在另外一个背包里。事不宜迟，我把五盒雪茄统统装了进去，然后背上一个背包，把另外一个背包挂在胸前，从闷热而又充满臭味和紧张气氛的帐篷溜回清爽、树荫斑驳、令人心情愉快的丛林里。

我把背包放了下来，用树枝盖住，然后朝笑面虎走了过去。

笑面虎看到我后高兴地咧嘴笑了起来。

“嗨，你来这里究竟想干什么？”他冲我喊道，“我敢打赌你来者不善。”他用胳膊肘搡了下哨兵，又说：“哥们儿，最好看紧这家伙。他可是来自新泽西的小混混。他闭着眼睛也能偷你们的东西。”

他再次朝我笑了笑，我分明在他眼里看到了一个冒失鬼在跳舞。不过哨兵没觉得好笑，用稍微有些紧张的嘴和拿枪的手向我发出了警告。该死的笑面虎！我们把脑袋放在狮子嘴里还不够危险吗？难道我们还得挠它的喉咙不成？

我勉强地朝他们笑了笑算是对笑面虎的回答，过了一会我抓住他的胳膊领着他匆匆离开了这个是非之地。

“你这个疯子，畜生，”眼看着我们到了安全地带，我低声骂道，“你想出卖我啊？”

我无奈地耸耸肩。我们佯装离开，大约过了两个小时，我们悄悄地折返回来起获赃物。

我们回到了云岭，战友们对我们的“战绩”赞叹不已。我们和他们分享了饼干，而把雪茄留下自己享用。此后的几天里，一批军官陆续走访了我们的掩体坑道——有一次甚至海军航空部队的一位上校也来到了我们这里——他们来的目的就是寻找失去的雪茄。他们对我们这些开心的大兵满脸堆着微笑，虚情假意地说一些战友情同志爱之类的废话，并许诺一些空头支票。

我们一根都没交给他们。

我们知道我军击败了日本人，因为我们的P-38闪电战斗机出现在上空。那天我们在山谷伙房蹲着吃饭的时候战斗机飞了过来。就在几分钟之前，“手枪皮特”在离我们不远的地方胡乱敲着炮弹壳。听到飞机马达的呼啸声时，我们仰头观望，只见它们闪闪发光的机翼快速掠过丛林上方。我们疯狂地欢呼着，而当手枪皮特再次敲响炮弹壳时，我们心情愉快地骂了他几声。

我们返回云岭的时候——云岭上还有其他人需要替换下来吃饭——途经一条溪流，这条溪流充当了我们的浴盆。有两个人正在里面洗澡，一个是战利品狂人，另一个就是他的侦察搭档，留着红胡子长得像地狱圣诞老人的那位。他们用力擦洗身体的同时还相互叫喊着什么。我们停了下来侧耳细听，笑面虎问道：“你们到底在喊什么？”

红胡子回答道：“这个头脑简单的家伙认为我们这里的仗打得比威克岛上的海军陆战队艰苦。”他不屑一顾地瞥了战利品狂人一眼，然后转脸看着我们说道：“他怎么变得这么愚蠢呢？”

“什么叫‘愚蠢’？”战利品狂人吼道，“你们这些老兵油子才愚蠢呢，你们总认为珍珠港事件后入伍的陆战队员都是孬种。可是你对威克岛之战又了解多少？你又不在那里——我还是坚持认为和这个地方相比，他们在那里打仗就和去野营一样。”

红胡子恼羞成怒。他转过身去让战利品狂人给他搓背，却还是怒气冲冲地朝他尖叫：“野营！没头脑的人才说得出这样的话来！”

“哦，见鬼！我敢打赌报纸上都说这里的情况比威克岛糟糕两倍。他们在那里遭到多少次轰炸？”

“谁在乎这个呢？你知道他们还剩下多少人吗？”

“他们并没有全部战死。他们中的大部分人都成了俘虏。我们投降过吗？啊？比比这个如何？”

红胡子再次转过身，不由自主地从战利品狂人手里夺过肥皂，几乎在同时发动了反击。

“少跟我来这套。我从你们这些新兵那里听到的从来都是抱怨。威克岛上的陆战队员说的话是‘让日本人来得更多一点吧’,而你们这些人说的却是‘我们什么时候能回家啊’。”他的嘴唇都噘到胡子上了,他提高了嗓音嘲弄地说:“妈妈的宝贝儿子什么时候回家向女孩子们炫耀吓人的军服啊?”

就这样口水大战越来越激烈,但是正如多数情况一样,口水战无疾而终。海军陆战队就是一只发酵机,把内部分裂成为泾渭分明的两大阵营:老兵油子和新兵伢子——他们永远在明争暗斗:新兵伢子极力颂扬眼前而贬低过去,想方设法通过贬低老兵油子炫耀的过去来打击老兵油子的自信心,面对新兵伢子咄咄逼人的进攻,老兵油子极力维护自己的过去和传统。但是在老兵油子面前,新兵伢子永远觉得矮人一头,他们必须不停地攻击,因为他们没信心进行防守。一旦新兵伢子停止用锋利的现在之剑对传统进行攻击,一旦他控制住举起握剑之手的冲动而对老兵从容不迫的眼神深信不疑的时候——一旦有了这些变化,那么他就进入了老兵油子的行列,永远不再是新兵伢子了。年轻人反叛,而年长者保守,在反叛和保守之间他们不断前进。假如任何一方取得了明显的支配地位,那么海军陆战队将不会取得战争的胜利。

我们一路跋涉回到云岭的时候,我开始意识到了这一点。我感谢红胡子向我们提起了威克岛上的那些人,不过我也相信他经过反思后也会减少对我们的轻视。

我们刚回到掩体就听到山地人打破了沉默说道:“你们认为战利品狂人说的关于报纸的那番话是真的吗,就是有关瓜岛一举成名的那句话?”

“当然不是真的了!”笑面虎笑道,“我敢打赌我们甚至上不了报纸。”

“我不知道,笑面虎,”山地人若有所思地说道,“我自己倒是有点觉得他说得对。”他转脸看着我继续说:“嘿,拉基,你认为他们会为我们举办一次列队欢迎仪式吗？”

还没等我开口，笑面虎抢先给出了答案，一想到列队欢迎他的眼睛就放光。“瞧瞧！那岂不美哉？山地人，那是个不错的主意。想想看所有的小妞都在街上列队欢迎我们哟。”他停了一下，转换成了我们熟悉的善意批评的语气继续说道：“唉，算了吧！他们不会列队欢迎我们的。他们甚至都不知道我们还活着。再说了，谁他妈听说过瓜岛这个鬼地方啊！”

“我打赌他们已经听说了，”山地人回答，冷静中透着沾沾自喜，“我向你打包票我们会荣归故里。”

“那好，我打赌你在纽约不会受到列队欢迎，”笑面虎不甘示弱，“如果我们真的那么出名，如果我们真的那么优秀，他们一定会把我们派往另外一个战场。我们会被列队欢迎的——不过，是在拉包尔[①]的大街上。”

“你说得对！”第二个持悲观态度的人——行者——表示赞同。此前他一直保持沉默，把大拇指指甲咬成了碎末。不过一想到可能的列队欢迎，他的眼睛瞬间亮了起来。尽管咀嚼让他的声音含混不清，但他还是扭头对我说道：“拉基，假如他们真的列队欢迎我们，你认为会在哪里——第五大街？”

“不会。你想到的是圣帕特里克节[②]吧。那可是爱尔兰人游行的地方。很可能会在百老汇大道上的巴特里公园。”

“巴特里公园[③]！”山地人跳了起来，“他们会干什么，给我们充电？”

笑面虎边点头表示同意边说道：“每个人都会被充电，不过是用上好的纽约陈酒来给我们充电。对吧，拉基？”

---

① 巴布亚新几内亚北部港口城市。

② 3月17日，为纪念爱尔兰守护神圣帕特里克。这一节日5世纪末期起源于爱尔兰，美国从1737年3月17日起开始庆祝。

③ 巴特里公园 (Battery) 和电池 (battery) 在英语里是同一个词，此处是双关语。

“没错，所有人还要放假三十天。”

“还有，每人要有两位美女陪伴——一位是白人一位是黑人。”

山地人生气地插嘴说：“我不会参加什么鸟游行。让他们见鬼去吧。我可不会为了任何人而去游行。我一下军舰，就离队扎进人堆里去。”

“那岂不快哉？”行者兴奋地随声附和道，“设想一下，我们下了军舰，所有人都离队融进人群，他们在纽约的人群里找不到你。我们狼吞虎咽，我们酩酊大醉，他们拿我们无可奈何。众人皆醉，甚至军官也不能独醒。”

我们所有人都沉浸在如梦似幻的沉静之中，最后还是山地人那满怀憧憬的声音打破了沉默。

“我打赌他们会的，笑面虎，我和你打赌他们会列队欢迎我们的。”

瓜岛上出现了两种变化：瓜岛领空已经成为美国人的天下；邮件正从美国源源不断地来到瓜岛。这两件事提升了我们的乐观精神，一封来自我老爸的家书让整个云岭都洋溢着欢乐。

我蹲在山坡上读着这封信，屁股只离开湿湿的地面一点点。刚下过一场暴雨，不一会工夫雨水就浸满了浅坑和掩体坑道。雨突然停了之后，空中又出现了多得惊人的蚂蚁似的昆虫，昆虫密度很大以至于我们必须闭上眼睛和嘴巴才能避开它们。当它们从空中掉下来，纤细的尸体遍地都是（它们似乎在雨后只能存活一分钟），因此我小心翼翼，以免让泥巴或者昆虫尸体弄脏了刚刚洗过的短裤。

老爸写道：“罗伯特，你的蓝色制服已经给你准备好了。要给你寄去吗？”

啊……

我脑海里慢慢浮现出一套海军蓝色制服，看上去非常漂亮。我蹲在云岭的山坡上，像个卡在柱子上修炼的苦行者一样被困在云岭，周围是荒野、雨水和数不清的细小如蚂蚁的昆虫尸体。我蹲在那里，身上只穿着膝盖以下被剪掉的短裤以及一双从陆军士兵背包里偷来的软拖鞋，对身着新军服的光辉形象沉思良久。

“罗伯特，你的蓝色制服已经给你准备好了。要给你寄去吗？”

老爸的这句话立刻成了云岭上的流行语。在我们离开云岭之前，别人都这样提到我：“拉基，就是那个他老爸想寄给他一套海军蓝的家伙。”我走到伙房吃饭的时候，住在别的掩体里的家伙这样和我打招呼：“你好，拉基——你没穿上海军蓝啊？”或者“嗨，拉基，你老爸还没有给你寄来海军蓝吗？”我每到一处都会引来人们的微笑，似乎他们每个人都在想象着这样一幅画面：海军陆战队第一师云集云岭，身穿华丽的海军蓝，在红旗飘飘战鼓喧天中迈步向前，进入热带丛林和日军厮杀。

他们不喧闹，也不狂笑，只是对我微笑，说几句俏皮话，偶尔说几句令人捧腹的玩笑话，他们就像珍视一个家庭笑话一样珍视我父亲的那句话，这有点奇怪地让在岛上都快发疯了的我们保持了健全的神智。

人人都认为我父亲是个了不起的人，他们常常询问他的健康状况。

“公子哥”中士给我们带来了坏消息。前一天，他来给我们量身定做新军服，这一举动让我们一晚上都在高兴地猜测。我们确信这意味着我们即将离开瓜岛，不过接下来的问题是：我们到哪里去？

不过，公子哥中士那带着尖尖鼻音的声音像鞭子一样抽碎了我们的幸福梦。

“早上随时准备出发。我们要从马塔尼考河出发，发动一次新攻势。带上所有抵御恶劣天气的装备，确保你们的枪涂了枪油，确保你们的子弹带是干燥的。八团早上会上来换岗。”

他停顿了下来，我们在沉默中面面相觑。在他那轮廓分明的大男孩脸上没有任何喜悦之色，甚至显露不出一丝一毫带来坏消息的人通常具有的幸灾乐祸。公子哥中士的心情和我们一样沉重:“不要问我这是为什么。不要问我愚蠢的问题。照我说的去做。”他转身离开了。

等了将近五个月的时间,结果却是这个样子。

行者得了疟疾,砖头几乎只能在晚上到掩体外走动走动,山地人和橡木墩较长时间处于精神抑郁之中,红头军医很早就离开了我们,我患上了痢疾,而笑面虎则变得容易发火——我们所有人的身体都变得无以复加地虚弱憔悴。

但是我们还得出发去进攻日本人。我们去伙房吃饭都必须坐下来喘口气,然而我们还得出发去进攻敌人。

我们绝望了。

到了早上,我们蹲伏在机枪旁边,等待着命令一到就拆卸它们然后出发。

命令迟迟未到。

第二天出发的命令依然未到,第三天还是如此。于是希望像离家出走的少女一样又羞答答地回到了我们身边并答应我们再也不会离开。

终于在一天早晨,我们接到了出发的命令。

公子哥中士向我们宣布了这一命令。

“机枪留在原地不动,”他说,“只带上你们的步枪和抵御恶劣天气的装备。”

他嘴角上露出了笑容。

“我们马上要换防了!”

那一天是1942年12月14日。自从8月7日以来我们就一直在前线,没有换过防。我们营,即第一团第二营是海军陆战队第一师中最后离开前线的营队。

瓜岛保卫战结束了。

我们取得了胜利。

我们冒着冷冷的毛毛细雨叮叮当当地走下了云岭，与此同时第八团的海军陆战队员们叮叮当当地向云岭之上走。他们戴着凯雷头盔，这是我们的前辈在第一次世界大战时戴过的那种头盔，英国军人依然还戴着。他们看上去很可怜，在蒙蒙细雨中艰难地沿着湿滑的山路向上爬。我们同情他们，尽管最艰难的时候已经过去了。可是我们还是忍不住刺激他们几句，他们来自阳光普照的加利福尼亚的圣迭戈海军基地。

"我们的'好莱坞海军陆战队'来了。"

"是啊，瞧瞧都是些什么人。该不会是'鱼饵陆战队员'吧！小子们，你们的小卖部在哪里？"

"啊，砸啦……"

"嘘——听听他们都在说些什么！这可不像他们在电影里的做派。真替你们害臊！"

"嘿——好莱坞最近流行什么电影？拉娜最近怎么样？"

"对——就是她——拉娜最近怎么样？拉娜·特纳近来如何？"

他们尽量表现出厌恶我们的样子，但是却掩饰不了换防部队对被换防部队必然的一种敬畏。我们走下了云岭，虽然形容枯槁但是内心高兴；他们走上了云岭，虽然容光焕发但是内心恐惧。我已经说过了我们很高兴，事实上我们高兴得精神错乱。

接下来的一周时间我们是在一个山坡上临时搭建的帐篷里度过的，山梁从这里蜿蜒而下一直延伸到茅针草地。笑面虎和我不停地到食品仓库里寻找东西，直到我们搜集了一大堆食品，我居然一口气吃了一罐杏仁罐头，搞得自己的胃很奢侈地不舒服。我趴在地上，感到胃撑得生疼，我很讶异地说道："我不舒服。我吃得太多了。这是世界上最奇妙的事——我吃得太多了！"

只有"洗衣机查理"时不时的造访才提醒我们，日本人进攻瓜岛之心依然未死。

我们在一个堪比伊甸园的地方度过了接下来的一周。我们行军到了伦加河河口一带的椰林里,就地安营扎寨。军部给我们送来了限量啤酒。不过每晚我们都想方设法多弄一点喝到微醉为止。白天,我们在伦加河里游泳,清凉湍急的河水把我体内的疟疾毒火排出体外,真是一条奇妙之河。不过在伦加河里游泳也很危险,因为一些爱开玩笑的人以向河里投掷手榴弹为乐。有一次,我听到一阵大声呼喊,声音从河边传来,我急忙跑过去看个究竟,到了那里赫然发现一条巨大的黄貂鱼被困在了当地人架设的渔网里。大鱼当然死了,身上被枪打得千疮百孔,显然这条鱼给了很多扣扳机上瘾的人"拔枪射击"的机会。

我们沿着大路睡在路边,等待第二天登船离开瓜岛。第二天,军部给我们送来了家里寄来的圣诞包裹。我们不能带着包裹上船,因为我们只被允许携带武器和军用背包。笑面虎和我早已请求常春藤联盟中尉把我们抽剩下的雪茄放到他的水兵袋里,军官是可以携带水兵袋的。我们再次看到水兵袋感到大惑不解——严格来说只有士兵才有水兵袋——并对把我们的水兵袋交给长官这件事感到愤愤不平。

这是我们第一次遇到的歧视事件,第一次看到抛出去的是单面硬币,军官可以通过禁止我们携带属于我们自己的东西而中饱私囊,满足自己的贪欲,这多少有点像政客利用法院来达到自己的目的。所以我们狼吞虎咽地尽量吃光包裹里的圣诞礼物,剩下的就只好扔掉了。

"准备出发。齐步走!"

我们缓缓地向海滩走去,我们步履蹒跚,满脸胡须,衣服破旧,根本就和长官的精确口令合不上拍。我们吃力地爬进登陆艇,它们早已在海边等候了。我们站在舷缘边上,望着渐渐远去的海岸。

我们的登陆艇一路颠簸来到了一艘庞大的运输舰的旁边,这艘运输舰像个醉倒的巨人横卧在海面上。它是老杜勒家族船队中的一艘,我估计是“威尔逊总统号”吧。

“顺着吊货网爬上来!”

就这样,我们怎么来的,还怎么离开。

我们身体太虚弱了,很多人连爬吊货网的力气都没有了。一些人从网上掉进了水里,连人带包带枪一起掉进了水里——还得把他们从水里捞上来。另外一些人死命地抓着网,大口大口地喘着气,生怕最后一点力气也离他们而去,迎接他们的就只有大海了。

这些人得由大量身手敏捷的水兵挤在船舷边上施以援手。我能够爬到吊货网顶头的位置,可是再也没有力气向上挪动一点,也没有力气翻过船舷爬到甲板上,我就一直吊在那里,大口大口地喘着粗气,一阵海浪冲击,吊货网摇晃了起来,我随时可能被晃到海里由海浪吞没——这时幸好有两名水兵从上面抓住胳膊把我拉了上去。我咣当一声倒在了甲板上,定睛一看,周围都是被这么拽上来的战友。我的脸颊贴在热乎乎脏兮兮的甲板上,只感到心在怦怦地乱跳,不是因为累,而是因为高兴。

一进入船舱,笑面虎和我就往厨房走,想找杯热咖啡边喝边聊。我们走进厨房,坐了下来,正赶上运输舰上的一位水兵起身离开。他低头看了我们一眼,我们正端着厚厚的白色咖啡杯品着咖啡。

“感觉怎么样?”他扭头朝海岸方向努了努嘴。

“苦啊。”我们机械地答道。紧接着笑面虎突然提高了嗓门问:“你指的是瓜岛吗?”

这名水兵显得很惊讶,说道:“当然是瓜岛啊。”

笑面虎赶紧解释:“刚才我弄糊涂了……我的意思是,你来这里之前有没有听说过瓜岛这个地方?”

他显得更加吃惊,把我们都吓了一跳。一个让人高兴的念头慢慢出现在我的脑海里。

“你是说……”

“见鬼，当然听说过瓜岛了！还有海军陆战队第一师——妇孺皆知啊。你们出名了。回到国内你们就是英雄。”

我们没有看到他何时离开了厨房，因为我们很快把脸转了过去——怕他看见我们脸上的泪水。

他们没有忘记我们。

第4章

花花公子

第一节

荣耀已经成为过去，瓜岛也离我们远去，随之而去的还有我们的勇敢、顽强以及任由热带丛林针叶刺伤骨肉的心甘情愿。现在我们只向往无所事事、消磨时间的生活，而墨尔本的花花世界就展现在我们面前。

为战友之情献上挽歌吧，追悼曾经将我们紧紧相连而今荡然无存的伙伴情谊吧，它们伴随我们从卡罗来纳的海边沼泽直到“威尔逊总统号”船舷上那最后一个扑跃。它们已死去。

我们首先抵达新赫布里底群岛的圣埃斯皮里图岛，我们是在圣诞节前夕到达的，因此每人都从牧师那里得到了一根棒棒糖，而常春藤联盟中尉则用我们的雪茄讨好他的上司。在接下来的三周时间里，军部发给我们士兵手册，并对里面的部分准则予以实践，其中有一条告诫军官要牢记不要虐待手下的士兵，如同不要虐待自己的狗一样。

接下来我们到了澳大利亚。

在墨尔本，我们在乐队喜气洋洋的吹吹打打声中走下军舰走上码头。这是我第一次看到南方大陆，因为自从离开圣埃斯皮里图岛后，塔斯曼海上的强风暴让我们一直乖乖地待在甲板下面的船舱里。我们朝乐队咧嘴笑着，突然意识到一切都会美好起来。

经过一位一头红发的空军妇女辅助队成员时，我和她四目交视而笑，我在她欢喜的眼神里捕捉到了对未来美好时光的期待。

人们簇拥着我们登上了一列火车，火车徐徐开动起来。我们一窝蜂地趴在窗口向站台上看，然后我们开始喊叫，因为最令人叹为观止的一幕映入了眼帘。只见火车缓缓经过之处，两边站台上站满了女人——她们欢呼着、彼此拥抱着、跳跃着、给我们飞吻，用这些来表达对美国海军陆战队第一师最热烈的欢迎。

火车在一个叫作里士满的地方临时停了下来，这里是墨尔本的郊区。我们被赶进一块用栅栏围着的场地，这块场地很容易让人联想起牛圈。栅栏外边有很多女孩子朝我们尖叫、傻笑、挥动手绢，有的女孩子还从栅栏里伸过手来触摸我们。我们一下子变得兴奋起来，要知道我们自从七个月前离开新西兰后就再也没有见过女人了。

接下来栅栏门打开了。

“连队注意！立正！齐步走！”

经过姑娘们的身边，我们挤眉弄眼懒懒散散地走出了栅栏场地，枪也背得东倒西歪。尽管我们穿着一身褪了色的淡绿色军装，但是这支向前移动的队伍看上去丝毫没有军队的气象。花花公子就这样炼成了。

当发现行军进入一座体育场时，我们略微感到有点吃惊。这是墨尔本板球场，现在成了我们的营房，双层床铺一排排地搭在水泥台阶上。看台上的长条凳已被搬走，取而代之的是我们的双层床铺，整个体育场呈巨大的马蹄形状，上面伸出很多细细的网状结构——中间是一块圆形绿地，面积很大。我们还得靠我们的背包过日子。我们睡在露天，除了上方四分之一的屋顶外别无遮蔽。如果来一阵狂风暴雨，我们肯定会被淋湿。

可是有谁抱怨吗？在我们回归平民生活的第一天，有谁会对这点微不足道的不方便抱怨呢？一想到我们安营在几乎是市中心的板球场，而其他团——第五团、第七团和第十一炮兵团——因驻扎在郊区而愤愤不平时，还有谁会责备我们的大好运气呢？这个城市是我们的了，我们几乎夜夜都会体验它的夜生活了。这种好运气不是我们争取来的，而是我们赢来的：我们团长在和第五团及第七团的团长轻抛硬币时鸿运当头。在所有师团中，我们团——第一团——取得了最为明显的优势进驻到这个花花世界。

那天晚上，本已在姑娘们诱人的尖叫声中涣散了的军纪几乎消失得无影无踪。

我们获得了一部分拖欠了六个月的军饷，是用澳元支付的，但是军部仍然没有发给我们新军服，我们身上穿的还是破衣烂衫。

尽管如此，团里将近三分之一的士兵都去轧墨尔本的马路了。我是单枪匹马出去的，因为行者、笑面虎、山地人以及其他人要么站岗要么不愿意出去冒险。

那晚我是多么高兴啊！周围的墨尔本人对我表现出极大的好奇心，起初我以为是身上奇怪的军服以及久晒的黑皮肤造成的，但不久我就明白了个中原因：我们是这块土地的救星。一群群墨尔本人对我的微笑和挤眉弄眼使我对这一点确信不疑，甚至街头小贩也挥舞着三角小旗对我说道："好样的，美国佬。你们救了澳大利亚。"我知道这是奉承话，但是这些话就像烈酒一样让人陶醉。我扬扬得意，把人们的每一个微笑都看成是对我的致敬，把墨尔本的每一位姑娘都看成是对我这个晒得黢黑的救星的合理补偿。

第一位姑娘是格温。

我们是在一间乳品冷饮点心铺相遇的。这对一个禁欲七个月之久、饥渴难耐的海军陆战队员来说确实是一个奇怪的地方，但是墨尔本的酒馆晚上六点就打烊，而我当时不知道酒店在六点之后还继续营业几个小时。

我一走进店铺就注意上了她，她也向我投来有意的一瞥。可是当我坐在她旁边喝奶昔的时候，她却假装对我不理不睬。我不知道该说些什么，于是我就问她几点了。她率真地瞧了瞧我手腕上的手表，然后又抬头看了看挂在我上方的钟，说道："你是个美国佬，对吧？"就算她说的是"我们到楼上我的房间里去吧"也不会让我更激动，因为我想要的只是让她和我说话。

"是的，"我回答道，"我们刚从瓜岛来到这里。"她把眼睛瞪得滚圆，回答道："是吗？"就这样我们聊着，说的都是些客套话，平常话，没意思的话，但是话里充满性幻想——最后我们终于切入正题，效果似乎和她一开始就说"我们到楼上我的房间里去吧"没什么区别，因为我们在几家酒店逗留后去的正是她那里。

她房间里除了忽明忽暗的煤气炉和一张床之外别无他物。

格温以一种女人不可理喻的方式告诉她这位轻率的访客：如果她手上没有一枚戒指的话，就不会有穿着喇叭裤的水兵出现在她年轻的生命里，就不会有美国佬毁掉她的余生，就不会有任何事情发生。

在那种情形下我艰难地故作严肃，起身离开了那张白躺了一会儿的床，穿上军服，重拾尊严，然后离开了她。

我轻轻地带上门，重新融入寂静的夜色，郁闷地回想着美国电影里的情节，美国电影总是让地球人相信所有美国男人都是百万富翁。我边走边咒骂女人的自负，她们总是信心满满地认为是个男人就逃脱不了她们的摆布。

回到墨尔本市中心，在菲林德斯街火车站外面，海军陆战队员们走街串巷。如果说早先我们团里只有三分之一的士兵不守军规到海滩游玩的话，那么现在团里已有一半的海军陆战队员在轧马路。一些人还胡子拉碴的。场面极其混乱，使我回想起了瓜岛丛林里冲出一群陆战队员偷抢陆军背包的画面。

不过这一次他们挥舞着的是酒瓶子、澳大利亚式厚厚的香肠一样的热狗、馅饼以及冰激凌——只要能在通宵售货亭里买到的东西都会出现在他们手上。他们一路高歌。似乎一夜之间人人都学会了哼两句《扛着铺盖四处流浪》。

从前有个快乐的流浪汉
把家安在池塘边
他在胶树树荫下乘凉
看着铁皮壶里沸腾的水他放声歌唱：
"你将扛着铺盖和我一起流浪"

我手头的钱足够雇一匹马和一辆停在火车站的四轮马车，我让我们中的六个人上了车，而我自己则翻身骑上了马。

就这样我们回到了"家"——一路上嘴里嚼着从售货亭里买来的可口小吃，手中挥舞着酒瓶子，嘴里吼着歌曲，而我屁股下的高头大马则服服帖帖地沿着人行道嘚嘚地向前跑着。

第二天我们为军纪的名存实亡喝酒庆祝。我们名副其实地喝着酒给军纪送了终，因为每个人的背包里都有酒瓶子，我们脚下都是醉鬼，因为接下来的一周里只有一种生活方式——毫无节制地饮酒作乐。在我的记忆里，那段时间的起床号是那么滑稽。

"大家起床啦！大家都出去！"早晨一个醉醺醺的长官的声音咆哮着。

没有动静。

接着，我们二百个呼呼大睡的人中有十来个从他们的帆布床上机械地站了起来，身上还裹着毯子，犹如死人从打开的坟墓里走出来一样。一两个人在走下台阶之前还弯腰使劲地拉了拉背包里的酒瓶子，然后走出体育馆大门在体育馆的围墙前面集合。

老士官长——就是在海军部长诺克斯到新河慰问我们时给少校难堪的那位——摇摇晃晃地走出大门点名，可是他一句话也说不出来。他呆呆地看着眼前这一小撮挤在一起的“木乃伊”。

常春藤联盟中尉摇摇晃晃走了出来要听老士官长的报告。

老士官长向后缓慢地转过身去。他弯曲着手指向中尉敬礼，手指头就像用胶水粘住了一般。“所有点到的都来齐了。”他汇报道，脸上的肌肉慢慢松弛了下来。常春藤联盟中尉半弯着身子仔细端详着老士官长，表情肃穆，还略带悲伤，仿佛想要轻轻抚摸一下老士官长的脸似的。然后他板起脸孔看着我们说道：“连队解散……”

我们回到了属于我们的“坟墓”。

从此以后，他们再也懒得管我们了。

他们不管我们的原因也许是大大小小的军官们也和我们一样急着找乐子。他们支付了我们军饷，给我们送来了新军服——包括那身我们穿了十八个月之后才被命名为“艾森豪威尔”的绿色作战外套，他们指示我们什么时候以及到哪里去就餐，他们还提醒我们可以到船上的医务室去领一些预防性用品。除了那些有警卫任务在身的人之外，我们所有人在中午之后就自由活动了。

即使哨兵也能找到一起玩耍的伙伴。一些哨兵常常突然找到值日军官，要求“配一名陆战队员一起走动”，其实他们是到板球场周围维多利亚公园里的高茎草上躺着玩，这些哨兵被我们戏称为“草上飞猴”。

最受草上飞猴青睐的是在边门以及在板球场外面机动巡逻的岗位——不久这件事就成了一个令人发笑的笑料，因为在海军陆战队历史上，这是第一次有人主动要求站岗放哨。草上飞猴也使得我们更加容易地在外面待到很晚才回来。我们只需要围着板球场走，直到看到一支步枪孤零零地倚着墙——它无声地告诉我们哨兵又到别的地方违规消遣去了——此时我们只需打开他把守的门悄悄溜进去就万事大吉了。

每天我们都会找到新的乐子，每天我们都会有新发现。我们发现澳大利亚的啤酒和日本的啤酒风味不相上下；我们发现澳大利亚的酒吧里充斥着大量苏格兰威士忌；我们发现澳大利亚人说sheila指的是女孩子，cobber指的是朋友，而bonzer意思是好极了，fair dinkum意思就等于实实在在的；我们还发现澳大利亚人说“美国佬”可能表示友好，也有可能是诅咒。

第一周我们偶然来到了位于史旺斯敦街的一家二楼餐厅，在这里我们发现了一种起泡白葡萄酒。我们点的是香槟酒，可是女服务员说没有香槟。

“不过，我们这里有起泡白葡萄酒，”她操着一口澳大利亚风格的伦敦腔说道，“口味和香槟酒几乎一模一样呢。”

“你说的那种酒起泡沫吗？”笑面虎问道，同时用双手比划着，“就像姜汁汽水那样吗？”笑面虎真像是在意大利大妈面前抖面条。

女服务员乐得哈哈大笑起来：“你们这群美国佬。”她说完转身走了，不一会工夫手里拎着小冰桶和一瓶酒回到了我们面前。软木塞像香槟酒的软木塞一样砰的一声被打开了，酒瓶子里的液体也像香槟酒一样喷洒出来——尝起来居然也和香槟酒一样！只要我们身上还有钱，我们就喝它了。

笑面虎和我像好莱坞电影里的演员一样煞有介事地叮当碰杯。

“让战争见鬼去！”他说。

“我为和平干杯！”我应声说道。

那天我们喝完了那一瓶酒，此后我们经常到这个餐厅喝酒吃饭，品尝这里的澳大利亚风味牛排和煎蛋——这个地方成了我们的“司令部”。我们在这里款待和我们相识的女孩子，同时我们在这里也结识了两位女孩子——琥珀和茉莉。琥珀拥有可以征服好莱坞的美：柔软光滑的棕色美发飘洒在圆润的鹅蛋脸四周，眼睛大大的，嘴巴也不小，鼻梁笔挺——一张美丽精致的脸！只是美得有点空洞，美得有点让人发慌。她也很丰满。琥珀是那种典型的酒吧女招待——浑圆的屁股让人看一眼便终生难忘。她很快喜欢上了活力四射的笑面虎，在我们离开澳大利亚之前充当笑面虎的女友。琥珀从来不喜欢我。她认为我傲慢自大——“时髦小子”是她对我的称呼。

茉莉则是另一种女孩。在我们初识后的几天里，她喜欢和笑面虎及琥珀不辞而别——随后和我一起逛公园，一起唱歌，一起打情骂俏。她从一开始就知道我们友谊的结局是什么。她不像琥珀那样，期待到富裕的美国过上安逸的生活。她对我，还有其他和她约会的陆战队员，她对我们的情感是温暖和人性化的，她看重的是我们的人，而不是把我们看作她的未来。可怜的茉莉，她爱得很深。

“告诉我一些美国的事吧。”当我们沿着公园小路散步的时候她常常这样向我恳求。小路上的煤渣在我们脚下发出咯吱咯吱的声音，夜晚的空气轻拂着面颊，我们手挽着手——此时此刻我们共浴爱河。

我告诉她一些美国的事。我坐在一张长椅上或是躺在湖边的草地上，南半球美丽的天空在繁星点缀的天鹅绒般柔软的夜里漫无边际地向远处伸展开去。那一晚空气中弥漫着胶树花的芬芳。

“哦，拉克——我真希望他们永远不让你回去。”

“我也这么希望。”

“但是他们会让你回去的，是吗？”

“不要担心这个了，茉莉。我们一点办法都没有。这是战争时期啊。”

“是啊，不过话又说回来，如果没有战争，我们还碰不到一起呢。所以啊，还得感谢战争呢。”

很快不愉快的情绪就过去了，她又开始有说有笑起来。

“啊，你们这些个美国佬，你们总是爱说奉承话，总是甜言蜜语，看上去总是文质彬彬——其实你们的目的就只有一个。”

我们在小路上手牵着手又蹦又跳，有时候你追我赶，有时候又放声歌唱。茉莉喜欢我的声音,愿上帝赐福于她,因为她是唯一喜欢我声音的女人——事实上也是唯一喜欢我声音的人。她以为我会唱歌,或者她只是表示想听我唱首她喜欢的美国强节奏爵士歌曲。其实会唱歌的是茉莉——她有一副嘹亮动人的好嗓子。在我们回去的路上,她用温柔而低沉的声音轻快地唱着一首我最喜欢听的小曲。

帕特里克、迈克尔、弗朗西斯和奥布莱恩
为了可爱的茉莉
他们永远不会中断哭泣

他每天起得那样早
似乎要和麻雀赛跑
跑起来快得像一支箭
刚刚脱离了弓弦
他走进她的后花园
在她的窗台下低唱不断

“亲爱的茉莉
我在求你一件事
快快出来陪我走一会儿”

可是好景不长,茉莉因为另外一个女孩子和我闹翻了,后来我们分手了,尽管笑面虎和他的琥珀还是如胶似漆。

引起茉莉和我分手的女孩叫希拉。我是在一辆无轨电车上遇到她的,当时笑面虎和我坐车去圣基尔达游玩,那是位于墨尔本郊外的海滨度假胜地,和科尼岛类似——只不过没那么多噪声和低级酒馆而已。

进站的时候车子突然倾斜了一下,希拉向后一歪,倒在了我的大腿上。

我赶紧用膝盖夹住她,对她说道:“请站起来吧。”

“我站不起来。”她笑着说道。

“你难道不害羞吗?”我凑着她的耳朵小声说道,“澳大利亚女孩都这么猛吗?”

“拜托,”她转过脸看着我一边傻笑一边说道,“请放我走,拜托。”

我看了一眼笑面虎,冲着他说道:“她在说些什么啊,笑面虎? 让她走? 她自己能起来,是吧?”

笑面虎一本正经地点点头:“她喜欢待在那里。”

希拉狠狠地瞪了他一眼,然后有点生气地对我说:“请放我走。”

“好吧,”我说,“不过你得和我一起去月神公园。”

她噘起了嘴,说道:“没问题。”

“很好。”说完我松开了腿,希拉站了起来。她向我们介绍了自己并引见了另外一位女孩,于是我们一行四人走进了月神公园。

我们一起乘坐长途火车返回离墨尔本市较远的郊区——晚上希拉把笑面虎和我安置在位于郊区的她妈妈家。笑面虎睡在房子里的一间卧室里,而我则被安排在屋后面的一间小屋里过夜。实际上这间小屋很可能曾做马房之用,因为希拉称后院为“驯马小围场”。一条小路把相距约五十英尺的大屋和小屋连接起来。小屋里的床垫柔软但不平整,不过床单很凉爽而且很干净——我一躺下就睡着了。

一阵声响把我从梦中惊醒,我抬头看见希拉进来了,她关上了门,然后转身朝我走来,手里拿着一支蜡烛。她身上穿的是睡衣。

“你好,美国佬,”她开心地对我说,“喜欢睡在这里吗?”

我半坐起来用胳膊肘支着身子,点点头作为回答。她蹲下来,用欢快的眼神看着我,说道:“我喜欢你,美国佬。我希望你常过来看我。”我看着她，她向前靠得更近了，低声说道：“你想让我为你做点什么吗？”我望着她，她吹灭了蜡烛。

在此后的一个月左右的时间里，只要有机会我都会去看望希拉，有时候领着她到我们的“司令部”去吃饭，有时候带她去跳舞，有时候在她居住的小镇附近漫步长谈，那里的山坡上满是鲜亮的金合欢树，有时候在她家的客厅里给她跛足且守寡的妈妈讲美国的事，直讲到口干舌燥，于是我不停地喝茶滋润喉咙。这种美好时光一直持续着，直到有一天她告诉我，她要到塔斯马尼亚去，她告诉我她早已嫁了人。

在茉莉和希拉之后我就再也没有爱上其他女孩子了。

只有猎艳。

怎么会这样？我如何知道。我不是卡萨诺瓦[①]，本书也不是讲情感的教科书。

是的，猎艳听上去有点冷漠，当然，还有点精于算计的味道在里面，但是男人在满足肉欲的时候不应该陷得太深。他永远不要有浪漫情怀，他应该把浪漫之爱留给那些单相思的诗人们，是他们发明了浪漫之爱。

猎艳有时以奇怪的方式结束。有一位酒吧女有着强烈的道德感。

“你们美国佬，”她喘着气说，“没有一点道德。”

“这话怎么讲？”

“啊，”她尖酸刻薄地说道，“看看你们的好莱坞就知道了。为什么呢？你每天都会从报纸上读到那些电影明星的花边新闻——昨天是那位第四次结婚啦，今天又轮到这位第五次结婚啦，天天闹个不停。我们澳大利亚就没有这样的人。我们至少还保留了一些道德准则！”她把床罩往

① 卡萨诺瓦（1725—1798），意大利冒险家，以描述他的许多风流韵事的《自传》而著称，所以成了风流浪子、好色之徒的代名词。

上拉，盖住了下巴，“不像你们美国佬——整天想的就是和女孩子睡觉！”

只有傻瓜或者对猎艳不再感兴趣的人才会向她指出这番话的问题所在。

那天晚上我在回营的路上碰到了一名同样回营的海军陆战队员，他比我年轻，一边试图弄掉衣领上的口红印一边嘟嘟囔囔说个不停。

“这些澳大利亚女孩子真是麻烦，”他抱怨道，“她们是不是没有任何道德感啊？你去找一个像她们这样随便就以身相许的美国姑娘，不，找不到，伙计——她们还是有道德感的。”

法利赛人[①]的后裔人数还真不少。“哦，上帝，我感谢你，因为我不像其他人一样……通奸，也不像这个澳大利亚人，也不像这个美国人，也不像……”[②]

那位酒吧女很是让人捉摸不透。尽管我们经常待在一起，但是她对我而言还是一个谜，我搞不懂她。她假装瞧不起美国人，但是她不和我在一起的时候就和其他陆战队员在一起。她喜欢替我保管钱财，但是每当我冒犯她的时候，她就咒骂着从她钱包里把我的钱拽出来还给我。她脾气火爆，又冷若冰霜。虽然她是酒水服务生，但是滴酒不沾。尽管对美国音乐冷嘲热讽，但是她会跑到数英里之外去参加爵士乐舞会。

当我们在雅拉河泛舟的时候，她无力地把手垂在水里，看上去无聊至极，而我则暗自高兴，因为我们海军陆战队员已经被酒色掏空了身体，这种逆流而上划船的事成了一种苦难。终于她打起了哈欠，于是我改变小船的航向朝船坞方向划去。

---

① 古代犹太教法利赛教派的教徒，该派标榜墨守传统礼仪，《圣经》中称他们为言行不一的伪善者。

② 这句话是对法利赛教派的教徒祷告词的改编。

我们一踏上海滩，她就怒气冲冲地甩脸冲我吼道："真搞笑！一个像你这样的男人带着女孩子来划船居然让她扫兴而归！"

第二天，我的前胸和胳膊酸痛，所以我并不后悔以后没再和她一起划船，也不后悔以后没再见到她。

希拉回来了。一个周六的晚上，我待在板球场，早早地上了床，睡梦中有人叫醒我说："门外有个女孩找你呢，拉基。"

她在塔斯马尼亚只待了几个月的时间，但是看上去比原来憔悴了许多。我们在公园里散步聊天，希拉想进城，但是我告诉她我去不了——尽管她明天一早就要返回塔斯马尼亚——我去不了。

"可是我们总在公园里呆坐着也不是个办法啊。"她急得快要哭了。

"等等，"我说，"我有主意了。我的战友正在休四十八小时的军假，我可以把他们的床褥和毯子拿到这里来，你呢，去弄两瓶啤酒，"我一边给她钱一边接着说，"我们不妨在这里来一次野餐，如何？"

她笑着说道："美国佬，你真是个聪明的家伙。"

我们的板球场宿舍在黑暗中悄无声息，我把笑面虎和山地人以及我自己的床褥放在一起卷成一个卷，然后深一脚浅一脚地出了板球场来到了公园。我在一棵大树下展开床褥的时候，希拉拿着两瓶啤酒走了过来。我们坐在褥子上，手里握着酒瓶。

忽然，我懊恼地叫了一声，原来她忘了拿开瓶器。

"别神经兮兮的，美国佬，"她说道，"让我来。"说完她把墨尔本苦啤酒的瓶口放进嘴里，用牙咬开了瓶盖。

哇，这些澳大利亚姑娘！还没等我回过神来，美妙的琥珀色液体喷洒得到处都是。

"你知道吗？我们这么做是大不敬，"她舒舒服服地依偎着我，说道，"在皇家领地里咱们这么做可是犯上的。"

"怎么说?"

"所有公共财产都属于国王。像我们这么做就被认为是在皇家领地里冒犯国法——他们会把你打入大牢的。"

"真是铁血统治啊!"我嘲笑道,"不就是在这里偷偷野餐吗?又怎么样……希拉——为伟大的国王[①]干杯……"

那天晚上我们就在公园里过夜,第二天一大早她就走了,留下我一个人看着灰蒙蒙的晨曦透过夜幕洒落下来——从此我再也没有见到过希拉。

我把床褥卷在一起跌跌撞撞回到体育场。让我大吃一惊的是,各连队正在体育场外列队准备晨操。我扛着铺盖卷出现在他们面前,像一头大象一样扎眼——太明显的皇家领地冒犯者。

不过我还是决心厚着脸皮冲过去。我把脸深深地埋进铺盖卷里,差不多一路小跑着向门口冲去。

我永远忘不了当我经过八连时老士官长那皱着眉头的脸,忘不了他那怀疑的目光。我还没跑出十几步,就听到了一阵阵吃吃的窃笑声,接着就是一阵嘘声,最后爆发出一阵嘲笑声。我加快了速度,可是很快嘲笑声就从其他三个连队里传来,我狂奔起来,而喊叫声和大笑声一浪高过一浪,直到我跑进大门拾级而上坐到床铺上还能听见。

如果我昨天晚上冒犯了国王,那么今天早上战友们的嘲笑算是代表他老人家对我的严厉惩罚吧。

第二节

但是有两件事限制了我们在花花世界里胡作非为:疟疾和站岗。

---

① 澳大利亚是英联邦国家,二战时英国国王为乔治六世。

得了疟疾就意味着住院，有时候甚至意味着被迫乘船回国。我们玩耍的决心很大，所以有人尽管因疟疾即将发作而浑身无力、浑身不舒服，但是依然到城里寻欢作乐。另外也不乏一些意志坚强的好色之徒，他们靠在路灯柱子上蜷缩着，脸色苍白，牙齿打战，短上衣紧紧地裹着发抖的身体，他们四处张望着，寻找能够载他们回营地或者去医务室的出租车。

正是在这种情形下我见了歪下巴最后一面。他的疟疾已经相当严重了，发病也越来越频繁。他痛苦地躺在医务室的病床上，医务室临时设在体育馆的地下室里。他得的是一种叫作“骨裂”的疟疾，这是一种恶性疟疾，得这种病的人感到自己的身体像是在烤箱里，骨头像是在肢刑架上被拉长。

我到医务室和他道别，因为我听说他要被运回国。我不敢确定他是否认出了我，也不能问这个问题以免他伤心，他正经历一种非人的折磨，再也承受不了别人的打扰。我赶紧和歪下巴道别，心情沉重，因为我喜欢这个爱挖苦人、遇事沉着冷静的家伙。我握着他那滚烫的手，轻轻地说了一声“再见”。我看见他的眼睛突然亮了一下，认为他依稀认出了我，他的嘴唇蠕动了起来，似乎要使出浑身的力气向我笑一笑。我不忍看到他挣扎的样子，于是放下他的手，转身离开。

对我们这些不怕疟疾的人来说，只有站岗放哨才能使我们脱离酒池肉林的生活。轮到我们营执勤的时候，无论是哪个连站岗放哨，我们都必须全体待在板球场待命，不得离开。

此时就像我们过去在新河的日子一样，生活似乎再次围绕着三样东西在运转：营房、啤酒和石油。我们成群结队地到操场洗漱，脱下长长的内裤洗个冷水澡。

当我们班在体育场的二层楼看台集合的时候，有人提着水桶——这次装的是啤酒而不是石油。我们都到了那里：笑面虎、行者、山地人、橡木墩、阿米什、绅士，再加上两位新人——一位叫作“笑哈哈”，来自路易斯安那州，是个有着宽肩膀和灿烂笑脸的阳光男孩，作为替补人员参加瓜岛保卫战；另外一位名叫“长滑板”，也是替补人员，大高个儿，四肢修长，脸色苍白，喜欢谈论他在夏威夷的军旅生涯和他在家乡的妻子。长滑板是我们当中唯一一位已婚人士。

就这样我们坐在越来越浓的黑暗中度过夜晚，脸朝着体育场外的方向，身后是黑洞洞的棒球场地的内场。我们或者唱歌或者讲故事，间或听听从别的班传来的微弱声音，他们也是这样打发时间的。整个二层楼看台像个巨大的马蹄铁把运动场围了起来。我们唱的歌都不是来自本土的，那个时候美国还没有专门写给我们的歌。我们唱的是澳大利亚人的《扛着铺盖四处流浪》和《祝福他们》以及英国人的《六便士》，不过我们都没有见过写这些歌的人。

不久，即便是这种温和的消遣也走到了尽头。有一天他们把我们带到了位于丹德农区的营地，我们知道轻松时光就此结束。

我们再次背起了全副行军行囊。头盔和枪管碰在一起当当作响。中士们再次吼叫起来，掩饰不住内心的某种喜悦之情。背包带子耷拉下来勒进肩膀里——细皮嫩肉的新人会皱眉头，而老兵则会耸耸肩膀滑动身上负重的位置。这一切又重新回到了我们的生活之中，如同一个面目可憎的熟人不邀而至，他还要坐下来喝杯饮料，从而激起新仇旧恨；不仅如此，他还暗示自己要永久地回来。他想最大限度地利用自己的招人嫌让别人离开。

“连队注意！”

已经列队完毕。

“……齐步走！”

沉默，哪怕是一丁点没有声音或者运动的沉默，都会把人们无限地区别开来——然后我们听到了无可置疑的命令，于是我们又像军人一样齐步前进，众多脚步踏在水泥地上发出单调而不很整齐的咔咔声——我们出发了。

“我妈妈告诉过我会有这样的日子到来——但没想到这样的日子还真不少。”

“嗨！把你的机枪从我的脸上挪过去。你想干什么？想让我成为烈士吗？”

“你这个浑球，离我的屁股远点——再说你不会得到紫心勋章的。”

“什么？紫心勋章？你是说紫屁股勋章吧？他会得到紫屁股勋章的。”

有十来条狗随着我们一起前进。它们你追我赶，欢快地叫着。它们傻得可爱，忠诚得可爱，我们忍不住朝它们笑了起来，这是一种充满感情的笑，是让我们眼角湿润的笑。

“瞧瞧这些傻蛋们，”笑面虎说道，“我们走一百码，它们就要跑一英里。在我们走不到一半路的时候它们就得累死。”

他说得对，只不过他应该把距离再缩短一点。我们走了还不到四英里的时候，我就看到领头的那条狗已经趴在路面上呼哧呼哧喘大气。它的脑袋埋在两个前爪中间，舌头耷拉出来，前半截都戳进了土里。我们经过的时候，它很难过地看着我们。可怜的家伙，它已经筋疲力尽了。在随后一英里的路程里，路上时不时地有跑不动而趴在地上的狗，但是它们不想离开我们。

当我觉得脚底的水泡越来越疼的时候，就再也没工夫为那些狗感到难过了。在我们开拔之前，军需官给我们中的一些人发了新西兰军鞋，而我不在军需官的照顾之列。这些军鞋是由笨重且僵硬得让人吃惊的黑色皮革缝制而成，鞋底不能弯曲，鞋跟咔嗒作响。

新西兰军鞋根本不适合我们穿，我们已经习惯了穿海军陆战队的野战军靴，鞋底是用鹿皮和生胶做的，穿在脚上感觉柔软舒适，走起路来没有声音。但是这种新西兰军鞋简直就是折磨人的工具。它简直就是铁鞋！是痛苦之渊薮！它像一只精致的老虎钳紧紧地夹着我的脚板！

在随后十英里的行军过程中，痛苦如影随形地伴随着我，笨重似铁的鞋挤压着柔软的脚板，我每向前迈动一步都感到浑身的重量似乎全部集中在了那一点上。不过我最终挨到了我们的新营地，赶紧找到了我们营的医生，他检查了我脚底的大片水泡，这些水泡现在看起来就像水球一样。医生检查完后对我说："这剩下的十英里路你应该用手走过来。"我点头表示同意，随后他把水泡挑破让水流出来，并用绷带把我的脚裹住，此时我长长地舒了一口气，然后一瘸一拐地回到了伙伴们中间。

穿这种倒霉军鞋的并非只有我一个，还有其他人，他们也遭受了同样的磨难。此后我们再也没有分到过这样的军鞋，因为它们差不多把全营四分之一士兵的脚都糟蹋坏了。

我们的新营地容纳了整个第一团的人员。我们在一个山坡上安营扎寨。这里山坡颇多，说它们是山坡一点不为过：山坡非常和缓地起起伏伏，时不时地出现一条窄窄的小溪流。唉，可怜的澳大利亚。上天在这个地方显得不那么大方，就我们所知，这里没有河流，只有小溪，其中一条小溪正流经我们驻地的山脚之下。

正赶上下雨，山坡上遍地泥泞。我们吃的东西就是剩下的羊肉和湿漉漉的蔬菜。至于燃料，我们每个帐篷定额分配到一些劈好的柴用来在帐篷中间生火炉。至于休闲，我们周末偶尔会自由支配自己的时间，山坡下沿着路南行一英里处有一个小酒馆，军需处向我们提供一种我生平喝过的颜色最绿、气味最冲的啤酒——我相信这种啤酒一定是在消费合作社官员自己的帆布水袋里酿制的，然后军需处在一间小屋里把啤酒灌进我们的军用水壶。那间能装二十人的小屋每天晚上都挤满二百来号人。

我们晚上行军，白天在旷野里演习，日子就这样周复一周地过去了，这和一个新兵在新河的日子没有什么区别，只是更加枯燥甚至焦躁而已，要知道我们可是瓜岛之战中赫赫有名的胜利者啊。

有时候我们只分到一小把米饭，这相当于一个日本士兵赖以存活的口粮，有时候我们被迫在夜间急行军，一口气走上三十英里左右，到了白天才得以睡觉休息。我记得有一次在野外休息的时候，睡梦中被一头硕大的母牛弄醒，它睁着一双温顺的大眼温柔地拱着我，似乎在指责我不该选择它最柔嫩的草料做沙发。晚上行军带给了我们不少麻烦，我们学到的一个受用良久的经验教训是：当地图和指南针交给少尉的时候，我们就准备迷路吧。

在这个过程中，我们不知不觉地放慢了步伐，如同一个骑马的人慢慢地收紧了缰绳一般。不过，当他们重新调整连队时，走在队伍后面的人就会突然停下来。

麦高斯特中士升任了士官长，接管了我们八连。他身材苗条，身高刚好超过入伍身高的最低标准。此人满口秽语，是个不加掩饰的虐待狂，好在他有极其出色的幽默感和极其灵活的头脑，否则和禽兽无异。

在麦高斯特中士身上我发现了一件属于我自己的刚毛衬衣。我们接触一两天就相互了解了，彼此都知道我们性格合不来。于是重新调整连队时，麦高斯特中士就毫不客气地把我调整了出去。

当我和其他人接到重要命令一起向连部帐篷走去的时候，我就预料到了。天正下着雨，可是麦高斯特中士全然不顾，雨水打湿了他的一小绺头发，紧贴在窄窄的脑壳上。他站在那里讲话，掩饰不住内心的喜悦，他的周围是来自各排的下士，他们有的在傻笑，有的在假笑。他们中的半数围成了新月状。

“好吧，事情是这样的。长期以来，这个连吊儿郎当——这全都是因为我们连里有一些害群之马。所以，今天我们要把他们清理出去。”

一些下士抬手捂住了嘴，他们在偷着乐。很显然，“害群之马名单”不是麦高斯特中士一个人列出来的。

“我很同情那些接纳他们的连队，我也只能这么说了。”麦高斯特继续以他一贯的快速语调说道，“我们开始吧。下面点到名字的人将被诱拐到，”——有人窃笑了起来——“我是说被转移到五连。被点名的人立刻回到自己的班队所在地，收拾好装备到连部帐篷前面集合。”

每念到一个名字麦高斯特就咧嘴笑一下，一两个下士也跟着笑，笑声从他们那里扩散到新月状人群。但是人群永远没有中士笑得那么开心，那么真实，因为每读一个名字就意味着一个人的自尊心受到伤害，就意味着一个朋友的离开，就意味着我们在帕里斯岛和新河形成而在瓜岛经受住严峻考验的战斗友谊被撕裂开来。每当中士读到一个名字的时候，某些东西就失去了，某些不可衡量的东西就失去了，也许新月状人群中的大多数人还没有意识到这一点，但不管怎么说，这些东西就像泥牛一样悄无声息地掉进了河里，而后又随着河流滑进了海里。

中士喊了我的名字，随后一阵笑声响起，我在悲伤中向自己的帐篷走去。

别了，笑面虎；再见了，山地人和行者；后会有期，八连的弟兄们。我情绪低落，边走边落泪，而此时雨水是仁慈的，有了雨水我才能够低着头且把头盔拉得低低的，好像在阻止雨水落在脸上。我回到帐篷里，包好自己的东西。但是此刻，悲痛与耻辱和愤怒交织在了一起，我开始恨起麦高斯特来，这种恨难以释怀，难以忘却，也难以化解。我恨不得用双手掐住他的脖子，我真想到他帐篷里和他单打独斗，我胸中的仇恨之火在熊熊燃烧，如果上帝大人命令我去爱这个人的话，我说什么都不会答应的。

我打好包离开了帐篷。雨还在下着，我向连部帐篷走去。那里的人群早已散去。其他“被诱拐的人”沮丧地站在雨中，他们像我一样低着头好似在挡雨，战战兢兢的身体清楚地说明他们所蒙受的耻辱。从连部帐篷里传来嘈杂的说话声和麦高斯特刺耳的笑声。

我们站在那里直到五连中士出现在我们面前。他漫不经心地扫了我们一眼，然后躲进了帐篷，几分钟后又从帐篷里走了出来，手里拿着我们的履历表。他把履历表塞到了雨衣下面，然后认真地审视着我们。最后他耸了耸肩膀。

“全体注意，立正！”他吼道。我们受累于身上的装备只好笨手笨脚地立正。“向右看齐！”我们转头，“向后转，齐步走！”

我们踩着泥水往前走去。

我们这些“被诱拐”——或者说“被转移”——的人在营部的各个连之间来回走动，也许是因为指挥官们认为连队重新调配可以解决“家庭纠纷”的痼疾。在这种走马灯似的混乱之中我寻找着自己的庇护所。我决定翻过山坡到另外一边躲避一下，可是我只成功了一次。

我的计划复杂而不严密。它基于早晨发生的三件事：我早上醒来，胳膊上留下一大道红红的鞭痕；五连的士官长误认为我是笑哈哈——我的朋友，和我一起转到五连的；几个小时后五连到拉伊拉练一周。我从士官长那里得知，笑哈哈会留下来负责劈柴任务，但是他本人还不知道。

我说服笑哈哈让他顶替我去拉伊，在接下来两个早晨的晨练点名时代我应答。我告诉笑哈哈，当“实话实说”士官长过来让我去执行劈柴任务时，他就把我当成了笑哈哈，我就会告诉他我是谁并告诉他真正的笑哈哈已经去了拉伊。我还会告诉他我早已接到命令要到医院去接受荨麻疹治疗。两天后，笑哈哈也会在拉伊告诉军士长他是谁，并假装很困惑为什么他的名字在晨练时没有被点到。他会对军士长说他不认识我。

我的希望是，等到了拉伊，当军士长发现我缺勤时，他在能够确定我具体哪天离队之前不会把我列入擅离职守人员之列。他不会向士官长或连长承认，他把一个缺勤的士兵当成了出勤。我向笑哈哈推理说，军士长会等到返回营地时才对我严加盘问，不过那时我会唬他一下。

我的这一计划成功的机会非常渺茫，但是我实在不愿意和那些不熟悉的并且不可爱的新面孔待在一起。笑哈哈认为我这个计划太拙劣。

“见鬼!”他沮丧地说道,“如果是我的话,我就和他们一起去。不过,就按你说的办吧。”

当五连向荒野地区进发时,我还躺在帐篷里的帆布床上。我听到实话实说吼出的男低音,他在喊那些执行劈柴任务的士兵。我听到他喊了两次笑哈哈的名字,随后是一阵沉默。接着实话实说咆哮起来,开始四处寻找笑哈哈。我偷眼向外窥视,看见士官长像鸭子一样笨重地移动着身子,一个帐篷接一个帐篷地搜索着。他先是掀开帐篷的门帘向里张望一下,然后转身继续向另外的帐篷移动着身体。看见他离我这里只有几个帐篷了,我赶紧缩回身子躺在了床上。

实话实说随着一道阳光的射入走进了我的帐篷,我急忙闭上眼睛。

“你这个混蛋待在床上干什么呢?”

我睁开眼,装出一副吃惊的样子,随后跳下床立正站立在士官长面前,怔怔地望着他。

“你难道不是笑哈哈?”

我默默地摇了摇头。

“那么,你叫什么名字?”

“拉基,”我回答道,“我是从八连转过来的。”

“我知道,我知道。”他含糊其辞地说着,随手从口袋里掏出一个满是油污的记事本。凝视了一会记事本后,他目光迟钝地盯着我。“你认识笑哈哈吗?”

“认识。”

“你见过他?”

“见过——他随第二排到野外拉练去了。”

他狠狠地骂了一句。他的呼吸中充满了须后水的味道。实话实说士官长以钟爱须后水而闻名全营,那天早晨他刮过胡须后一定用光了整瓶的须后水。然后他凶巴巴地看着我。

“你在这里到底在干什么？难道你不应该和他们一起到野外拉练吗？”

“不应该，”我边说边挽起了袖子，“你看，我得了荨麻疹。军士长让我去医院。”

实话实说士官长看了看我胳膊上的红色鞭痕，不禁向后倒退了几步。对于一名经验丰富的老水手而言，没有什么比皮肤病更让他感到害怕的了，任何形式的皮肤不洁病都让他恐惧万分；因为这样的人一辈子都过着群居生活，见识过传染病的传播。在这样的人眼里任何东西都具有传染性。实话实说离开了我，没有进一步深究。

我穿上便服，把一些干净的黄卡其布衬衫和头巾塞进旅行包里，又躺在了床上。中午时分，趁着执行砍柴任务的人吃饭的当儿，我偷偷摸摸地来到营地后面的山坡下，那里没有卫兵把守。我登上了一辆开往丹德农的有轨电车，然后从那里坐火车到达墨尔本。我在墨尔本的朋友家里度过了平静的四天，每天早晨玩玩填字游戏，只喝少量的酒，甚至还读读书，在第五天的时候返回了营地，那天正好是星期五。

那天是发军饷的日子。连部前面摆了一张桌子，桌子后面坐着连长，他面前放着工资单，我们在工资单上一签字他就把军饷发给我们。

“好啦，”实话实说士官长例行公事地叫喊起来，“大家按姓名字母顺序排好队，不按军衔——正规兵排前头，后面是预备役军人。在工资单上签名的时候要名在先，中间是中间名，然后是姓的首字母，假如你名字中含有‘小’，后面加上‘小’。”

我有一种预感。

实话实说士官长喊着我的名字，像猎人一样瞪着眼睛在队伍里找我。

我走上前在工资单上签下了名字。

连长镇定地审视了我一会，然后把军饷交到了我手里。

我舒了口气，转身离开——一只手忽然扳住了我的肩膀，用力把我转了个身。

“你是拉基?”

原来是实话实说士官长。

“没错。”

“给我赶紧到连队办公室报到。”

他呼出的气息中须后水的气味和以往一样浓烈，我心情沉重地向连队办公室走去，心里盘算着，今天是发饷的日子，天黑之前营部消费合作社里的须后水肯定会脱销。同时我还想到，此前我还从来没有和五连的上士打过交道。

上士坐在他的办公桌上，一副怒气未消的样子，我站在他跟前，低头看着他。他看上去不是一个充满激情的人，根本没有那种久经沙场的上士的威严。他粗糙的脸加上大鼻子和一对更大的招风耳也未能掩盖这样一个事实，即他的年龄也许还不到三十岁，这在海军陆战队上士中是相当年轻的。

“你最好待在这里别动，”他说，“一会你就会见到那个人。”

“为什么?”

“你吃了豹子胆还敢反问！因为你擅离职守，就这么简单，你心里有数——没请假就缺勤。”他冷冷地看着我，“那天你去了哪里?”

我沉默不语，心怦怦直跳，脑袋里只有一个想法，就是希望笑哈哈晨练时只应答一次——只一次就行，仅此而已——这样就会把他们搞糊涂。

“我在问你，那天你去了哪里?”他重复道，语气没那么咄咄逼人了。

“在野外拉练。”我回答道。

他轻蔑地哼了一声：“别给我扯皮，我们知道你没去那儿，我们还知道你对士官长说的话。你越过了山坡，对吗?”

沉默。

他的愤怒渐渐地变成了甜言蜜语，事实表明他更擅长哄骗而不是发火:“你看,我知道是什么在困扰着你,我知道你们在麦高斯特那里得到了不公正的待遇。所以你就开动了脑筋失去了理智跑到山坡那边待了几天。好吧,也许我不该指责你。为什么你不放聪明点呢?为什么不承认下来好让我和上尉谈谈呢?他会很温和地对待你的。好了,现在不要再做傻事了,不要把自己搞砸了。”

要拒绝这样的恳求是再困难不过的了,他完全变了一个人。不过我还是抵制住了这个“美女蛇”的诱惑,继续保持沉默。

上士变得烦躁不安起来,最后我说:“我甘愿接受处罚。”

“回到帐篷里等待处理。”他猛地厉声说道。

我转身离开,心里暗自高兴。笑哈哈一定保护了我!很显然上士不希望把我交给营长去处理,因为他不愿意承认在我擅离职守的那几天里他的晨练报告中记录的却是我出勤。我的计划奏效了。我坐在帐篷里静静地等待着。一个小时后,一名传令兵进入帐篷对我说道:“上士叫你去一下。”

办公室里只有上士一个人,他见我进来后马上就问我:“你会打字吗?”

“会。”

“很好,你愿意做我的秘书吗?”

如果我当时笑了的话谁会责怪我呢?我终于熬出了头!你不能打败某人,就收买他吧!

我点头表示同意,三天后上士身患疟疾卧床不起,于是我就成了五连的代理士官长。

然而这是一件无聊的差事,无聊程度和连队秘书相差无几,因此当上士从医院回来的时候我还是回到了秘书岗位上。在我管理五连的十天期间几乎没有什么事故发生,但是也有例外——一名马屁精向我行贿两英镑以便可以不在周末站岗。我拒绝了他,不过一天晚上当我们和笑面虎、山地人、行者等人在那家小酒馆里相遇时,我迫使他出钱请我们喝了一顿。除此之外，我从连队捣蛋鬼到连长助手的滑稽蜕变就只是看上去很美，而实际上我所干的只是瞎忙活的一堆杂活，因此在我抓住了一个机会以后，就转到了营部情报处。

“艺术家”曾和我在帕里斯岛的同一个训练排里接受过训练，他现在任职于营部情报处——目前该部门的名称为“B-2”。他是从七连转过来的，之前在七连当侦察兵，在特纳鲁河之役中一举成名，在那场战役中一名日本兵冒冒失失地用刺刀挑中了他的腿。

上士返回连队不久，艺术家就在营地找我搭讪说话。那天，营部情报处处长“大照片”中尉和他在一起。

“他就是，”他指着我对中尉说道，“他就是我告诉过你的那个人。”他把我介绍给了中尉。“我听说你过去当过报纸记者。”大照片说道。我点了点头。“你愿意办一张营报吗？”我高兴地答应了下来，于是我在五连简短而多事的步兵生涯就此结束了，不过在此期间我从来都没扛过步枪。

当然，我也从来没有完成出版营报的任务，这只不过是大照片满足虚荣心的一大梦想而已。我们当时甚至都没有团级或者师级的报纸。尽管如此，大照片依然会夸口自己的情报部门藏着一位出版人，也许他甚至还会把自己的愿望当成一个事实——这本来就是他的天性。

尽管如此，大照片还是把我从繁琐的连部事务中解脱出来，让我重新回到战场，并且抚平了麦高斯特的“诱拐”行为对我自尊心造成的伤害，为此我感激他。另外，他毫不在意我作为叛逆者的名声，即使我那时已经是一个老牌刺头他也不在意，为此我还要感激他。

第5章

刺 头

第一节

我听说斯梅德利·巴特勒将军[①]是个喜欢高谈阔论的家伙,他曾说:“给我一个团的刺头,我将征服整个世界。”

也许这个目光锐利的老家伙从来没有说过这样的话,但是这的确是他的风格,又或者,即使这句话不是他说的,也一定是其他海军陆战队军官说的。因为这是海军陆战队最独特的一种情绪,如果仔细分析这种情绪,你就不会觉得说这句话是大言不惭或对这句话感到震惊,因为这句话包含的意思仅仅是:一个被关进禁闭室的刺头往往是一个无所畏惧的人,是一个特立独行的人,因此他时不时地会破坏那些严酷无情的军营纪律。

我并不是企图歌颂那些本应受到谴责的事情。我并不是为那些被关禁闭的刺头们开脱,说正因为他们的勇气和独立精神,他们应该被原谅和免于惩罚。他们必须被监禁,事实上他们也已经被关禁闭。我说的刺头既不是那些惯犯,也不是那些开小差的人,更不是那些经常在禁闭室里待着的好吃懒做之徒以及贪生怕死之辈。我说的刺头是那些年轻又果敢刚

① 斯梅德利·巴特勒(1881—1940),美国海军陆战队少将。

毅的士兵，他们的天性必然会与军队纪律发生冲突，纪律也必然会把他们送进禁闭室——除非他异常幸运。

因此我说的刺头是指笑面虎、“小鸡”、橡木墩和其他的十几个人，当然，也包括我自己。

乔治·华盛顿总统生日[①]那天，笑面虎和我在我们的履历表上留下了污点。那一天我们师计划在墨尔本列队游行。我们要沿着史旺斯敦街行军去接受一个城市和国家的喝彩，这个城市和国家仍然没有摆脱我们曾在瓜岛经历过的日本人的威胁阴影。此时距我们抵达澳大利亚还没到一个月。

但笑面虎和我不想参加游行。我们想去当观众，因为按照常识，行进在游行队伍中的人完全不可能观看到游行的壮观，游行士兵们必须死死地扛着步枪，眼睛直视前方，不偏不倚地盯着前面那个家伙的后脑勺。

我们找了个借口逃避了这令人憎恶的义务，于是在1943年2月22日的下午，当海军陆战队第一师在墨尔本行军游行的时候，我们手里拿着酒杯，在城市俱乐部外面毫无顾忌地狂饮着。当我们的战友们昂首挺胸经过城市俱乐部的时候，周围的澳大利亚人发出了喜悦而又快乐的呼叫。

“好样的，美国佬！”

“啊，多么壮观的游行队列，棒极了！”

“祝你们好运，孩子们！”

“好哇，美国小伙子们！”

士兵们身着战地制服，背着战斗背包，浑身上下全副武装。他们挎着上了刺刀的步枪；每个人或手里拿着或肩上扛着作战武器。因此，他们给人留下了深刻的印象：身体消瘦但神情刚毅，晒黑的四肢干净利落又孔武有力。在他们经过的时候，我不停地大块吃肉大口喝酒，眼睛变得潮

---

① 美国第一任总统乔治·华盛顿出生于1732年2月22日。

湿起来。即使是那些喜爱军人们昂首阔步走起路来咔咔作响的澳大利亚人，在我们海军陆战队第一师悄无声息的行军声中最终也沉寂了下来，第一师走起路来步调轻松却小心翼翼，这是美国战士们开向前线的标志性动作。

很快，笑面虎发现了我们团那面飘扬着的红黄相间的旗帜。我们赶紧遁出大伙的视线之外，从人群中的前排移到后面的第三或第四排。海军陆战队第一营雄赳赳气昂昂地走了过来，紧接着就是我们营，我们的心跳开始加快。五连过来了，六连过来了，最后，八连走了过来。他们走了过来！我看到了山地人，看到了行者，看到了常春藤联盟中尉，看到了绅士和阿米什——他们都在队伍之中！哦，这是多么让人自豪的场景！看着这些战友们充满自信、得意扬扬地大踏步前进，看着围观的澳大利亚人眼睛里充满钦佩的目光，这样的情景真是让人振奋而又让人陶醉，这感觉就好像在读自己的讣告或者聆听自己的祭文一样。那一天绝对是辉煌的一天！我们真希望这一天永远不会结束，但它还是结束了，我们只好收起这份难得而又真挚的愉悦之情，继续代之以饮不尽的瓶中之物。于是我们转身重新走进了城市俱乐部。

当然，那天我们喝了很多酒。

夜幕降临时，我们已经酒足饭饱。笑面虎那天晚上要在小酒馆旁边站岗，于是起身摇摇晃晃地离开了。不过当他到达那个板球场时，我敢肯定他不再摇晃了。笑面虎有这样的本事。

过了一会，我也起身返回军营。或者我的运气好或者有好心人暗中相助，我最终得以抵达营地。路上，我追赶一辆驶往惠灵顿大街方向的有轨电车，一个箭步想跳到电车的下客平台上去，但是没能踏到上面。我抓着电车上的扶杆，被电车拖着向前跑了整整两个街区，直到两个澳大利亚人用强壮的手臂把我拖了上去，此时我感觉自己像是个溺水的可怜虫。

我摇晃着直起了腰杆挺起了胸膛。“这没什么，”我说，“昨晚我被一个家伙揍了一顿！”周围的人发出笑声，直到我到站下了车。

我发现笑面虎闷闷不乐地站在小酒馆门口。他原本希望能在里面站岗，这样他就可以偷偷喝上一两瓶啤酒。

“我去给你弄一瓶。”我对他许诺道。

我带回来一大杯啤酒，笑面虎可以趁人不备偷偷摸摸地喝上一小口。接着我又给笑面虎弄了几大杯，直到他说：“我头有点晕了，你在这替我站会岗。”他把手枪腰带和头盔一并交给我，然后急匆匆地离开了。

作为一名哨兵，如果喝醉了酒，又擅离职守并丢掉自己的武器，无疑是一个严重到不可饶恕的过错。我焦急地盼望着他能赶紧回来。但是这时不幸发生了。

常春藤联盟中尉沿着走廊大踏步走了过来。

我之所以说不幸是因为常春藤联盟中尉是那天的值日军官。不仅如此，他之前还偷走了我的雪茄——那是我们士兵的雪茄，如果你愿意那样说的话。我的怒火被体内的酒精激发了起来，我拔出笑面虎的枪，对着他说道：“站着别动，你这个狗娘养的可恶的雪茄贼——否则我就打烂你的屁股。”

我还说了其他一些类似的话。

不论我说了什么，我手中的枪说明了一切。常春藤联盟中尉向后退了回去，然后在警卫班下士（就是那位刚刚重返团里的油面下士）和中士的支援下又返了回来。在常春藤联盟中尉忙着和我说话的时候，油面下士和那名中士悄悄地靠近我。突然他们猛地扑了过来。我被他们智取了。现在，我完全在他们的控制之下。

“卸下他的手枪，摘掉他的手枪腰带，”常春藤联盟中尉暴跳如雷地命令道，气得脸色煞白，“去，给我把那该死的蠢货笑面虎找来！”

根本没有必要。笑面虎已匆匆赶来，可惜太晚了，唉！常春藤联盟下令关他禁闭。中尉的身体由于暴怒而在颤抖，双拳握紧了又松开，凸起的下巴紧绷着，几乎能听见他咬牙切齿的声音。常春藤联盟上下打量着我们，然后突然说道——

“把他们两个都关起来！”

油面下士带领我们离开。不知为何，在接近那森严的禁闭室铁笼大门时，我们听到了缓期执行的命令。我们不知道中士对油面说了些什么，反正油面停了下来。

“睡觉去吧，”他说，“中尉明天早上会见你们。”他遗憾地摇摇头，当他的目光落到我身上时显得尤其难过：“我不知道你们这些家伙脑子里在想什么，李基。难道你想枪杀执勤军官不成！我知道有个家伙，仅仅因为往一名军官嘴里塞臭袜子就被判了十年。”

早上有人粗鲁地弄醒了我。来人正是昨天晚上的那个中士。

“赶紧穿好衣服。我带你去见他。”

中士站在旁边，瑟瑟发抖，我匆忙地在我的长内衣外面套上作战军装。中士可能觉得身体很冷，而我却是内心开始结冰。昨天晚上我的所作所为又浮现在眼前：袭击执勤军官，二十年的劳改应该不算是很严厉的惩罚！

我们营的军士长正在上校的门口等着我们，脸色比我们俩的更阴沉。他身材高大，轮廓鲜明，棕色头发稀稀拉拉的，军人胡须像刺刀般撅着。他看上去更像是苏格兰卫队的中士而不是美国海军陆战队的中士。

“囚犯，”他一边说一边从头到脚打量着我，全然不顾当我听到自己被这样称呼时的恐惧，“囚犯，当我下达命令时，你就要进入上校的办公室。听到停步的口令，就要在上校面前保持立正姿势，站在那儿直到被命令稍息为止。立正！齐步走！立定！”

我的眼光落在了“五乘五”先生那光秃秃的粉红色的脑袋瓜上，他是我们的营长。

五乘五先生的绰号来源于他的五短身材，他大约五英尺多高，同时有着几乎相同的宽度。这个绰号让人觉得很亲切，我们很喜欢他，或者至少在瓜岛上是这样，那时五乘五先生每天都会翻山越岭去视察营地和他的部下。

此刻，军士长正在读着对我们的指控书，他那明快的军旅风格偶尔被文字的生涩打断。

当他读完后，上校抬起头，目光炯炯地看着我，似乎我的胃是透明的。

“中尉，让我们来听你讲讲这件事的经过。”

常春藤联盟中尉的声音从我身后传了过来。在他用紧张的口气描述昨天晚上发生的事情的时候——似乎他在上校面前也觉得很局促不安，要不就是他并不情愿去做这件他必须做的事——我感到五乘五先生目不转睛地盯着我。中尉说的是实话，包括最重要的一些证据，包括在冲突之前我一直喝酒这个事实，要知道酗酒可以让冒犯上司的海军陆战队员罪减一等。

上校严厉地审视着我。我目光直视前方，尽量不咽口水，试图让自己显得刚强，努力不眨眼睛并保持舌头湿润以便能够准确、迅速地回答问题——总之，我努力为自己打气，尽管非常心虚。上校的态度很严厉。在他审查着我的作战履历时，我从他脸上看不出任何表情。只见他慢腾腾地一页页地翻着，似乎在对照履历表掂量着军士长和常春藤联盟的陈述。他会很严厉还是很友善？我看不出来。但是正如战争中的每个士兵都知道的，我也知道一点：我的将来，甚至我的生命，都将由他处置。这是一个最令人不安的想法。

“你有什么要说的？”

尽管十二分地不情愿，我还是清了清嗓子，咽了口唾沫。

“认罪，长官。”

他再次研究起了我的履历表。

然后，他抬起目光盯着我的眼睛。

“我不打算毁掉你的前途。”他说，我那颗提到了嗓子眼的心终于落了下来。“基于你的所作所为，我完全可以把你关很长时间。醉酒不能作为借口，作为一名海军陆战队士兵，应该完全有能力控制自己的酒瘾。不过，你的作战记录很好。”他继续说道，再次翻看起了我的履历表。“再说你的家庭背景也不错。所以，我不准备把你遣送回朴次茅斯，尽管按规定我应该把你送到那里——但是我也不会让你逃脱处罚。”说到这里，他的脸开始阴沉。

“在只有面包和水的禁闭室里关你五天，降为二等兵。”

军士长厉声地宣布着命令。我机械地服从着，心里太高兴了，我几乎没看到常春藤联盟脸上那懊恼的表情，那是猎物成功逃脱后猎人脸上露出的表情。其实常春藤联盟同样不想毁掉我的前程，但是他本期望我得到的是更加严厉的惩罚。才五天的禁闭！我本应该被判五年的监禁！我的心里乐开了花，当前来押送我的禁闭室看守端着枪出现在上校办公室门口时，我几乎想去拥抱他。

前往海军陆战队的禁闭室——尤其是去“只有面包和水”的禁闭室——就像是出国一样。

首先，你要到医务室检查身体，以判断你是否足够强壮来承受饮食惩罚和禁闭惩罚；然后你必须去连队办公室报到，把自己的污点行为记录在册，更重要的是，连队会扣除你在被关禁闭期间的薪水；接着，你还必须再返回连部，上交武器和装备给军需官，再接下来，穿上宽松又褪了色的禁闭室特制衣服，你就准备听见背后响起铁门哐啷关起来的声音。

在你的连队，这五天里你成了一个死人。就连你铺位上的垫子和毛毯都会被一扫而空。你是个无足轻重的家伙——成了一个恶棍，你的照片将会被翻转过去面对着墙壁。

这些过程里的每一步都是那么古怪，每一步都像是狗在走路，而你后面紧跟着一路小跑着的禁闭室看守，他面色冷酷，高举着步枪，如同握桨的人做好划船的准备一样——他就像你的影子，他还是你的耻辱。衣服前胸和后背上的大黑圈就像沉重的石块压在你心头，那是一种痛彻心扉的感觉，因为你知道这两个大黑圈是为了让狱警能够瞄准射击，如果你想逃跑的话。

终于你走进了禁闭室，在那里你什么也不是；即使身上穿的衣服都不是自己的而是属于禁闭室的，上面印有它的标志。腰带和剃须刀片已经交给了禁闭室的头头保管——你什么也没有，什么也不是。

钢罩门在身后哐啷关上，禁闭室的头头站在那里，手里把玩着一根橡胶棍子，似在提醒你此人不善。你很快就会意识到，他之所以被选中在这里当头头乃是因为他的残忍。突然，事情变得严重了起来。在这种环境下没有人还有心情去说幽默话。看着禁闭室的头头那双黑色眼睛里露出的残忍目光，一股寒气从脚下的水泥地里直冒上来，你的心开始变得冰凉。

寒冷的禁闭室里，你孤苦伶仃。站在你对面的是禁闭室的头头，穿着熨烫一新的制服，站在他身后的是美国海军陆战队，而站在美国海军陆战队身后的则是美利坚合众国——在禁闭室的头头身后，一扇门打开了，一个声音发出了“齐步走”的命令，于是你就如同踩着高跷一样深一脚浅一脚地走进“只有面包和水”的禁闭室里的小牢房，同那里的伙伴们打招呼。

我进入了一个模模糊糊、影影绰绰的世界，那里像是一个巨大的洞穴，处在一条地下河流的暗礁之中。不过很快我就听到有人在窃窃私语，周围的影子似乎变得真切了起来，接着我听到了一声大笑——即使在这个污浊不堪的地方，人的心也会因为这充满热情的笑声而变得亮堂起来，这就是人的精神，当然我意识到了，我压根就没有身处地狱，仅仅只是在禁闭室里待上五天而已。

我的眼睛已经适应了这个阴暗的空间，发现自己身在一个大约二十英尺长、十五英尺宽的房间内,一束幽暗的光线透过墙上一块长方形的厚玻璃照进房间。和四周的墙一样,地板是赤裸裸的水泥地,地面中间有个排水口,四周的水泥地向着排水口倾斜。右手边的墙上中间有一个水龙头,上面挂着两三个金属水罐。显然这个“只有面包和水”的禁闭室是由浴室改建而成的,而此时我注意到了那些影子伙伴们正倚在墙上,充满好奇与期待地看着我。一个声音从黑暗中传了过来。

“你是为了什么进来的?”

我咽了一口唾沫回答了他。周围是可怕的沉默。然后——

“你疯了吗,伙计?为什么你想枪击当日的执勤官呢?”

“他在瓜岛上偷了我的雪茄。”

有人低声吼道:“真糟糕你没有打死这个混蛋。”接着又有人问:“他们怎么处置你的?”

“关五天禁闭。”我回答道。

这一次,周围一齐爆发出怀疑声。

“你是怎么逃脱处罚的?见鬼!我仅仅因为偷偷越过那座小山丘离开几天就得到了三十天的监禁,而你却只有五天!按照你的所作所为,他们完全应该把你遣回朴次茅斯,终身监禁!”

“该死的,没错!企图射杀当日执勤官。你是不是认识什么人,伙计?你老爷子是将军还是什么要人?”

突然,传来一阵枪托猛击牢门的声音。

“保持安静!”

于是有人开始低声咕哝着,然后慢慢地,囚室内安静了下来。我的眼睛已经完全适应了那微弱的光线,我开始打量起和我关在一起的刺头们。尽管有一眼就认出来的同一营队的其他伙计,但是没有我们连的人。每个人的面孔都因为颓丧而有些扭曲,这种表情常见于受到轻微迫害的人,或者城市青年,或者幻想破灭的业余艺术家。但是没有人乞求打开禁闭室的大门以便让所有的仇恨和怨愤消失殆尽。除了脸上的这种表情，除了徒劳地埋怨那些把他们送到这里来的长官或军士，除了说些可怕但空洞的报复言辞，这些刺头们和在外面的士兵并没有分别。他们只是惹了麻烦的海军陆战队士兵。

我身边的影子继续站立着，没有人坐下来，于是我问旁边的一个人为什么都站着。他指着地板说："他们把地面弄湿了，没办法坐，除非你想把自己的屁股弄湿。"

地面的确是湿的。就在这时，门突然打开了，一名士兵开始摇晃地板上那些装满了水的水桶。在他的身后站着另一名士兵，高举着步枪。我感觉到自己怒火中烧。"别激动，放松点，"我旁边的影子说道，"你会慢慢习惯的。要知道，禁闭室可不是乡村俱乐部。只要发现这儿有人抽烟，他们就会弄湿地板。"

"抽烟？"

他点了点头，我顺着他的目光望去。

就在刚刚摇晃水桶的士兵走出去关上门的一刹那，背对着我们挤在一起的两个影子点着了一个乌黑的香烟屁股。他们掀起自己宽大的制服外套，盖到其中一个人的头上，搭成帐篷状，以遮蔽火柴的亮光。他们低着头小口地吸着烟，再迅速地吐向下面，然后把手当成扇子迅速地扇走烟雾，以免暴露。这是一幅夸张滑稽的画面，但是没有人觉得有趣。

有人嘟嘟囔囔发泄着心中的不悦，但是抽烟者根本不理会，继续吞云吐雾破坏着整个房间的气氛，他们知道自己正在破坏禁闭室的规矩，但却以此为乐。当然，他们抽烟的方式一点都不令他们感到愉悦。

"他们要在这里待上很长一段时间。"我旁边的影子解释道。"他们大体上都会在这里待上二十天或者二十五天。他们不在乎自己会不会被当场抓住，现在对他们来说，再多待上几天也无所谓。他们是这样找到香烟的，"他继续说道，"这些长期服刑者每隔四天就会吃到一顿完整的饭菜，当他们过去和普通囚犯一起吃饭的时候，有人会偷偷塞给他们一支烟。他们把烟藏到头发里，或夹在手指之间，偷偷带进禁闭室来，有时，甚至藏在嘴里回来晾干了再抽。”

门再次被打开，我赶忙向后退缩——我以为他们会再次向地板上泼水。

“新来的，新来的，新来的——过来拿饭。”其中一名守卫阴阳怪气地嚷着。他把一只大木盒子推到屋子中间，随后砰地关上了门。

他们像一群饿狼扑了上去！他们跳到木盒子上将里面的面包撕扯出来，就像一群疯狂的暴徒撕扯着一位被打倒的暴君的肉体一样。他们悄无声息地扑向面包，顷刻间扭成一团，互相推搡着，争先恐后地抢夺着，直到每个人的手里都抓着一把面包塞进自己的嘴里，然后他们退了回去，身子靠着墙壁，蹲了下来，如同一群被关在笼子里的野兽，默不作声地用力咀嚼着嘴里的饲料，眼神里充满了愤怒与猜疑。他们肩膀隆起，摆出一副时刻准备嗥叫搏斗的架势。间或，有影子会站起来从水龙头上接一杯水，或者从不小心撒落到木桶底部的米粒中间捏几粒盐。

这就是“只有面包和水”的生活。

无论是早晨，还是中午，或者是晚上，这一幕周而复始地上演；第一次看到那骇人的一幕时，我像一只受到惊吓的小鸟远远站在一边，可是我的反感带给我的唯一回报就是仅剩的一小块面包皮。此后，我学会了在听到卫兵那阴阳怪调的第一个音节时就一跃而上。

黑夜在悄无声息中降临禁闭室，就像黑暗突然降落在丛林中一样。这里没有黄昏。最后一缕微弱的光线在周围的空气中消失，转瞬间周围漆黑一团。又是突然地，你感到疲惫了。晚上的面包盒已经送来又被拿走；我们除了期待一天快快过去和自由快快到来之外再也没有什么可以期待的了。还是睡觉比较好，可以忘记一切烦恼，在温暖幸福的遗忘中度过漫漫长夜,第二天睁开眼睛发现距离释放的那一天又近了一步。

卫兵带来了毛毯,每人两条。一条隔在身体与潮湿的水泥地之间,另一条用来盖在身上。就像罗宾汉手下的绿林好汉一样,我们把自己扔到这简陋的地铺上便进入了梦乡。作为囚犯,我们可比看守要幸运多了;因为当我们睡觉的时候,必须有一个看守站在我们中间。看守必须直挺挺地站着,小心谨慎甚至烦躁不安,因为担心有人会逃脱,把他们给耍了。但是我们却在呼呼大睡。

清晨给我们带来的是哀愁。我们或站或蹲,彼此不知道姓名,彼此看不清面貌;我们等待着面包盒的到来;我们期盼着夜晚的到来,同时对黎明充满了恐惧。我们计算着天数,盼望着时间的推移,从分钟到小时,从小时到一天,我感到剩下的短短四天就如同一个世纪一样漫长;我们咒骂着那些军官,在心中幻想着一些不切实际的报复方式;沉沦,沉沦,深深沉沦到不能自拔的自怨自艾的深渊之中,很快整个世界失去了平衡,于是毛毯和面包盒子的吸引力被无限地放大,它们占据了人的整个身心,霸占了人的容身之处,以一种颠覆性的体验让时间颠倒,让一颗绝望的心在黑色中堕落。

但是终究有一天,早晨给我们带来了自由。禁闭室的看守再次一路小跑地跟在身后,我们再次去医务室和连队办公室,然后我们被释放。钢罩门在身后哐啷一声被关上;身后留下的是“只有面包和水”的禁闭室里的室友,他们表情木然。

被关禁闭这件事情在我的心里已经留下了阴影。即使只有短短的五天,人的心里也会留下伤疤。无论在人生浮沉的哪个阶段,每当看到被剪过翅膀的小鸟,每当看到被关在笼子里的野兽,每当看到被囚禁的无业游民,对这种有损自尊的被禁闭的回忆就会浮现在脑海里。

可是,当一个人从第一次被关押的禁闭室出来以后——如果他依然有精神并吃一堑长一智的话——他会转身凝视着禁闭室,脸上露出一丝微笑，然后放声大笑。因为，现在还有谁能伤害到他呢？他可是从“只有面包和水”的禁闭室里出来的啊！

当我走出禁闭室的时候，笑面虎正在等着临时军事法庭的审判，他的辩护律师让我去当辩方证人，行者也会作为他的人品见证人出现在军事法庭上。

审判那天，我们三个人心中都充满了恐惧——笑面虎担心是因为他犯下的过失非常严重，很有可能会被归押到高等军事法庭进行更为严厉的审判；行者害怕是由于他对笑面虎的忠诚可能会导致他自己过失的败露，而我之所以恐惧，理由和行者一样，再加上早已尝过被关禁闭室的滋味。

我们之所以感到害怕，还因为乍一看临时军事法庭，觉得它实在不像法庭。

我说乍一看，是因为从它的审判人员组成及其行为来看，似乎是对审判机构的一种拙劣模仿；但实际上根本不是这样，它的裁决和实际中的法庭一样公平。

时至今日，某位律师可能仍然会坚持认为当年审判笑面虎的法庭是一个拙劣的模仿。笑面虎的辩护人是个让律师觉得乐不可支的家伙，他是一个刚刚得到提拔的少尉，比我们还要年轻，刚从纽约城市学院的法律预科班出来，尚未完成学业。很显然他更适合去当政客而不是辩护律师。真正的律师会对控方和审判组成员嗤之以鼻，因为后者都是由军队里的中尉和上尉组成的，这些人两年前还在大学里上学，他们那时要做出的更迫切的决定是要把每周的零用钱花在啤酒上还是花在书本上。这就是审判笑面虎的法庭。最终的裁决结果是将笑面虎从下士贬为二等兵，同时要在普通禁闭室里待上十天。没有人会对这个明智而又仁慈的判决提出异议，笑面虎尤其不会。

遗憾的是我现在对那次审判过程的记忆少得可怜，我真希望能回想起更多细节。

记得有一次，当笑面虎的辩护人询问我和被告的友谊时，控方制止了他。“这是个诱导性的问题。”控方厉声说道。被告的辩护人起初很是诧异，这个典型法庭用语竟被用来针对他，要知道他可是这个房间唯一接受过法律专业训练的人，但很快他把面部肌肉集中在一起，露出了极度不屑的表情，然后继续讯问。

那些法官们开始意识到了辩护律师的法律才干，双腿不停地交叉起来又分开，双手也使劲地搓着——最终抗议声消失了。

就这样，笑面虎失去了他的V形袖章，同时在相对舒服的禁闭室里待了十天。和我不一样，当他最终从禁闭室里出来的时候，唯一的抱怨就是，他所在的那个禁闭室的头头喜欢给自己管辖的那些刺头们剃头，把每个人的脑袋都弄得干干净净，看上去像老鼠的牙齿那样明亮。可怜的笑面虎出来的时候顶着个光头，戴着个外国帽子盖住脑袋瓜，以保持自己的美好形象，直到美丽的金发重新长出来才把帽子摘掉。

第二节

宪兵人数越来越多了。他们戴着令人生厌的黑色臂章，臂章上面印着白色字母MP①。这群宪兵四处游荡，着实令人扫兴。

当我们登上澳大利亚的H.M.S.“曼努拉号”军舰准备到墨尔本海湾进行军事演习的时候，宪兵们来了，他们把守着港口的大门。他们把我们变成了苦行僧，而他们呢，简直就是苦行僧身上穿的刚毛衬衣。只有足够机敏的人才有可能从他们身边溜出去。

---

① Military Police（宪兵）的缩拼。

我们都急切地盼望着上岸，因为我们讨厌“曼努拉号”军舰——我们发现这个军舰名字本身恰恰粗俗地表达出了我们的厌恶之情。我们讨厌在军舰上等着演习开始的单调生活，同时我们也讨厌每天只吃极其粗鄙的食物，比如早餐吃牛肚和炸土豆，讨厌在甲板下面的吊床上睡觉，还讨厌醒着的时候要给“曼努拉号”庞大船身上的漆木抛光打蜡。

但是有天晚上传来消息，说宪兵们已经从大门那边撤走了，只有民兵在那里把门。不到一个小时，船上的海军陆战队员们就走了个精光。他们吃力地爬过横在码头和道路之间的铁丝栅栏，有些胆大的甚至慢步穿过大门，准确地预料到那些上了年纪的民兵不会伸手阻拦他们。

笑面虎、行者和我，还有另外一个来自路易斯维尔的小伙子——绅士的表弟，我们管他叫小鸡，因为他年纪很小，还不到十九岁——一起大着胆子偷偷溜上了岸，因为有小道消息说看门的民兵根本就不在乎我们。

我们在一家位于沿海公路旁边的餐馆前停下了脚步，这是我们找到的第一家餐馆。“曼努拉号”上极其糟糕的饭菜已经严重亏待了我们的味蕾，因此一见到我们最喜爱的澳大利亚菜——牛排和鸡蛋，还有红酒或啤酒，浓稠的牛奶以及一盘子的澳大利亚面包(那种切得很薄、外面包裹着一层奶酪般厚黄油的奶油蛋糕)——我们就如狼似虎地扑了上去。

该餐馆是本地的一大建筑，单一宽敞的房间周围环绕着似乎是走廊又似乎是阁楼一样的建筑。我们沿着右边的一个楼梯到达餐厅，在房间的最里端有一扇摇摆门通向厨房。房间的左边是一个较小的包房，我看到里面放了一张圆桌和几把硬背椅子。

我们一边吃着晚餐一边开始喝酒。笑面虎早已给他的女友打了电话，她正坐火车赶过来见他，不过起码也得一个小时以后才能赶到这里。于是我们喝酒，另外一边也有六个身穿粗蓝布制服的海军陆战队员正在喝酒。其中一位来自五连，他又黑又瘦但长相英俊——实际上他是五连的理发师，他给人剪一次头发要好几个先令。很明显此刻他已经醉了。

一些海军陆战队员带来了女伴，他们伴随着点唱机里面的音乐正在和女伴跳舞。透过前门我们可以看到外面街道上黑黝黝的路面在房间透出的光线的映射下闪着光亮。今天一整天外面都在下着蒙蒙细雨。

一辆吉普车在门外停了下来——它突然出现在那里，就像从地下冒出来的——一个由四人组成的宪兵队突然间闯进了餐馆。我们像受到惊吓的绵羊一样四处逃散，椅子刮擦地板和桌子翻倒的声音加剧了这种恐慌——然而没有任何人发出声音，甚至都没有听见一声女孩子的尖叫声。

我飞一般地冲上走廊楼梯，宪兵则在我身后发疯一样地紧紧追赶。我疾速跑过走廊，发现前面有一扇开着的门，门里面透出一丝微弱的光线。我侧身钻了进去并迅速关上门，拴上门栓。随后听到宪兵猛烈地捶打着房门的声音，我迅速跑过一个房间，然后来到了一间浴室。浴室里站着一个澳大利亚人，只见他光着膀子，下身穿着裤子，腰间系着浴巾，脸上涂满了白白的肥皂泡，手上拿着个刮胡刀。他的身体语言正在问我："怎么了，美国佬？"我大口喘着粗气，睁大眼睛四处寻找着出口。我对他说："宪兵在追我。"

"哦，是那些残忍的极端分子吗？好吧，这里有个出口，美国佬，你过来，穿过这个窗户爬到外面的屋顶上去，看到了吗？他们不会追到那里的。你算是碰上了好人。我来对付那些该死的家伙！"

我溜到了外面的屋顶上，捶门声还在继续。我慢慢爬到屋顶处的狭长地带尽头，然后身子垂下去，双手扒着屋檐悬挂在那里。一会儿，我听到了宪兵们和那个澳大利亚人说话，但是听不清说什么。接着传来窗户被掀起来的声音，一道手电筒的光束诡异地划过头顶上方黑乎乎的夜空，接着只有黑暗和寂静以及窗户再次被放下去的声音。此时我感到手指头被扎得生疼，手臂下面的肌肉变得酸痛无比，我真担心自己会掉下去，只留下胳膊挂在屋檐上。但是我只能坚持下去。重新爬回到屋顶上去绝对不是一件容易的事情。我不能让自己掉下去，因为那样一来，发出的声响会招来那些宪兵,并且我也不敢转动自己的脑袋去窥探他们。我只能忍受着无以复加的疼痛挂在那里,直到我听见他们开动吉普车的声音。

终于我放开双手,落在了地上。其实那算不上是跌落,而是在街道上着地——澳大利亚人房子的屋檐延伸到了大街上面。事实上,我差点就被那些宪兵发现,如果他们朝我这里仔细看一眼的话。我待在黑暗中,直到确信他们已经走远,才甩甩自己的胳膊,让血液再次循环起来。我借着从过道透出的光亮,又悄悄地溜回了餐馆。

我又开始喝酒,等待着笑面虎、行者以及小鸡他们再次出现。但是他们没有回来。别的海军陆战队士兵陆陆续续地回来,他们大笑着,绘声绘色地讲述着如何逃过宪兵的追捕,但是我的伙伴们不在他们中间。

"嘿,五连的弟兄,"我朝着那位醉醺醺的英俊理发师所在的一伙人问道,"看到八连我的兄弟们了吗? 宪兵抓到他们了?"

"没有,"说完他们哈哈大笑,"宪兵没有抓到任何人。他们都跟在你屁股后面追你了。你这个倒霉蛋! 你到底是怎么逃掉的?"

"我告诉他们我是五连的,他们可怜我就把我放了。"我回答。

"他们肯定知道你说的全是狗屎,"有人回答道,"五连没人像你这样窝囊。他们一眼就知道你是八连的。"

我们相互辱骂着对方,如果不是那位理发师伙计喝得两眼发直瘫到了地上,我们就要动手打起来了。他们赶紧弯下腰去搀扶理发师,可就在这时,那些宪兵们再次闯了进来。这次的袭击来得太突然,我根本没机会逃脱。我试图往包间的方向移动,但是一个宪兵拦住了我。

"想往哪走?"

"去拿帽子。"

"让你的帽子见鬼去吧! 跟我走,伙计!"

其余的宪兵搀扶着那个理发师。他愚蠢地左右摇晃着脑袋。他的兄弟已经溜得无影无踪,剩下理发师和我作为他们撤退的牺牲品。其中一名宪兵扣好理发师的帽子开始推着他往门外走。我转向抓住我的那个家伙。

“我的帽子怎么办?”

“你说什么——帽子?”

“在那个房间里。我必须拿着它。你不会让我把它扔在这里的,对吧?”

“好吧,但是我得和你一起去。”

我走近另外一扇门,那个宪兵虎视眈眈地跟在我身后。我打开门。然后我猛地用脚狠命向后踢了一下,砰的一声关上了门,穿过房间,猛地拉开另外一扇门,飞奔而过,接着我又撞开那扇摇摆门,进入了厨房,大喊道:“快,从哪儿出去?”我顺着一个女服务员眼光往后看,那里还有一扇门,于是我急忙冲了过去。穿过那扇门,一个庭院出现在我眼前,庭院被一堵很高的石墙包围着,墙头上布满了带刺的铁丝网。但是后面追赶我的宪兵发出的声响敦促着我不容多想,我像炮弹一样穿过庭院。我用手握住墙上的凸起部位使劲往墙上爬,双脚拼命地往上蹬,最后身子用尽全力向上一纵,终于越过了墙头——我躬着身子像箭一样穿越在漆黑而又潮湿的夜里。

身后一声枪响!

狗娘养的居然向我开枪!

我从墙上跳下来的时候,下落的力量全积压在了膝盖上。我感觉到双手被铁丝网扎破的地方在流血。同样我的外套也被撕破了。但是我只想着刚才从背后传来的枪声,一股怒火从胸中燃起。

可是现在,我必须先保护自己不受一群狗的伤害,它们在我落地的时候悄悄地围在了我身边,它们是这条巷子里的主人。此刻它们正对着我狂吠——这使我偷偷地穿过这个黑暗小巷的企图成为泡影。灯光从小巷内那些挨在一起的破旧房屋里亮了起来。

我凭着感觉蹑手蹑脚地前进着,一边挡开那些狗,一边还得当心着两边的围墙,一不留神就会撞上。

忽然我左边的一个房间内亮起了灯光。一扇门开了一道缝,灯光立刻从里面照进了黑暗的小巷。我赶紧蹲了下来以免被光线照到。这时我听到一个女人大声问道:“谁在那儿?”要是我假装那儿根本没人的话就太愚蠢了。此时狗从喉咙深处发出的吼叫声越来越凶猛,它们包围着我,因为它们不但能闻到我还能够看到我。

“我是美国人,”我回答道,“一名海军陆战队员,宪兵正在追捕我。”

“这些残忍的极端分子。”她吼道,手里拿着手电筒向后门走去。

“到这里来。滚开,你们这群恶狗,赶紧离开这里!嘘,走开!”她挥舞着手电筒驱赶着那些狗,我趁机溜进她打开的那扇门。她用手电筒照了一下我的双手。

“你受伤了,”她快速说道,“过来,我给你包扎一下。我曾经做过护工,就是你们所说的护士。”

我跟随着她进了屋。她给我清洗了伤口,往上面抹了红药水并用绷带包扎了起来。我打量着她。她大概五十岁出头,长相一般,但有着坚毅的脸庞。屋里只有她一个人,可是看得出来她一点都不害怕。

“你为什么要躲避这些家伙?”她问我,一边仔细地给我包扎着伤口。

“他们追捕我。他们整个晚上都在追捕我。我们在‘曼努拉号’军舰上,今天晚上我们有很多人上了岸。可是今天并不是我们的自由活动时间——更何况我们也不应该像这样穿着制服上岸。”

“我想也是,”她说道,“我刚才还在纳闷你的衣服怎么破成这个样子。你们这些小伙子们平时总是穿戴得很整齐——所有的衣服都干干净净有板有眼,就像刚从衣橱里拿出来的一样。”

她领着我穿过一个狭窄黑暗的厅堂。她的行为看上去很随意,好像她夜复一夜地在做着这些事。我躲在一扇隔开厅堂和厨房的窗帘后面。

她打开门。

外面传来两声枪响。

她砰地把门关上。

“哎呀，”她说道，“他们刚刚射中了你的一个伙伴！”

外面的雨可能早已经停了，她的声音也开始镇定下来。“哎呀，”她说道，向我描述了一件有点异乎寻常的事情——宪兵击中了那位可怜的理发师，后来我听说一颗点45口径的子弹穿过了他的大腿。

“他正沿着大街跑，我一打开门就听到了枪声，然后就看见他倒了下去。嘘，别出声，我听见他们过来了。”

我躲到了更暗的地方，惊愕地发现她又小心翼翼地打开了门。

“唉，”她叹了口气，轻轻地关上了门，“他们走了。”她举起一只手。我仔细地听着。外面传来吉普离开的声音。“你的朋友应该不会有事的，我是这么想的，”她继续说道，“总之他还活着。他们把他放在车上带走了。”我从暗处走了出来，她接着问道：“他们经常这么干吗？”

“不是，”我愤愤地嘟囔道，“我之前从来没听说过发生这样的事，他们真的朝他开枪了？”

“哦，天哪，那还有假，我亲眼看见他倒下了。”

“他们一定会后悔的。”我说。

“你是什么意思？”

“我可不希望自己是那个开枪的宪兵——尤其当中枪伙计的兄弟能查出这是谁干的。”

“嗯，我希望他们狠狠揍他一顿，让他永远不会忘记随便开枪的后果。这些残忍的家伙！”

我向她道了谢，悄悄溜回了街上。

我能看到左边的海岸公路以及水面上云层里透出来的曙光。我向海湾走去，决定先找到笑面虎和行者，再悄悄溜回“曼努拉号”军舰上去。

我已经和那些宪兵玩够了猫捉老鼠的游戏，而他们早已把这个游戏变成了长途奔袭狩猎野猪的活动。我小心谨慎地在一幢建筑周围四处张望着，找到了那条海岸公路，并看到了那家餐厅，从前门斜射出来的一束光线就是它的标志。四周没有宪兵。我穿过公路，沿着向下延伸的木制台阶走向沙滩。

笑面虎和他的女友一定待在附近的某个地方，他没有别的地方可去，现在肯定一丝不挂。脚下的沙土吞噬了我的脚步声，因此我大声地吹着口哨，以免毫无防备地撞上他们彼此尴尬。我坐在搁浅在沙滩上的一艘小船旁边吹着口哨。坐下不到十分钟，笑面虎就从薄雾中悄无声息地出现在我身边。

“琥珀呢？”我问道。

“回家了。她搭出租车去了火车站。得了，我们得赶紧走了。”

在去往码头的途中，我们撞见了小鸡。见到我们，他咧嘴笑了起来。

“该死，拉基！我发誓你们肯定被那些宪兵揪住尾巴了。看见你拼命往楼梯上跑，而他们在你屁股后面紧追不舍，我当时紧张得要命。我自己也在逃跑，不过我边跑边忍不住地笑。你们知道吗？他们抓到了行者。”

“抓到了行者！”

“没错。他是第一个被抓到的。我刚开溜的时候就发现他被抓了。”

笑面虎大声地笑了起来：“好啊！你们知道吗？他们终于抓到了这个老狐狸。行者最终也要被关禁闭了！”

“你说得绝对没错，”小鸡说，“现在行者也是这个刺头俱乐部的一员了。”

我们安静下来慢慢靠近门卫室。一位身穿民兵制服的澳大利亚老头刚换下岗来，向我们走了过来。他示意让我们靠近他，对我们低声说道：“不要试图闯过去。值班军官正盯着门卫室呢。你的伙伴们一来，就会被他逮到！”

我们连连向他道谢并退回来商量对策。我们决定翻过那个栅栏。不一会工夫我们就翻了进去。但是我们发现码头离岸还有好几英尺远,必须乘坐停泊在那里的一艘小船才能到达,必须解开缆绳然后用手划过去。

在码头的背风处,我牢牢地抓住一根木桩,小鸡和笑面虎先后顺着木桩爬了上去。他们干得相当不错,没弄出什么声响。只听见海浪拍打木桩的声音,听不到他们向上爬的声音。我朝上面轻声呼唤着他们,但是没有人回应。我担心招来哨兵,没有再喊,于是拴紧小船,也顺着木桩爬了上去。

当我的头从码头下探出来的时候,一个奇特而又富有戏剧性的场面呈现在眼前。只见笑面虎和小鸡肩并肩地站在一起,身体作势要跑的样子——双手却高举过头顶,原来一名头戴钢盔的哨兵正用步枪威胁着他们。我赶紧想低下头,但是那个哨兵已经发现了我。他摆动着步枪示意我爬上来,于是我乖乖地站到了笑面虎他们身边,举起双手。从这个哨兵的一举一动我们可以断定他是个刚刚从美国入伍的新兵。几乎没有哪个老兵会像他这样扣押自己的战友,一名老兵甚至一想到和自己的战友持枪对峙就不寒而栗。笑面虎轻声地和他搭话。

“枪里装子弹了吗?”

“当然。”哨兵说道,警惕地盯着眼前这个问话的人。

“子弹上膛了?”

“哼,没有。”

我们松了一口气。就在他们对话期间,我慢慢地向哨兵靠近。突然,我猛地拔腿向那艘黑色军舰跑去。我料想这个哨兵要么不开枪,要么转身追我,这样笑面虎和小鸡就有机会制服他,狠狠地揍他一顿然后把他从码头扔到水里去,或者可以四散逃跑让他无法瞄准。

但是这个哨兵的反应比我们三个人更快,也更机灵。

他迅速向后倒退了几步先阻止了笑面虎和小鸡的逃跑,然后把枪举到了肩膀瞄准了我。他猛地拉上了枪栓。听到子弹上膛那吓人的声音，我的身体僵住了。我们都不敢再动弹。我们惊慌失措地看着那个哨兵，感到难以置信。

“你这个蠢驴，生瓜蛋！”笑面虎气急败坏地吼道，“你狗日的以为我们是什么人啊——日本人？把那该死的枪放下来！”

哨兵张大着嘴打量着我们，似乎笑面虎那恼怒的话语中蕴藏了对国家无可置疑的忠诚。现在的我们在他眼里似乎变成了另外一些人，不再是刚才他遵照规章制度要逮捕的那些抽象的违反纪律者——而现在，我们和他一样是来自同一军营的有血有肉的海军陆战队员，他也似乎意识到了自己正在拿着已经上了膛随时可以杀人的步枪威胁着我们。于是他开始放低步枪。

但是太迟了。

当值军官正大踏步地从军舰投下的巨大阴影里穿过码头跑过来。

看清来人是“赛马”中尉的时候，我腹部的肌肉不由自主地绷紧了，好像要准备承受一颗子弹的撞击。赛马中尉是我们营最可怕、最干练、最有威信也是最嗜血成性的军官。我举着双手站在那里，看着他一步步逼近，看见他边跑边拔出手枪，同时还冲着警卫班长吼叫着，从他的这一连串动作中我隐约又看到了过去的那个赛马中尉——沿着瓜岛的山坡边走边练习从后背拔枪，练习快速地拔出手枪进行瞄准射击，也许这一次，他从背后拔出来顶住我腹部的这把枪就是他在瓜岛用来练习射击的那一把。

他的目光从头盔下投射过来，从那张长着丹凤眼和阔鼻孔、瘦削但自信的脸上我读不出任何表情。

“搜他们的身。”他命令道，枪更深地顶入我的腹部。

“想从我身上搜什么？”我问他，“你是了解我的，中尉。我可不是什么内奸。”

“搜他们。”赛马中尉重复着刚才的命令。哨兵连忙照做。他的脸现在涨得通红。

“饶了我们吧。”听笑面虎这么说我感到很惊讶。随即我想起赛马中尉是从普通士兵晋升上来的,心想也许笑面虎是在以此向他求情。

“今晚饶不了你们,”赛马说道,“在你们未经批准擅自离开军舰上岸之前,就应该想到有这一步。况且你们还没有穿制服。”他冷冰冰地看着我们:“哨兵,走到他们身后押他们走。”

“拜托,中尉,”笑面虎恳求道,“饶了我们这一次吧。和其他人相比我们并没有做更多的坏事。真见鬼!今晚第二营所有的人都上了岸,我们只是倒霉被抓到了而已。”

“不,不只抓到了你们几个。在他们穿过大门的时候,我抓到了好几十人。但是我把他们都放了。可是我不会放你们的。我从码头那边观察到了你们的一举一动。你们这些家伙太自作聪明了——如果我是那名哨兵,你们就死定了。”

他押着我们走上踏板来到了“曼努拉号”的前半部分,然后顺着梯子下到一个用石灰粉刷的封闭牢房里,里面有一只电灯泡把房间照得通亮。这里就是“曼努拉号”上的禁闭室。与其说是一个房间,倒不如说它是个远洋中的拘留室,位于左、右舷相交处的一个空处。船侧面的肋材也可以看到,一个人在里面几乎不能转身,三个人则根本动弹不得。我们就这样被塞到了里面,的的确确是被塞进去的——舱门关上后,我们发现了舱壁上钉着一块金属牌,上面写着:“本禁闭室被证实只可容纳一名体格健壮的水手。”我们面面相觑,嘴里数着数——然后发出一阵疯笑。

随即我们就进入了梦乡——笑面虎块头最大,躺在甲板上,我躺在他的身上,小鸡则躺在我的身上。

醒来时我们感到已经身处大海了。军舰在平稳地起伏着前进,我们挤在禁闭室里随着军舰的前进而忽高忽低地上下晃动。禁闭室像猎人的脚步声中兔窝的震动和颤抖，随着“曼努拉号”的起伏和马达的轰隆声晃动着，摇曳着。我们时上时下，有时会觉得眩晕，有时会飞速下落，有时像跟着一道长长的滑板升起，最要命的还是突然的停滞和无底的下坠。但是我们并不觉得难过，甚至也没有不高兴的感觉。军舰前行意味着演习已经开始，我们合计着这也将意味着指挥官们会极其忙碌而没有时间来处理我们犯下的过错。

但是结果并非如此。

“只有面包和水”的禁闭室里迸发出快乐的欢呼声。我和小鸡走了进去。副营长站在船上临时军事法庭前面，他摘掉了我最近刚刚重新获得的一等兵肩章，并且扣罚了我的军饷，此外还宣布我要在“只有面包和水”的禁闭室里待上十天。小鸡同样运气不佳，笑面虎则由于被没收了他的第二个下士V形肩章而免于牢狱之灾。

当我们走进禁闭室的时候，里面传来欢迎我们的兴奋叫喊声——“看看谁回来了！”“欢迎加入，伙计！”就像同学重逢一样。几乎每个人之前都曾经在禁闭室待过，也几乎每个人都认识对方。甚至连守卫都不例外。

我们的出现打断了一场选举活动。这是禁闭室里定期要举行的活动，目的是要选出禁闭室里的室长——这是我记忆里最为公平的竞争。只有符合两个条件才有资格成为候选人——频繁被禁闭和长期被禁闭。每当现任室长任期届满愉快地让出室长职位时，选举就要如期举行。

其中一名候选人正在紧张地进行演讲，演讲词里充斥着黑暗与光明：一方面他恶狠狠地承诺将对那些军官复仇，另一方面他保证将给那些经常被关禁闭的花花公子们带来无限美好的未来。我们的朋友橡木墩是他的竞争对手。橡木墩的演讲很实在。

“他是个货真价实的短期被关禁闭者，”橡木墩这样评价对手，“这只是他第二次被关禁闭。”他捶打着自己那宽阔结实的胸膛:“我要在这里再待上十五天——另外,这是我第四次进来了。”

橡木墩在欢呼声中成功当选。

“恭喜你,室长先生。”我对他说道,但是面包盒的到来打断了他喜气洋洋的回答。每个人都跳将起来冲了过去——我也加入了哄抢面包的行列。这里的人们很容易就适应了困苦生活。

橡木墩从水龙头上接了一罐水。他把一个巨大的长条面包撕成了两半,十分仔细地端详着那两片面包。“我要用这两片面包做个三明治。”他说。

我嗤之以鼻:“你用什么鬼材料做——空气吗?”

“盐,”他说,“我常常做盐巴三明治。”

他弯下身去,从面包盒里抓出了一小把盐,撒到其中的一片面包上,小心地摊匀。然后他轻轻地拍了拍那片面包,再把另外的一半放到上面。

“刚刚好,”他如痴如醉地说道,“这些盐刚够做成这个三明治。”

他开始狼吞虎咽起来,不时停下来喝口水,看得出来他对自己的处境非常满意,让人似乎觉得他真的犯了什么罪恶。如果不是回忆起橡木墩在瓜岛时曾经把夹杂着虫子的米饭和发了霉的花生酱混在一起并迫不及待放进嘴里的情形,我可能会说他疯了。但是这就是橡木墩,有着公牛一样的后背,公牛一样的大脑和压制不了的胃口——对于这样的人,我来问你,谁能把他打败?

那天晚上,轮到我们八连战士站岗放哨。行者担任看守禁闭室的任务。尽管在“曼努拉号”开小差那天晚上他也曾被宪兵抓到,但幸运女神再次眷顾了他——他们竟然放了他。

黑暗降临的时候,我们钻进了自己的毯子里。行者把步枪挎在肩膀上,匆匆掏出一根香烟点燃后递给我。很快,黑暗中出现了一闪一闪的若干个烟头。

“给我弄点吃的怎么样？”我小声对他说道。

“到哪去弄？厨房已经关门了。”

“正门旁边的小卖部。那里可以买到热狗。”

“好的——等我一换岗就去给你买。不过你不要声张出去，否则该死的整个禁闭室的人都会跟我要热狗。”

我开始睡觉，开心地期待着行者再来叫醒我。

差不多半夜时分行者叫醒了我。他递给我一个棕色的袋子，里面装满了从小卖部里买来的食品。我拨拉醒了小鸡。行者溜出了号子。

我们狂吃起来。多么丰盛的夜宵！我们吃的是普通的热狗，但是我们用风险做香料，用禁令做调料，很快吃得嘴上流油。

第二天晚上行者又招待了我们一顿，而且如果八连不让出站岗任务的话，我相信第三天晚上还会有大餐。

但是第四天晚上一个陌生人叫醒了我。

那人打着手电筒在我脸上粗鲁地晃来晃去。

“就是他。”一个声音说道，然后有人命令我站起来。还有小鸡也被叫醒了。

我们被带到了外面，当然担心最坏的事情发生。但是我们被释放了。我们被置于一个被称为“雄辩家”的新来者的监管之下，此人人高马大但骨瘦如柴。他之所以被称为雄辩家，既是因为他酷爱多音节词，也是因为他有着一双极具表现力的手。

他领着我们沿着走廊走向营军士长的办公室，我们吃惊地发现士兵们仍在自由活动。现在才晚上九点钟，而我们已经睡了两个小时。

“你们的葫芦里到底卖的什么药？”我问雄辩家。

“你们被不适当地关禁闭了。”他回答。

“这怎么可能？”

“副营长有些过头。他想严惩你们，但是惩罚力度过大。在船上的临时军事法庭上，你可以把一个人的军衔降一级，也可以罚他款，或者关他禁闭，但是不能同时实施三种处罚，就像他对你做的那样。”

“你是说我可以拿回我的军衔和罚款吗？”

雄辩家用同情的目光看了我一眼。

“不要痴人说梦了。军士长专门为你们俩重新起草了一份不错的判决书。”

“打算怎么惩罚我们？”

“剥夺一级军衔，罚款五十美元，和之前一样。”

“那刚刚过去的四天禁闭怎么算呢？”

“你们根本没在禁闭室里待过。”

小鸡和我完全愣住了，爆发不出来的愤怒让我们脚下像生了根一样动弹不得。

“新的军事法庭判决书上只说你们已经受到了降级和罚款的惩罚，同时也会这样记录在你们的履历表里。里面没有半个字会提及被关禁闭一事。”

“不，必须写上。”我再也压制不住内心的怒火，愤愤地说道。“因为我不打算签字。把我送回禁闭室去，我要坐完那十天牢，”我转身对小鸡说，“怎么样——打算和我一起回去吗？”小鸡怯怯地看着我：“我不知道，拉基。我不知道能不能回去。如果军士长说必须签字，我们怎么办？你斗不过市政厅的，拉基。”

“这才叫明智。”雄辩家堂而皇之地说道。

“你觉得那叫明智？”我两眼冒火地瞪着他，“那个该死的少校犯了错却让我们为此付出代价！我们坐了四天本不该坐的牢，然后要我们忘记这些，还要用书面的形式将这四天的禁闭之苦一笔勾销——让谎言得到正式认可！这就叫明智！好吧，愿你和军士长一起下地狱。你可以告诉军士长，把他的法庭和你的明智夹在拇指和食指之间，然后数三下，他可以潇洒地把他的官方文件塞进——”

“嘿，嘿，放松点，”雄辩家打断了我，“你不能对抗整个美国海军陆战队！你绝对是正确的，少校绝对是错误的。但是很不幸你是个正确的士兵，而他是一个错误的少校。”

除了愤怒地看着他之外，我无计可施。他已经说得很明白了：一个正确的士兵是没有机会反对一个错误的少校的。

“不要以为我不赞赏你的勇气，”雄辩家说道，“要是在中世纪，你的这种勇气可能会得到更多的赞赏。但是眼下我建议你们还是服从命令，签署军事法庭判决书。”

“走吧，拉基，”小鸡说道，“签了这个可笑的文件，我们就可以出去吃点东西了。你斗不过市政厅的。”

我签了判决书，其间军士长一言不发地坐在他的桌子后面。我机械地签了字，打心眼里厌恶组成我名字的那几个字母。

从军士长办公室里走出来，心情舒畅了许多，我向雄辩家借了一英镑，答应到发薪日还他。我们拿着这一英镑溜到里士满大吃了一顿牛排和鸡蛋，喝着啤酒，诅咒着那个少校。

对于美国海军陆战队来说，小鸡和我从来没有在禁闭室里待过那四天。也没有人偿还我们在禁闭期间被扣掉的军饷。

“面对现实吧，拉基，”小鸡津津有味地大口嚼着牛排说道，“他们把我们赶上了单行道。”

在墨尔本的日子就要结束了。“你们什么时候离开？”女孩子们问我们，“他们说你们很快就要走了。”那些邀请我们到家里做客的人们也这样说。他们消息很灵通。他们似乎总是比我们先知道。

这里已经没有太多的乐趣了，女孩子的数量不多，我们也不能尽兴地喝酒。一切很快就要结束了。干旱很快就会灼干欢乐之源，我们将重新回到荒野上去。我们似乎正在尽力积攒着快乐。

于是，在1943年9月末的一天，他们带领我们从板球场上行军至码头，我们登上军舰，准备重返战场。

成群的女人聚集在码头周围。在那些摩肩接踵的人群中应该也有男人，但是我们的眼睛只看女孩子，她们在尖叫，说着“再见”之类的话，就像九个月前她们欢迎我们到来时那样尖叫和相互拥抱。

“看看她们，拉基，”山地人说，“不要欺骗自己以为她们只是出来说再见。她们不仅仅是在向我们挥手，她们是在等待——等待着第一艘满载陆军士兵的军舰驶入港口。”

“那又怎样？”笑面虎耸了耸肩膀，“如果你是她们你也会这样做。你只是妒忌而已。”

“见鬼，没错，笑面虎，”山地人急切地回答道，“我只是发发牢骚，因为我坐错了船。”

就在这时，似乎是为了验证山地人关于送别场景的预测，似乎也是为了给我们身后的花花世界作个总结，告别的过程正在结束得越来越快，码头和军舰之间的水面变得越来越宽，军舰上的士兵们开始用他们自己的方式告别。

他们从口袋里和钱包里掏出用橡胶做的状如气球的奇技淫巧玩意[①]，离开花花世界以后这些玩意再也派不上用场了，因此他们开始向里面吹气。他们让这些玩意沿着船尾的海风四处飘荡。很快码头和我们的军舰之间便充满了这些白色的香肠状的气球——开始几十个，接着几百个，最后几千个——在微风中飞舞着，上下翻飞着。即将永远分别的士兵们在疯狂而又粗鲁地叫嚷着，岸上的女孩们则假装受到惊吓一般尖叫着——

---

① 指避孕套。

他们像森林里发情的动物那样互相回应着对方的叫声，像最粗野的大协奏曲那样互相应和着彼此的旋律，而那些气球就在这股巨大的声浪中随风飘扬。

船开出很远，我们仍然能够看得见那些气球。

再见了，澳大利亚的女人们，我们向你们致敬。我们这群即将踏上死亡线的人冒犯了你们。

第6章

老　兵

第一节

像所有的自由型货轮一样，运载我们的那艘轮船也无名无姓。哦，它有名字，不过我们转眼间就忘得一干二净了。船矮小黑暗，让人感到很不舒服，它的作用只有一个，就是把我们从一个地方运到另一个地方，就像一只渡船，毫无特色，毫无吸引力，一点都不刺激——因此，人们也就记不住它。

在我们的经历中，它是我们乘坐的第一艘自由型货轮，当然不是最后一艘，而对于这个其貌不扬的家伙，行者毫不隐讳地表达了我们的轻蔑之情。“你知道吗？”他厌恶地看着挤满人的甲板大声说道，声音超过了货轮那让人发抖的嘎嘎声，“他们用一个周末的时间就能造出这些玩意。他们找来一群无所事事的人，把这些人集中到一个地方，然后把他们灌醉，到周日晚上一艘新的货轮就诞生了。”他用手比划了一下，意思是他所指的这些玩意不仅包括我们脚下的这个“笨牛美人”，而且也包括正沿着澳大利亚海岸向北行驶的整个运输船队，这支船队像一队母牛在缓缓前行。

我们在甲板上吃饭，也在甲板上照看着我们随身携带的生活必需品。一间厨房大棚在甲板上搭建了起来。一阵狂风刮来，我们奋力把食物保留在餐具里——或者当大风从头顶上刮过来时我们努力把食物保留在胃里。

我们已经恢复食用疟疾平药丸。当一名排队吃药的士兵到达队伍前面时，他一只手端着一小罐咖啡，另一只手端着餐具，勉强维持身体的平衡，此时一名军官则早已等在那里，命令士兵张开嘴。然后一名医务兵把一粒黄色疟疾平药丸弹进“洞”里。

“张嘴。”

“说‘啊’，对了。”

“没接住，蠢猪！”

“嘿，留意食物。呸！你这个笨蛋……注意，注意！……”

“没办法，中尉——是该死的船摇来晃去的……”

“见鬼，你们要小心拿好罐子，咖啡都洒出来了。现在继续往前走。喂！你在发什么呆啊？接着往前走，你挡住了后面的队伍了。医务兵，这次你要小心了。你弄丢了太多的药丸。当心点，我告诉你。当……心……点！”

“哎呀，我很抱歉，长官。”

“这个人‘烧’得不算厉害，长官——甚至连二级烧伤都不算，所以我认为不吃药也没事。”

“混账的医务兵！我告诉过你——”

“注意，长官！船又在摇。闻闻他的头。注意，长官！他脸色正在变绿。留意一下，长官。”

就这样我们沿着澳大利亚海岸线航行，始终处于大堡礁内侧。我们右侧有暗礁，左侧是海岸港口。大堡礁是天然屏障，因此在夜间航行的时候，我们可以在甲板上吸烟。敌人不可能在这暗礁密布如迷宫一般的水下冒险向我们发动突然袭击。

我们不知道具体驶往何方，但是有一点是肯定的，我们正在北上，因此我们正在重返战场。而到目前为止，日本人已经被赶出了所罗门群岛和大半个新几内亚岛，而我军正在向北挺进，对横跨大洋洲的各个岛屿一个个地进行清理。在我们的脑海里，清剿塔拉瓦岛上的日军带给我们的损失最大、最可怕。

但是作为老兵，我们更多地想谈论、打趣要去的地方本身，而不是我们即将在那里面临的生活处境，对于后者我们心知肚明。在那些无聊的日子里，各种猜测塞满了大脑，让我们的舌头不停地转动，于是我们常常坐在用来盖舱口的油腻腻的帆布上天南海北地胡扯。有时胡扯会变成一种文字游戏或者发明标语口号的比赛。

“冷静点，傻瓜，那是拉包尔。”有人会如是评论日本在新不列颠坚不可摧的堡垒。或者：“1948年再见金门大桥”，意思是我们还要再打五年仗才能再次回到旧金山。“当我们从格洛斯特回来的时候你去坐过山车吗”——这句话中的格洛斯特指的就是令人闻风丧胆的格洛斯特角，它位于新不列颠的远端，而入侵朝鲜的前景给了我们这些军队中的初期弗洛伊德信徒们无限的机会去哼唱“朝鲜”这个词，这表明当时弗洛伊德主义是何等地泛滥。

百无聊赖可以轻易地让人变得狂躁不安。甚至一想起吃饭就会令人怒火中烧，因为要吃饭就得把餐具放在一起，然后起身排队，吃完饭后还得清洗餐具，然后把它放好，更加让人恼火的是别人可能会把你在舱口朝阳的位置霸占了。

从轮船的小卖部里可以购买糖果，但是这会让人更加恼火。因为要买糖果，就必须去排队，也许要排上三个小时，因为小卖部主人优先照顾船上的水兵，而当轮到我们购买的时候，糖果已经售罄。小卖部里似乎每天都在供应糖果，但是奇怪得很，每当轮到我们海军陆战队员购买的时候，糖果就没有了，似乎糖果的出现和消失与某位神秘得让人敬畏的太阳神有关——新的一轮太阳升起的时候，船上的水兵又可以买到新的糖果。(但是一到晚上，我们发现这些热心购买糖果的水兵会下到船舱从一个铺位走到另一个铺位，向海军陆战队员兜售糖果，市价五美分一条的糖果他们卖一美元一条。他们也卖三明治，价钱同样不菲。）大多数时候，我们在船尾扶着栏杆出神地凝视着船后面翻滚的绿泡沫。有时候，当船头过深地扎进海浪里，船员们就在船上疯狂地打转，船尾一个人都没有。在太阳底下螺旋桨露出海面似乎变得赤身裸体，于是又匆匆穿上衣服回到了海里。我们在船尾被迷人的航迹所震慑，看得如痴如醉。此时你不需要思考，不需要感觉，大部分时间你不需要感到自我的存在，你只需要感到自己和海浪融为一体或者随着轮船逐流而上——此时船头扎进海浪里而船尾翘起，海水突然不见了，映入眼帘的是蓝天白云以及自由自在地打着转的螺旋桨，似乎在提醒着人们眼下的处境。

晚上我们得到允许可以待在甲板上，我们已经离开了大堡礁的天然保护，所以被禁止抽烟。周围的黑夜和大堡礁一样保护着我们，但是接下来几个繁星满天的夜晚让世界充满了温柔迷人的光亮，这种迷人甚至来自它们的光亮所隐含的危险。

我们航行在狭窄的海面上，左右两岸长满了绿绿的灌木，灌木沿着陡峭的堤岸杂乱无章地挤成一团。我们正沿着新几内亚的海岸线行驶。不知不觉间我们驶入了一个港口，货轮停了下来，我们走下轮船。另外一艘货轮还在我们右方半英里的海域里游弋。

“他们可以送那个船长回家了。”笑面虎说道。

“不错，”行者随声附和着说道，“他也许就是一位刚从商船学院毕业的年满二十一岁的船长吧。”

不过我们没有更多时间聊天了，因为即将上岸。船员们正在船长的催促下晃动着登陆艇让它脱离吊艇架，然后把它放到水里。我们在甲板上集合，随着一声令下，我们吃力地翻过轮船的一侧，沿着吊货网往下移动，然后跳到登陆艇上，最后随着登陆艇登陆。

很快我们就发现这不是一个无人居住的荒岛。当然，岛上没有任何建筑物，不过岸上有一名港口管理员正通过扩音器指挥着货轮的卸载工作，还有一排橄榄绿的卡车正等着运载我们和我们的军需去内陆。不过眼下摆在我们面前的首要任务是卸货，而在卸货的间隙，我们得到准许可以到海里游泳。

在海岸上我看到离岸边约五十码的海里半沉着一只纵帆渔船，我决定过去一探究竟。我游了过去，纵身爬上渔船，沿着船体挪到露在海水外面的船头顶端。现在我站在船头上，距离海平面有十五英尺，然后我双腿用力一蹬，头朝下扎进海里。

在自由落体的过程中，我惊恐地发现海面下不到三英尺的地方就是暗礁。我赶紧绷紧身体以便沉得尽可能地浅一点——即便如此我的整个身体还是被暗礁刮伤了，当我急急忙忙游向岸边从水里钻出来时，鲜血从身上的几个伤口直往外冒，血流得如此之多，就连蹲在那里抽旱烟的一个土著人都吓了一跳。

还好这些伤口都是皮外伤，很快就在碘酒的刺激下止住了流血。我站在那里，双手紧握，牙齿紧咬，忽然耳边传来了一个声音："那可真是千钧一发啊，拉基。是你的名字起得好[①]。伤得怎么样？"

我一转身发现是"直肠子"神父。其实我在转身之前就知道是他，因为他的声音是我在海军陆战队里听到的唯一温柔或者说有教养的声音。直肠子神父是我们的军中牧师——事实上他是我们二营里的第一位牧师。他是在我们离开澳大利亚的时候加入我们的。军队出发的第二天我就见到了他，当时我留意到一群海军陆战队员围坐在一位看上去年龄稍长的男人周围。他们对这个人毕恭毕敬，很显然这个人不是我们中的一员，因此现在我很容易就能辨别出他的声音。

"真他娘地疼得要命，神父。"我答道，竟然没有意识到言语中的不

---

① "拉基"英文为Lucky，意思是"幸运的"。

敬。在牧师面前只有书面文字才被认为是应该说出口的，当然实际说出口的往往不是这样。“不过我还是很幸运，因为没有伤到我的……它没有把我撕成两半。”

“是的，你真应该为此感谢上帝。”

直肠子神父已经四十多岁，但是依然活力四射，他是那种被爱尔兰人称为“黑色凯尔特”的人。我看着他，就好像看到海上航行的生活把一堆黑炭涂抹在了他的脸上，他参军前脸像面粉一样白。另外我看到此时的他，臀部和腰部周围因久坐而形成的赘肉也开始消失了。

“你看这座岛怎么样，神父？”我问道。

“非常有趣，”他说，两眼炯炯有神，“这是我第一次来到热带丛林。”他看着我的神态如同一个陌生人打算问路一般。我问：“我能为你做点什么吗，神父？”

“也许你可以帮助我。他们在兴奋之余已经把我忘了。”

“和我们并肩作战吧，”我说道，“我们会照料你的。”

他迟疑了一下：“你的伤口会好吗？”

“当然会好的。不过行动的时候伤口会很麻烦。”

神父和我们一道把情报处的装备搬上了一辆卡车，然后我们爬上了车。卡车载着我们爬上了几座小山丘，最后把我们扔在了一片长满茅针草的野地中央——这里就是我们的新家。

这就是海军陆战队训练队员的方式：让他们保持卑微和邪恶，就如饥饿的野兽一般，这样他们就会更加顽强地去战斗。当人们被从一个地方挪到另一个地方，他们就没工夫感到痛苦，而在他们抵达目的地之前早有一个人被派遣去侦探地形，而且他专挑让人不舒适的地方作为目的地。他们只有冰凉的食物来补充体力，只有弯刀作为工具，假如指挥官有本事影响雨神的话，那么他一定会让雨神下雨。

这一切都完成之后，雨来了，夜幕降临了，更糟糕的是我们得到了没有饭吃的消息。我看了直肠子神父一眼，只见他披着雨衣戴着头盔——全身穿戴整齐站在那里，显得那么孤立无助。他看起来很天真，像个在足球比赛后得到一身球衣的孩子。

“嘿，‘花花公子’，”我朝军情处新来的一名伙伴喊道，“过来帮我给直肠子神父弄个地铺。”

花花公子慢腾腾地走了过来，用他的弯刀和我一道砍茅针草。我们在茅针草地上刈出了一个和床一样大小的地面。又到灌木丛里砍出几根木棍支在“床”四周，然后把直肠子神父的雨衣绑在木棍上。他爬进去躺了下来。突然草床里传来了某种东西发出的沙沙声响，他忽地坐了起来。他不好意思地笑了笑，然后又躺了下去。不一会工夫，天就黑了。

“放松点，神父，”我说道，“我们会搞到东西吃的。”

“那太好了，”他孩子气地说道，“到哪里去弄？”

“忏悔时再告诉你。”

神父大笑了起来：“你总不能从自己身上偷东西吃吧。”

“说对了。我们就是要让配给速度再加快一点。”

我们摸黑来到路边，爬上一辆返回海边的空载卡车。卡车行驶了一英里的样子，我们又悄悄地跳下了车，等待着满载食物开往内陆的卡车。一辆卡车开了过来，罩着灯盖的车灯在雨中忽闪忽闪地亮着。当它爬坡减慢速度时我们抓住它上了车，跟随着它来到和我们露营地并排的地方。我们在那里扔下了一箱西红柿饮料和一箱甜豆，之后跳下了车。

我们把这两箱食品的大部分拿出来和朋友们分享，然后急匆匆地赶到直肠子神父的单斜面帐篷里。我摇了摇他：“吃的来了，神父——你也许最好先祈祷一下。”

“什么？”他急促地说道，完全从睡梦中醒了过来。

我们都笑了起来。

“哦！”他叹了口气，即使在黑暗中我们也能分辨出他叹出的“哦”是那么有趣。

花花公子和我又笑了，然后我们爬出了他的窝回到了雨中。我们这一对可怜的天主教徒曾愉快地在墨尔本僭越十诫达数月之久，现在回到自己的窝里安心睡觉，因为我们相信我们已经在偷窃的西红柿饮料和甜豆身上得到了救赎。

直到第二天早上我才想到要询问一下我们要去的地方。

“去好好岛。”有人向我解释道。

花花公子挖苦地笑道：“是好好岛，没错——对海军陆战队员们来说真是好得很哪。”

我们开始在大照片中尉混乱命令的驱使而不是指导下，奋力搭建军情处的帐篷。我们竖起了三顶帐篷——两顶供我们居住，一顶用来办公。

在第三顶帐篷里摆放着简易的地图制作设备：一张放在木马上的胶合板桌子，一些指南针、铅笔、描图纸，还有一两个直角尺。一个海军陆战队的营部军情处携带的地图制作设备少得可怜。我们实际上是侦察兵的一部分，是营长的眼睛和耳朵，如此而已，不管大照片中尉如何费尽心机地去夸大军情处的作用。

尽管我对有望成为一名侦察兵感到高兴，但是大照片中尉却不这么想。

“你们来这里的目的就是要印刷一份我们自己的报纸。”他煞有介事地对我们说。

“可是，中尉，我们不久就要重回战场啊。再说我甚至还没学会用指南针定方位角。我在电话亭里就会迷失方向。我想要做的只是学会如何使用指南针和看懂地图。”

“不需要了。”

“可是，中尉——如果重返战场我们就没时间出报纸了啊。那个时候我怎么办?”

至少比我大两个月的大照片中尉摆手表示坚决反对,他摆手的风格是在瓜岛之役的那个神奇日之后养成的,那一天整个军情处就他一人能够告诉营长空中照片嵌拼地图是什么东西,为此他赢得了“大照片”中尉的美誉。

他轻轻地挥动着另外一只手,用一种居高临下的口吻说道:“当我们开始作战的时候,你们就记营部日记。”

“那是什么意思啊?”

“等到了战场上你们就明白了。眼下的问题是,我的报纸怎么办? 让我听听你们的想法。重要的事情先办——我们需要从哪里入手?”

“首先需要一台油印机。”

“没问题,告诉营队军士长一声就行。还需要什么?”

“纸张。”

“找军士长要。还需要什么?”

“订书机。”

“一样找军士长要就行。别啰唆,让我知道真正还需要什么?”

“记者。”

“哦,是的,当然需要记者了——我的意思是,需要多少记者?”他犹豫了一下,突然说道:“真见鬼,你什么意思? 还需要记者?”

“长官,要真的把一份营队报纸办起来,就必须有新闻。这就意味着我们必须深入各个连队。所以我们需要每个连队出一个人充当连队的记者。”

“报道什么?”

“连队里发生的每一件事情啊。我将从他们每个人那里得到一份新闻简报,然后我们制作出总部新闻板块,也许还有一个‘诗人角’板块向所有士兵征稿,还有指挥官训话栏以及一篇社论。”

“来自上校的训话！社论！”

“是的，长官。它将占一定篇幅，也许这是一个让指挥官鼓舞士兵士气的机会。”

“不过，等一等，我的伙计。等一下。”大照片中尉做了个暂停的手势。他大踏步地来回走动着，表情严肃。他坐了下来，摆了个罗丹雕塑思想者的姿势。

“拉基，对于这类事务必当心谨慎。不能提前泄露天机。我们还必须考虑连长们的意见。他们也许不喜欢自己部队里有人报道新闻。他们也许想要仔细检查一遍上交的稿子。”

“是指审查吗，长官？”

“注意说话方式！那只是人们忌讳的一件事，再说连长也许想确认一下记者是否实事求是地进行报道。在这件事上我们必须小心行事。”

“遵命，长官。”

“所以呢，我要告诉你怎么做才好。你跟军士长商量一下，看看他在纸张和其他物品上能够帮你什么忙。与此同时，我得和各个连长们谈谈这件事。我已经安排了明天的吹风会。谈谈斯大林格勒保卫战的重大意义。还有一件事。那个少校训话以及社论的主意就算了吧。听到了吗？它们都过时了！”

“遵命，长官。”

我遵照中尉的命令去找军士长商议，可他毫不客气地把我赶出了帐篷。

大照片中尉则为这件事考虑了整整一个晚上，第二天准时参加吹风会谈论斯大林格勒保卫战的重大意义。营队报纸就和神秘的空中照片嵌拼地图一样，整整齐齐地印在了大照片的脑海里。

军纪就像螺丝钉一样正在拧紧。一个周日的上午，我们在茅针草地上玩排球，这里距离营长和“大股东”少校共用的就餐帐篷不远，后者是我们新来的行政长官，很不受欢迎。尽管已经过了早餐时间，但是对于“大股东”少校这样的达官贵人而言，他们想什么时候吃就什么时候吃。

我们正在玩的时候，值班炊事班长加入了进来。我用眼睛的余光看到少校从他睡觉的帐篷里走出来，沿着弯道向就餐帐篷走去。此时炊事班长也注意到了少校，但是他装作没看见。有人好意提醒炊事班长别让少校等太久。大股东少校的脾气尽人皆知。但是炊事班长属于丑男之中比较独特的那种人，也许他被氛围所激怒，突然表现出某种难以言表的勇气及不可动摇的态度，让我们大吃一惊。他继续打排球。

我们继续神经紧张。

少校继续在等待。

紧张气氛终于被少校高昂的怒吼声打破。

“军士长！”他吼道，怒不可遏地指着惊恐万状的炊事班长所在的方向。

“军……士……长！”

军士长从帐篷里冲了出来，急匆匆地跑了过来，与此同时，大股东少校也像怪物青蛙一样跳了过来，炸雷一般地吼叫了一声。

“把那个家伙给我铐起来！”

于是他们把可怜的炊事班长带走了。

我们就要离开这个岛屿了。小道消息说是因为我们中间有很多人得了丛林斑疹伤寒病——但是实际上正像后来证明的那样，我们离开本岛是因为要和其他团在一个集结地会合，这样我们可以再一次向日军发动攻击。战争离我们越来越近。现在我们急切想得到我军在太平洋战场上大捷的消息，即便是盟军在北非取得胜利的捷报也好，因为这些好消息会驱使翻滚的海浪把我们更快地送到敌人防守的海岸，这些好消息会大灭敌人的威风而大长我们的士气，要知道敌人是经过长期动员和训练的，而盟军则是匆忙应战。

在离岛的前一周，我们军队的实力因为一个人的加盟而大大增强，这个人如此与众不同，他一个人差不多就相当于一支军队。

“路上有个澳大利亚人，”大照片中尉说道，“你过去看看能不能帮他什么忙。”

我穿过草丛来到路边，在那里遇到了那个“澳洲人”。

看到他的时候，他正坐在一辆既堂皇又杂乱的吉普车上，车上站着几个人，他们身后高高地堆放着一些杂物，这辆吉普车立刻让人想起了隐士居住的地方，或者让人想起从洪水或地震灾区匆忙逃离的运输工具，上面凌乱地装着物品。

卡车上至少有三听比利罐，爱喝茶的澳洲人用这种破锡罐烹制饮料；车上还有一支长笛；一个锈迹斑斑的英军头盔和一个锃亮的新式美军头盔；一盏煤油灯；一盏汽油灯；一箱酒精灯；若干罐茶叶和白糖；几袋大米；三四个鼓鼓囊囊装满美国和澳大利亚军事期刊的粗帆布背包；一条草裙；一把小号，后来澳洲人告诉我这把小号是他从“一个美国佬”那里花十四先令买来的；一个司机；一个澳洲人和四个用迷惑的目光看着我的美拉尼西亚黑人，他们结实有力的肩膀上扛着包裹，他们本身就是上帝的杰作。

我出神地看着他们，此时围拢来的一群海军陆战队员也和我一样出神地看着他们，希望发生点有趣的事情。但是没有好玩的事情发生。

“喂！”澳洲人突然怒气冲冲地说道，“看到别人需要帮助的时候你们总是这样坐视不管吗？”

我弯腰帮他卸东西，另外一些陆战队员也纷纷伸手帮忙，不一会工夫吉普车上的物品就全卸了下来，在地上堆成了一座小山。司机急忙发动引擎一溜烟飞驰而去，留下了一股呛人的扬尘。

澳洲人脸上最突出的表情就是愤怒，我们能够看到是因为他把脏兮兮但帽檐永远是白色的垂边软帽向后拉了拉——这样我们还可以仔细地看见他那瘦小而刚毅的脸上有一撮黑色小胡子。身边的土著人注意到了他现在的情绪。他们站在那里,惶恐不安地看着他,手足无措。澳洲人也许对他们的茫然失措感到很受用,因为他突然做半微笑半沉思状,眼神越过他们的头顶眺望远山上一绺白色的瀑布,那瀑布好似在帮尼土鲁鲁山洗脸。或许此刻澳洲人正在掩饰自己内心的迷惑,希望用沉思的眼神提醒我们他的存在。最后他转身对我说道:

"也给我们一个机会吧,美国佬。你们是第二军团,对吧?带我看看你们的兵营如何?"

我领着他回到了他的帐篷,这顶帐篷是在我们露营地的后面匆匆搭建的。在帮他固定帐篷绳索的时候——也许帐篷是由某位军官搭建的,松松垮垮——我被旁边灌木丛里传来的莫名其妙的对话吓了一跳,还伴有砍伐树木的声音。原来声音是澳洲人带的那些土著人发出来的。他们悄无声息地尾随我们穿过草丛,我居然忘了他们。我听不懂的那些对话是美拉尼西亚部落的方言,他们来自新几内亚的莱城附近的同一个部落,日军入侵之前,澳洲人在他们那里种植椰子。他们砍伐树木是为了建造自己睡觉的地方——他们当然不能睡在澳洲人的帐篷里,澳洲人也不允许他们分享我们的食物。他们吃从卡车上卸下来的那几袋大米。

我帮澳洲人从营部领来了一张床和一些生活必需品,我还答应他晚饭过后回来看他,领他看看我们洗澡的那条河。

我回来的时候,在距离他的帐篷十码的地方停了下来,因为帐篷里传来了小号的声音,打破了岛上的宁静。声音是那么的不协调——简直和火车鸣笛的声音一样。不过还是有旋律的:听上去似乎是《今夜老城无眠》。

我把头探进澳洲人的帐篷里。就着放在地上的煤油灯发出的微弱光亮,我看见他端坐在床上,双肩塌下来,脸拧成了一个团,在使劲地吹着小号。他见我进来就放下了小号,用手擦了擦嘴说道:"你来了,美国佬——随便坐吧。"说完他又吹了起来,这次在吹奏不同的音调时他先把腿抬得老高然后再轻轻地放下。的确是《今夜老城无眠》——听上去很像，但是常常跑调。

“你是从哪里学来的？”等他吹完后我开口问道。

“从一个美国兵那里学到的，就是他卖给我的这把小号。”他边说边弯腰点着了一个酒精炉，在上面煮泡茶的开水。此时天已经黑透了，因此不能带他去看那条小河了。

“可是你吹的是一首美国歌啊，你心里有数。”

“对极了。你们美国佬还是能做成一些事的。譬如这首歌的旋律我就很喜欢。我敢说，这也是首地道的美国曲子。这是我喜欢美国的一个原因。你们美国佬有独一无二的纽约。哎，我说，”他停顿了一下，满怀希望地问我，“你不是来自得州吧？”

“不是，”我答道，“我是新泽西人。”

“哦。”他叹了口气，连忙向开水里添加茶叶。

“你要和我们在一起待很久吗？”我问他。

澳洲人耸耸肩膀：“无限期地。”

“你来这里干什么？”

他眨巴眨巴眼：“这是机密——高度机密。”

“什么意思？”

“我的意思是那是机密，我的小伙子。我不能告诉你，就是这样。在澳大利亚有人告诉我赶紧离开去找海军陆战队，因此我就来了。喝茶吗，美国佬？”

我接过了茶，说道：“可是你那些土著男孩子们怎么办？”

“他们跟着我，就这样。从现在开始我就和你们绑在一起了，不管是好是坏——当然我希望是好事。不瞒你说，美国佬，如果和我们自己的军队在一起，我会感到更加自在。你们比不上澳大利亚皇家武装部队。”

“绝对不能这样讲！我们随便哪一天的表现都比澳大利亚人强。去问问日本兵如何评价他们的敌人就知道了。他们把我们列为世界上最厉害的敌人，你们澳大利亚军人排在我们美国兵后面。”

“你是从哪里听到的这个说法？”他叫了起来。

“不是听到的，而是读到的！我从你们自己出版的一份报纸上读到的。”

“继续吹下去！你这个傻瓜！你们是一群跟在A.I.F.[①]屁股后面跑的小男生。”他一边怒视着我，一边准备把有把手的大白杯重新倒满水。“不要误会我的意思，”他继续说道，同时仔细地把热茶从锡罐里倒出来，“我不是说你们不能打仗。我只是说你们要赶上A.I.F.还有很长的路要走。”他回到床上，举起了杯子：“为美国军队干杯。”我们小口地喝着茶，忽然他又加上了一句：“还要谢谢上帝给了我们A.I.F.。”

一周后我们离开了该岛。澳洲人提到的那位要他来这里的“身在澳大利亚的人”只给了他很短的时间和我们会合。事实上澳洲人到来的次日我们就接到了准备开拔的通知。

我们挎上武器背上背包沿着那条尘土飞扬的土路大踏步地向海港走去。那里停满了登陆运输舰，其中很多上了岸，它们的跳板放了下来，狭窄的入口敞开着以便让军队走进去，让军车开进去，我们的武器在它们那黑暗但很宽敞的肚子里相互撞击着。

我们进入了运输舰。身后的跳板升了起来，狭窄入口在关上的时候发出嘎吱嘎吱的声响，我们随船离开了岛屿。

第二节

雨季。

---

① Australian Imperial Force (澳大利亚皇家武装部队) 的缩拼。

雨季已经到来。位于新几内亚东北部东南海岸的芬什港用潮湿和雨水迎接我们。

再一次，我们拔刀出鞘在湿漉漉的丛林中砍出一片居住空间。

再一次，我们可怜兮兮地蹲坐着等待攻击令。

再一次，我们听到了炸弹从头顶呼啸而过，似乎在看不见的黑色雨夜里迷失了方向，疯狂地飞进丛林里炸开。

只有跟随澳洲人的那些土著人对攻击令的迟迟不来感到无比高兴。

他们——布里、金布特以及另外两个记不得名字的土著人——都来自新几内亚，并以此为荣。他们很是瞧不起住在俾斯麦群岛的其他美拉尼西亚人。他们最瞧不起的是“丛林中的卡内加人”——这些人居住在内陆地区，未受沿海贸易文明的影响。布里他们都会说通商英语[①]——这是他们部落里出门在外者的标志——在芬什港枯燥乏味的两周里，他们教会了我通商英语。

他们告诉了我他们战前的生活——那时他们的生活方式出奇地简单，除了每年有几个月的时间给诸如澳洲人这样的种植主务工（我称之为被剥削）之外，剩下的时间就是搜集食物。我也试图向他们描绘我们都市人复杂的生活方式。但这几乎不可能。只有当我说到建筑物时他们才有所理解，而这通常要借助于杂志中的图片。

“你们看，这里是一间屋子，”我指着帝国大厦的最低一层对他们说道，“好的。这里也是一间屋子。它在最上边。好的。这里也是一间。这里有很多很多屋子，就像驴吃的草一样多。很多屋子在最上面。”

他们点着头，瞪大眼睛好奇地看着，有时表情夸张得过了头——他们真是一群好演员，把礼貌发挥得淋漓尽致。

我们在芬什港的停留时间很短暂——大概只有十天，只有轰炸声和

① 原文pidgin English，太平洋群岛上的土著居民说的一种简化英语（simplified English）。

两天漫无目的的内地巡逻驱散了一些无聊，在一个潮湿的下午，布里试图耐心地用两根木棍取火煮茶，这可把我们逗乐了。他是从美国连环漫画书上学到这一招的——可惜没有成功，这让布里很恼火。

巡逻归来的时候，我们发现营地遭到了轰炸，另外，一切已准备妥当，随时可以离开。

夜间巡逻的任务在盘踞于新不列颠的敌人眼皮底下进行，主要由我们军情处的人员承担。他们乘坐鱼雷快艇穿越丹皮尔海峡，回来时只能靠划橡皮筏上岸。他们带回来一些令人振奋的消息——当然差点就回不来了，因为在和一艘装备精良的日本驳船激烈交火时他们的鱼雷快艇被击中——这些令人振奋的消息足以让我们拿起武器准备战斗。显然在我们即将登陆的地方，敌人疏于防备。

当天晚上，指挥官把我们集合在一起，发表了战前动员演讲。

海军陆战队员们在通往海边的路上集结，密密麻麻地在指挥官面前挤成了一个不规则的新月形，指挥官站在那里，他的身后是一片灌木丛。他不慌不忙地讲着话，语调里充满愤怒，听上去像是对日本人怀有深仇大恨，又好像自己在日本人那里受过侮辱而决心报仇雪恨——战争成了他的私事而不是公事。他的高谈阔论听上去不切实际，事实上也确实不切实际，因为不可能达到预期的效果。

“杀死日本兵，”指挥官说，“我要你们杀死日本兵。我要你们记住你们是海军陆战队员。我们要去的地方有棘手的任务等着我们去完成。而且我们要去的地方没有足够的弹药。因此开枪之前你们最好看清楚。不要匆匆忙忙扣动扳机，直到在你们的视野里出现肉体。一旦你们开枪——就要让敌人血流成河——就要让日本人血流成河。”

终于结束了。

我们回到了帐篷里。

那天晚上是平安夜。

在帐篷里，直肠子神父正在准备午夜弥撒的祷告词。他在一顶金字塔式的帐篷里立起了一座祭坛，我们就聚集在祭坛前面，在霏霏细雨中躬着身子跪在泥水里见证对和平之王耶稣基督的祭奠。我们在丑陋愚昧的现代战争的束缚下，顶礼膜拜那位战神的圣子。

圣哉，圣哉，圣哉，万众之王……

直肠子神父轻声地祷告着。他提醒我们并非所有在场的人都能活到下一个圣诞节，我们中的一些人或许就会在今天死去。他告诉我们要忏悔自己的罪过、请求上帝的宽恕并原谅那些伤害过我们的人——并在心灵上作好准备以迎接死亡。

我们唱赞美诗。一千九百四十几年前，圣婴在伯利恒诞生，而今天我们在黑夜里、在薄雾迷蒙的森林里为他庆生。我们向他哼唱着赞美诗：《平安夜》、《真挚来临》以及《听啊，天使唱高声》。

荣耀归于新生王
降生救人出死亡

明天，我们的双手就会沾满兄弟们的鲜血。

但是我们继续唱着，一半出于真心而另一半则是出于希望。有时候我们机械地跟唱，有时候则积极地主动领唱。我们把一只手放在胸口，另一只手则握着刀柄。有时我们确信直肠子神父所说的话真实紧迫，有时又对如身边迷雾般飘渺的信念感到绝望。不过我们没有中断歌唱，在弥撒结束后，我们上床睡觉。

第二天早晨，我们向运输船走去。

不过圣诞大餐相当不错。我们散布在海滩上，沿着由又黑又滑的火山泥浆构成的海滩有一排橡树一般的大树，它们弯着身子伸向大海，如同一排巨矛刺向大海。大餐有火鸡和土豆泥，有面包，甚至还有冰激凌，一想到在开战之前能吃上这样一顿帝王餐，我们就感到很诧异。

然后他们给我们带来了圣诞信件。我们就如同国王一样，吃完了大餐双手一拍让乐队上场——他们就来了。那天剩下的时间我们就在又黑又滑的海滩上尽情野餐。

天渐渐黑了下来，我们登上了攻击艇，穿越丹皮尔海峡向新不列颠的东北海岸进发，在那里将迎来第二天早上的战斗。

我们在黑夜里航行——悄无声息地重返战场。

第三节

新不列颠岛的海岸是阳光照不到的地方，雨林陡峭而又稠密地延伸到了大海里，我们海军陆战队第一师杀了个回马枪，在这里向敌人发起了攻击，确切地说，可怕的热带丛林没有把敌人吞噬掉，而我们在这里把他们打了个稀巴烂，也正是在这里我们不由得对他们产生了怜悯之心。

今天，同情敌人或者是发疯的表现或者是勇气的象征。我认为，我们海军陆战队第一师在新不列颠岛上表现出的对敌人的怜悯是出于勇气。

最后我们很是同情那些抱头鼠窜的敌人，他们毫无组织纪律，士气低落，在瓢泼大雨中用双手爬行甚至用膝盖爬行。而我们这群性情温和、体格虚弱的美国人反而最终掌握了热带丛林中的生存之道，反而在雨季的折磨下表现得很顽强并向敌人展现了勇气。

正是这里的丛林和雨季使得新不列颠岛和之前的瓜岛截然不同。从我们跑下步兵登陆艇的跳板穿越狭长而幽暗的海滩，再爬上陡峭狭窄但阳光明媚的堤岸进入黑黢黢的丛林的那一刻起，我就知道在新不列颠岛将会是另外一番景象。因为从那一刻起雨就开始下个不停，也就是从那一刻起我们开始猎杀敌人。

当指挥官——我们的新营长——在离海边五十码左右的地方设立战地指挥所的时候，连珠炮声和俯冲飞机的嗡嗡声已经平息下来。我们的进攻连队已经向前推进并占据有利地形，形成了一个以海滩为直径的半月形防线。在环形防线上距离最远的两点也不会超过四百码。

作为一支部队，我们不能再向前推进了。当我们第一师的其余部队攻下位于西北的格洛斯特角的时候，我们只能孤零零地在这里坐等。我们如同一个防御性的楔子插入了我们师和南面的敌人之间。为了增援西北方向的兄弟部队，日本人将不得不从我们这里穿过。因此我们孤零零地在这里坐等，我们和第一师的其他部队失去了联系，我们现在置身于一个我们营长称为“无线电波到达不了”的地方。

营长每天从这里派出侦察兵四处巡逻。他性格中有一种永无止境追求精确的精神，从我们登陆的那一刻起，他便派出巡逻队深入未知区域。他们常常是来了又去，去了又来。他们向北向南向东往三个方向搜索，往三个方向的纵深地带搜索，如同动物的触角一样向外延伸，如同正在追杀敌人的我们营队的触角，而现在整个营队如同一个生物体盲目地“躺在”丛林里。

在我们北边，巡逻队发现了一名五连侦察员的尸体，之前这名侦察员被报失踪。在发现尸体的地方有打斗的痕迹，似乎显示这名侦察员曾经和敌人肉搏过。他的身上有十几处被刺刀挑中的伤痕。日本人用他来练习刺刀。他的嘴里塞着一块从他的胳膊上割下的肉。战友们说他胳膊上的那个部位有文身——海军陆战队的标志，即被缠的锚和地球形状的组合。日本人把文身割下来塞进了他的嘴里。

营长听到报告后非常愤怒。

还是在我们北边，巡逻队抓住了两名正在我们阵地附近窥视的日本军官并把他们就地枪决了。五连的一名前哨在敌人阵地侦察地形时发现了一支兵力为一个排的日本部队正躺在地上睡觉。在睡觉！于是我们的巡逻队向他们开火，向这些睡觉的丛林超人开火，等另外一个排兵力的日军前来增援时我们的巡逻队就迅速撤了回来。

因此敌人就在那里。但是他们的兵力如何？我们不得而知。如果那两个排只是他们的巡逻队，那么他们的兵力还是相当雄厚的。敌人的行动也让我们迷惑不解。他们居然在睡大觉！难道没有察觉到我们吗？

这些问题一定萦绕在营长的脑海里，于是他要求向南进行一次新的巡逻，因为我们的南面一直悄无声息——一旦战事突然爆发让我们遭受南北夹击，我们可吃不消。

他挑选“突击队长”中尉来指挥本次巡逻，我作为侦察员参加了本次巡逻任务。突击队长是在澳大利亚加入我们队伍里的，他是个身强力壮的大块头法国人，说英语时有轻微的法裔加拿大人口音以及法国口音。他在灾难性的迪耶普[①]袭击战中赢得名声。他试图把在英国突击队员身上观察到的作战技能嫁接到我们身上。但是他忽略了我们作为海军陆战队员的自豪感，也忽视了欧洲和大洋洲在地形上的差别——所以当他对我们的善意批评招致怨恨和拒绝时，他常常感到沮丧和失望。

我们准备跟踪的路径起初沿着海岸的一条窄窄的小路展开，歪歪斜斜从海边一直上升到高地后很快淹没在密密麻麻的丛林里。这条小路歪歪扭扭，好似一个嚼槟榔果嚼醉了的本地人蹚出来的一条路。

我们这支巡逻队共有十人——其中一人处于尖兵的位置，通常是来自军情处的侦察兵，不过现在由来自七连的一个家伙担任，其余的九个人在他身后迤逦前行。当然，我们的排列并不整齐，而是有意识地交错

---

① 位于英吉利海峡上，是法国东北部里昂以北的一个港口城市和海滨旅游地。二战时期为侦察德国的防御实力，盟军突击队于1942年8月19日对该城发动袭击，盟军损失惨重。

开——前后两人之间的距离约为二十英尺。一旦尖兵打手势——通常是举一下手——我们即可隐没在丛林里。当然我们没有人抽烟，也没有人说话。水壶、匕首以及弹匣都被仔细地放在固定的位置以免发出声响。我们像抱着婴儿一样把武器抱在胸前，随时准备放低枪支进行射击或者把枪托支在地上稍事休息。我把冲锋枪上满子弹并随时准备开火，保险盖打开着，我右手食指稍微一动就能拉开保险盖扣动扳机。即使那些端着步枪的侦察兵也会从胯部进行射击——所有的丛林遭遇战都是突然爆发的，并且雨林的能见度只有五码左右。即便时间充裕，在这么短的距离下谁还需要瞄准射击呢？

一支巡逻队在丛林里小心翼翼地移动着。对突然袭击的担心让这支巡逻队保持着最高的警惕，这让巡逻队向前移动的速度变得极其缓慢。这么说一点都不夸张。在前脚向前迈动之前，后脚牢牢地踏在地上不动，为了避免碰上树枝，巡逻队员极其小心谨慎，行走的节奏有点像蟹，因为眼睛和身体与脚的移动方向相互交错。左脚抬起来，身体前倾，眼观六路，耳听八方，停顿下来；右脚抬起来，身体前倾，眼观六路，耳听八方，停顿下来。

以这样的速度来回移动一英里需要一天的时间。一旦途中有山坡，或者更要命，一旦路径弯弯曲曲，则需要的时间更长。就我们这次巡逻而言，光绕过一处拐角就花了二十分钟，准确点说是因为我们经过的路线位于一座小山之下，这里的地形最适合敌人设埋伏。它具有战场和奇袭的双重优势：就在我们自己的能见度为零的时候敌人可以居高临下向我们的队伍猛烈开火。敌人甚至允许我们占领山头，允许我们穿过他们，然后从我们身后射击——这是最让人丧气的诡计。

我们安全地通过了这一拐角，穿越了一些泥泞湿滑的小山头来到了一处高地。我们到达了一个也许应该称为悬崖或至少应该称为峭壁的地方，因为我们右边的高地直直地扎进了大海。如果侧耳细听，我们能够听到海水拍岸的声音。

小鸟和一切能够活动的生物都很安静，我们则惴惴不安。这种安静或者正在预告着我们的到来，或者向我们发出敌人马上到来的信号。此时天空正下着雨。

逼近一处弯道时，我们看见了前面的尖兵。只见他蜷缩着身子通过了弯道，然后轻轻地趴下来来回滑动，然后他打出了手势。

我们隐入树丛之中。

尖兵的手再次举了起来，伸出四个手指，这意味着他发现了四个敌人。

我趴在一些长得较高的杂草丛中，草丛覆盖着路径的边缘，我真担心怦怦的心跳声会把我暴露给敌人。忽然我想起趴在草丛里看不见任何东西。一旦日本兵经过身边，我只能看到他的腿，也只能朝着他的腿扫射。然后我又想起了在我前面路径的左边趴着另外一名侦察兵，因此我开火的时候必须小心谨慎以免击中他。当我想到自己身后左边也趴着我们的一名侦察兵时，便暗暗祈祷他也会像我一样小心射击。

接下来我心想：也许我们根本不应该开火。我们在人数上远远超过他们。我是否应该向中尉建议，当日本兵进入伏击圈时活捉他们？

但是突击队长不这么想。当我向身后张望的时候，他向一名侦察兵打了个手势，那名侦察兵爬到他身边，突击队长向他耳语了一番。只见那名侦察兵蹑手蹑脚地走到尖兵所在的弯道附近，不一会工夫尖兵又蹑手蹑脚地走回来和突击队长商议着什么。一分钟后一名我不认识的步兵爬到了我身边，从身上摘下步枪，调整了一下枪口上的手榴弹发射器，准备发射手榴弹。

突击队长过来了。

“左前方大约一百码。”他耳语着向步兵说道。

步兵点点头。

尖兵回到了刚才的有利地形上。

他举起了手。

步兵开火了。一次次地连续开火。他一定发射了五枚手榴弹，手榴弹在空中飞行呈抛物线状，升上去落下来，我能够听到它们落地后的爆炸声。

尖兵迅疾跑了回来。

突击队长急切地看着他——眼神中甚至露出了贪婪之情。

尖兵耸了耸肩膀。他耸肩的姿势比耳语更能清楚地说明问题："我不知道炸死了多少。他们四个人刚才正在下坡。也许击中了第一个。他们随后卧倒躲避。"

刚才突击队长脸上明亮而鲜明的贪婪线条正在逐渐消失。他渐渐变得温和的脸色随即因为愤怒而又变得严肃起来。我抬头看着他，但是他对我视而不见。从一开始他就没把我放在眼里，因此我暗想，当我们返回战地指挥所他必然要说谎时，我一定要纠正他的谎话。

"我不知道，中尉。"尖兵再次强调了一下，接下来等待中尉的反应。

突击队长那典型的拉丁人鸭蛋脸突然又明亮了起来。"干掉了四个，是吗？"他问道，口音在最后一个单词上特别明显。"很好。"他弯下身子拍了拍那名步兵的肩膀。"干得好。"他说道，同时目光犀利地看了我一眼，我这才意识到他一直在留意着我，一直期待着我对他的认同。他期待着我认同他的谎言。

突然我感到一阵寒意和疼痛。雨水已经渗透了我的衣服，而我的脖子一直伸着，现在变得有点僵硬。就在此时，那位顶替了尖兵位置的侦察兵向我们打起了手势。

尖兵赶紧回到了他的位置，一分钟后他和突击队长中尉会合，中尉看到新的警告手势也重新回到了自己的位置。他们商量了一会，然后尖兵返回到弯道上。

尖兵突然开火,我的牙齿随着枪声打战,与此同时我身边的步兵再次发射了手榴弹。

当尖兵飞快地经过我身边时,我看到他神情紧张,像一名骑师大踏步地往回跑,他身后的人也在边开枪边撤退,我马上明白了是怎么回事。

原来突击队长中尉正在运用他的突击队战术。

这种战术是一种巷战技巧。一个人边开火边后退,第二个人开火进行掩护,然后第二个人边开火边后退,第三个人开火进行掩护,如此这般一直到最后一个人,这种战术可以无限循环下去或者至少循环到队员们退到理想的位置或者弹药被打光为止。无疑这种战术在文明人的城市里吃得开,但是在丛林里却行不通,如同滑雪部队到了撒哈拉沙漠一样,或者更切中要害地说,如同把我们的巡逻风格应用到撒哈拉沙漠一样。这种战术适用于遮蔽物很少或者根本没有遮蔽物的地方。还有哪个地方比新不列颠雨林里有更多的遮蔽物?

我对突击队长中尉错用战术的轻视态度很快就得到了共鸣,此时我前面的最后一名侦察兵开枪后从我身边跑了过去。

"玩什么花拳绣腿,见鬼!"他从牙缝里挤出这些骂人的话。"真他妈的银样镴枪头,"他看了我一眼,满腹牢骚地说道,"突击队长脑子进水了。"当我仔细看时才发现他不是别人,正是勇敢的战利品狂人,顿时我感到我对中尉的"判决"得到了最高法院的认可。

我们的对话只持续了一小会,随后战利品狂人就跑到了我身后,现在轮到我必须开枪了。我跪下来把枪顶在胯部进行射击,左手紧紧地抓住枪带以免枪口撅起来——冲锋枪就是这样。我朝着弯道方向打了一梭子弹——三十发子弹的大子弹匣——然后转身就跑,跑的时候对破坏了雨林平静的枪声感到一阵厌恶,同时身体痉挛了一番,足以暴露我的位置。

我们十个人继续进行着这种滑稽的战术,直到退回到了另外一个拐角后面。然后我们面对着我们的半月形防御阵地回撤,步伐显然轻快了许多，因为我们不再那么担心在我们已经搜索过的地盘上陷入敌人的埋伏。

雨虽然停了，但是雨水依然在树叶上往下滴。就在我们半月形防御阵地面前一个拐角的地方，我看见前面那个侦察员脑袋上方有一个巨大的蜘蛛正在蛛网里徘徊——它的身子有人的拳头那么大，它那令人身上起鸡皮疙瘩的腿正弯曲着从身子里伸出来。恰在此时，这个硕大的蜘蛛从网里不偏不倚地掉到了前面那个人的头盔上，他做了一个极度厌恶的手势，急忙晃动脑袋把头盔甩到了灌木丛里。我转身封住身后的路径等他取回头盔，然后和他一道急匆匆赶上前面的伙伴。

到达半月形防御阵地之后，突击队长中尉和我继续行进来到了战地指挥所。此时另外一支巡逻队正在战地指挥所的帐篷外面集合，从装备上看他们应该是作战巡逻队——他们携带的都是自动武器。营长在帐篷里面，正郑重其事地和六连的一名年轻军官交谈，此时我们走了进去。看到我们时，他脸上的肌肉松弛了下来，看到突击队长得意地伸出四个手指头在头顶上挥动着，营长咧嘴笑了起来。即使帐篷里光线微弱，营长的蓝眼睛看上去依然闪烁着光亮。

“不要紧的。”他安慰那位年轻军官道。然后他转身对我们说道：“很高兴见到你回来，中尉。我们听到了枪声。到底是怎么回事？”

“我们在塔瓦里附近遭遇了一小股敌人，长官。”突击队长答道。他从棉布大衣口袋里拿出一张地图，打开地图，在我们狙击敌人的地方作了标记后把地图交给了营长：“有四名敌人，长官。我们用轻武器和步枪手榴弹消灭了他们。”

营长抬头看着我们，眼神里充满了期待。

“在他们身上发现了什么吗？”

“没有，长官，”突击队长非常干脆地回答道，“我们没有时间去搜身。看上去他们像是大部队的先头部队。”

我退到了帐篷的一个角落里，从那里看着突击队长。我仔细地观察着他。假如有一个人如此有信心或者如此斩钉截铁地说话的话，他就是突击队长中尉。

营长耸了耸肩。

“太可惜了。现在我们就有一些情报可资利用。但是，”他说着说着笑了起来，“我们的生意正在好转。我们会干掉那些小杂种，这是我的总体想法。如果没猜错的话，”他继续说道，很显然对自己的遣词造句很是欣赏，“如果我没猜错的话，他们随时会过来送死。”他再次笑了起来，露出了嘴里一排整齐的白牙。“就这样，中尉。干得好。”

突击队长向营长说了句感谢的话就转身离开了帐篷。我看着他离去的背影，心想：他不是一个大话王，他相信他确实看到了那一切。他也不是胆小鬼，我已经见识过他对危险的反应。战利品狂人说得没错：突击队长脑子进水了。

幸运的是，突击队长的报告并没有影响到营长采取预防措施的恒心。我们继续保持二十四小时的高度警戒，以防备日本军真的“过来送死”。

不过那天晚上他们没有过来。

第二天早上，我被指派参加一项新的巡逻任务，目的是侦察塔瓦里的路径。这次巡逻由“绿薄荷”中尉领导，我承担了合适的职责，即担任尖兵——不过这也许仅仅是因为我是巡逻队伍里唯一一个曾经到过那个地方的人吧。绿薄荷中尉能够利用这一点足以说明此人是个理智的人。

绿薄荷是个非常能干、非常冷静和非常理智的军官。如同很多领导者一样，他也是从士兵升为军官的，但是他从来不被新官职弄昏了头。面对这样好的官运，他表现沉着冷静，最有说服力的标志就是他依然嚼着口香糖。

我们把海军陆战队军官称为“干净亚麻布联盟”，即使跻身该联盟的一员，绿薄荷依然没有改变他的行事风格。就说现在吧，他在命令我们各就各位马上出发的时候，下巴还是在缓慢地、若有所思地转动。

“拉基，记住，到你们昨天痛打他们的地方时告诉我一声。”

雨仍在下，小路比以往任何时候都更加湿滑——我们的行进速度比昨天更加缓慢了。大海就在我们右方，时而透过雨水的沙沙声能够听见波涛，时而完全听不见。除此之外再也听不到别的声音。

从我身后传过话来，说中尉要和我谈谈。于是我蹑手蹑脚地返回中尉所在的位置，只见他正蹲在小路边上。他把地图放在膝盖上，双手在头顶支着雨衣，这样雨水就不会打湿地图。他朝我摆头示意，于是我在他身边单膝跪在泥水里。

“我们现在是在哪里？”他压低声音问我。

尽管这是一个很平常的问题，但着实让我心里咯噔一下。我一直把注意力高度集中在这些弯道上，竟然忘记了确定方位。我一直担心的是敌人而不是方向。

无奈我只好屏住呼吸，仔细倾听大海的声音。

假如我能够听见大海的声音，并且它在右方，那就意味着我们依然行进在正确的路径上，而如果我听不到大海或者听到它的声音来自左面，那就意味着我们迷路了。

我听到了大海的声音——并且声音来自右方，我凑上前仔细查看着中尉膝盖上的地图，研究着地图上英寸和英里的比例关系，然后计算出我们走过的距离、我们绕过的拐角数量以及我们和大海之间的距离，最后我指着地图上看上去对应的一点，说道：“就是那儿。”

绿薄荷点点头。我抬眼瞧着他的脸。那是一张情绪受到控制的脸，凭观察我发现他眼睛周围因焦虑而紧缩的皱纹消失了，嘴巴又开始了咀嚼口香糖的运动。当他点头告诉我继续前进时，我二话没说就执行了命令。

雨已经停了下来。丛林中被雨水打湿了的绿叶闪着亮光，我们逐步到达了昨天在突击队长中尉指挥下发生激战并狼狈撤退的那个地方。我们来到了一块空地上,从丛林上方看这块空地一定像是一个黑洞,这里的杂草比较低矮,再往前走就是一个小山坡,小山坡周围是一条弯道。

走到半山坡的时候,我们发现了一个脚印,像熟石膏模印制出来的一样清晰。这是一只赤脚的印记,脚掌很宽大,脚趾有力。显然这是本地土著居民的脚印,它是朝着我们这一方向的,也就是下山的方向。这个脚印让我们毛骨悚然也迷惑不解。我向绿薄荷示意,准备和他讨论这个脚印的来龙去脉,但是他神情紧张地四处张望了一下,然后对我说道:“赶紧,我们爬上山坡。这里不是一个好地方。”

我们小心翼翼,东倒西歪地爬上了山坡,脚下的路依然很滑。

沉浸在发现脚印的兴奋之中,我几乎忘记提醒绿薄荷我们所处的位置了,不过我还是记了起来,于是对绿薄荷说:“中尉,这里就是我们昨天干掉日本人的地方。”

绿薄荷看上去有点焦虑。

“你认为那个脚印是怎么回事?”我问道。

他若有所思地看着我,把头盔向后推了推。他慢条斯理地嚼着口香糖,随着嘴唇向后收缩,两排大牙露了出来。他似乎要从那块黏糊糊的东西上提取力量和精神。

“那是怎么一回事呢?”他轻轻地重复着我的话,与其说是问我,倒不如说是在自言自语。“它在那里,就是这些。对此我们无能为力。最糟糕的是——只有一个脚印。”他耸耸肩,转过脸来注视着我。“我们最好暂时到此为止。你殿后,我们回到后面那座山坡上去。”

“可是,中尉,”我告诫他,试图掩盖自己内心的不快,“我应该在前锋的位置啊。”

“去吧,”他镇定地回应,“照我说的去做。你殿后。”

我服从了,但是感觉自己似乎受到了降级使用的待遇。

在离开山顶一小段距离的地方，我把自己隐藏在了山路左边的灌木丛里。我折断了几片遮挡视线的枝叶，这样一来我就可以清晰地观察空地及对面的动静。我蹲伏在那里，为自己被贬为后卫还在生着闷气。雨早已停了，但是四周依然很安静，甚至听不到大海的声音。

忽然传来树枝被折断的声音。

我抬头一看，有四个人正朝我这边走来。

他们前后彼此之间距离很近。

一开始我以为是自己人，还纳闷为什么又来了一支巡逻队，而且大块头的前锋为什么是大股东少校本人。

他们继续向我这里靠拢，我渐渐地看到了他们的蘑菇头盔，知道来者原来是日本兵。

我身子向下移动，打开保险盖，心里对自己说道："再等等，然后朝他们扫射，也许用一梭子弹就能把他们全干掉。"

他们现在正向山顶走来。那个大块头的家伙低着头，两只胳膊上下挥动，越看越像大股东少校。事不宜迟，我摆动右脚堵住山路，抬头看着他们，扣动扳机开火扫射。

他们应声倒了下去。

大块头的胳膊甩过头顶，惊叫着在原地打了一个转，然后连人带枪倒在了地上，他身后的三个日本兵也都尖叫着分别向不同方向倒了下去，其中一个滚下了山坡，永远消失在视野之外。

我一下子打空了装有三十发子弹的弹匣，还剩下一个装二十发子弹的弹匣。如果此时出现更多敌人的话，我真不知道该如何应付，因此我赶紧离开自己的位置退回山坡下的弯道并追上了前面的侦察兵，而他也正接应着我，看到我毫发无损后他目瞪口呆。

"待在这里别动。"我对他说道，然后匆匆地赶上绿薄荷中尉。虽然他看上去并不紧张，但是来自身后的枪声让他惴惴不安。他的脸上满是狐疑神情,像是在问我刚才的枪声是怎么回事。

“一队日本巡逻兵,”我喘着粗气说,“他们有四个人。我想我把他们全部解决了。不过也可能有更多敌人。”

我没有必要等他回答,因为绿薄荷站了起来打手势让另外一名侦察兵来到我们身边,同时让其余人原地不动保持高度戒备。“走!”他对我们说道。我们三个人返回山坡边上。“还有别的日本兵吗?”我问那名我留下断后的侦察兵,他摇摇头。此时我听见了呻吟声。我转身对绿薄荷说道:“需要我过去看看吗?”他点头同意。

我卧倒,开始缓缓地向山坡爬去。大块头的日本兵躺在他倒下的地方,已经死了。另外两个日本兵躺在比他更接近山坡底部的地方,正当我靠近的时候,距离最远的那个日本兵开始爬着逃跑。

耳后响起了一阵枪声。绿薄荷中尉带的人手里的冲锋枪响了几下,枪离我的耳朵太近,震得我耳朵嗡嗡响,仿佛子弹就是从我耳朵里射出去的。一想到也许更多敌人会赶过来,我快速爬回到制高点上。

“他差点击中你。”刚才开枪的家伙说道。

“谁差点击中我?”

“那个日本兵啊——就是我刚才让他吃枪子的那个。他当时正瞄准你呢。”

那家伙显得很兴奋,翘八字胡须随着他说话似乎在抖动。我看着中尉。他的眼神里充满焦虑,他焦虑的是我们这支巡逻队似乎被敌人切断了退路。我心想:这个开枪的小子真疯了,唯一活着的日本兵分明受了伤,根本没法开枪。不过我还是对他表示了感谢。

呻吟声再次从小山坡上传了过来,还有身体移动的声音。

我和另外一名侦察员猫腰走了过去,解决了那个受伤的日本兵。我担心用光最后一匣子弹,因此只开了几枪。

“听着,”在这件事做完之后,绿薄荷中尉对我们说道,“你们两个待在这里。我去探探右边那条伸向大海的路。反正不能沿着来路返回去——我们身后很可能有敌人。一旦看到我们最末尾的那个人，你们就朝我们方向撤。”

接下来是紧张的悄无声息，随即又被打破，山角似乎有人移动的声音，那里杂草丛生。

当我们的巡逻队穿越灌木丛向海边奔去的时候，弄出的声响很大，他们太急于离开这个神秘莫测的地方了。我们一看见队伍中最后一个侦察员就按照中尉的命令跟了上去，但是在撤离之前，我身边的战友端着冲锋枪朝山坡猛扫了一通。

穿过灌木丛，我们弄清了刚才那些声音是怎么来的，这里满是光滑湿润的岩石，这些岩石盖住了一条通向大海的陡峭下坡路。

我们晃晃悠悠跌跌撞撞踉踉跄跄连滚带爬地走完了这段通往大海的几百码的路程，在此过程中我们估计日本兵会随时赶来居高临下向我们开火。这是一次最笨拙的侧翼运动，不过这样的迂回撤退也让我们摆脱了自认为是瓮中之鳖的处境。

我们沿着堆满鹅卵石的海滩往回走，有时蹚着海水，有时则小心翼翼地爬过陡峭的岩石，这些黑乎乎的岩石伸向灰蒙蒙的镜子一般平整的大海。当绿薄荷中尉判断我们走了足够远的路程，当我们右边的地面不再高得可以遮蔽我们时，我们离开海滩重新踏上丛林中的小路。

在派出一名尖兵和一名后卫担任警戒任务之后，绿薄荷中尉命令我们休息片刻。他走近我，摘下头盔用手擦了擦眉毛上的汗水。

“你最好赶回我们的半月形防御阵地，告诉他们刚才的枪声是怎么回事。”

我转身要走。绿薄荷突然抓住了我的胳膊说道：“哦，我忘了告诉你，”他猛地向后仰了一下头，咧嘴笑着说，“干得好。”

此时我心里感到美滋滋的，觉得殿后的差事其实更好。

这里距离我们的前沿阵地不是很远——我一路小跑穿过丛林，迫不及待地要把我的消息报告给他们，让战友们好好地羡慕我一把。忽然哥萨克岗哨[1]中的一名哨兵用步枪挡住了我，我朝他笑了笑，得意地伸出四个手指头在头顶上挥动着。

“漂亮，”他说，“谁干的，拉基？”

“我，是我干的。”我边跑边回头甩给他这句话——美美地听着吃惊的他从嘴唇里挤出来的一个“嗨”字。

当我遇到其余的哨兵时，热情早已让位于真相了，这次我只向他们举起了三个手指头，并和他们互致笑容，然后继续向战地指挥所跑去。

营长立即派出一支巡逻队进行一次新的巡逻，临行前他指示巡逻兵要途经绿薄荷及其手下休息的地方并尽可能地向南查看敌情。

不过他们一无所获。他们只看到了三具日本兵尸体，还看到了第四名（也许还有第五名）受伤日本兵逃跑的痕迹——仅此而已。那些土著居民的脚印都被雨水冲掉了。另外，我们也始终没有弄明白那支日本巡逻队如何出现在了我们后面。雨林中盘旋的迷蒙烟雾让这一事件显得更加扑朔迷离。

在黑夜的掩护下，日本人“前来受死”了。

他们从黑黑的丛林中冲了出来，趁着狂风的呼号声在黑夜里冲了出来。

我没有参战。事实上，只有不超过二三十名海军陆战队员参加了本次战斗。敌人是冲着七连的阵地去的，七连占据我们半月形防御工事的最中心也是地势最高的高地。该高地从我们的战地指挥所周围升上去，当然指挥所西边是大海，因此该高地如同马掌一样环绕着指挥所。

---

① 军事术语，意思为四名哨兵排成一行构成的岗哨。

凌晨两点钟敌人向我们发起了攻击，此时丛林中大风骤起——于是黑夜里四处充满了尖叫声，以及在永恒的自然之风的鞭笞下丛林发出的哀嚎声——当然还有我们身后传来的阵阵海涛的怒吼声。

夜空中始终飘着雨。

在这样的一个夜晚，要想从外面的声音中判断发生了什么几乎是不可能的。各种噪声敲打着耳膜，压过了我们自己的声音，因为没有一发冲力已尽的子弹落在我们这边的斜坡上，所以我们知道我们没有输掉这次战斗。但是除此之外我们别无所知。

我坐在战地指挥所的帐篷里，全副武装，等待着来自营长或者大股东少校的指令。我手里拿着一颗热敏手榴弹，一旦日本兵闯进来我会随时用它摧毁指挥所里的所有文件。营部里的其他人成了弹药搬运工，不过我一直待在指挥所的帐篷里，蹲伏在黑暗中来回挪动着身子，避免了把迫击炮弹扛到迫击炮兵身边去的苦差事。

我能够听到"搬运工们"肩上扛着状如三叶草的炮弹经过战地指挥所帐篷时发出的抱怨声，有时候我能够借着炸弹爆炸或者闪电带来的微弱而摇曳的光亮看见他们的身影——现在我记不清到底是哪种光亮了。有些人痛苦地呻吟着，他们不止一次地从泥泞的斜坡上滑下来，被身上背着的沉重炸弹无情撞击，或者在重新往山坡上爬行之前被迫在黑暗和泥泞中四处摸索，每当这些时候，他们就恨得咬牙切齿。

可是迫击炮兵需要弹药。从炮声中可以清晰地判断出他们正在散开，正在更加密集地发射炮弹。他们已经把发射炮弹的声音提高到了一种可怕的程度，几乎掩盖住了狂风暴雨的怒号声。我们的机枪已经停止了大规模射击，只偶尔听到零星的几阵枪声。有时候会传来单支步枪的射击声，有时候则传来多支步枪同时开火的声音。但是从敌人那里没有传来任何声音。战斗渐渐平息。迫击炮为这次战斗画上了句号。我们赢得了胜利。

清晨的第一丝曙光照向大地的时候我们才知道昨晚发生了什么。

四名日本兵和一名日本军官被生擒活捉，他们被带到了战地指挥所，胳膊被反绑着，我们把匕首架在他们的脖子上，从他们口中我们得知，日本第十七师第五十三团第三连已经从格洛斯特角的主力部队中被调遣到了塔瓦里以抵御我们登陆。

他们几乎穿过了整个难以穿越的丛林，但是依然比我们晚了两天才到达这里。不管怎么说，他们向我们发起了攻击。他们攻击了我们，以一百来人的兵力来对抗我们大约一千二百人的兵力，除了这几名俘虏外，我们把他们全部歼灭。

他们是真勇敢还是盲目自大？他们想得到什么？难道他们的指挥官真的相信一个连的兵力能够征服我们一个营的美国海军陆战队？要知道我们可都是身经百战、信心满满、装备精良的老兵，再说我们还占据着制高点这样的有利地形。为什么他们没有掉头回自己的老巢？难道是因为日本兵不能承认失败，“丢不起那个人”吗？

我回答不了这些问题。我只是对这群凶猛的敌人感到迷惑不解——如此残暴又如此勇猛——这样一个极度狂热的对手（如果你愿意这样说的话）只能迫使我竭尽所能地去对抗。

我们这边共有六人阵亡，其中一位是性格倔强、胆气过人的“奥比”，我最后一次见到他是在墨尔本的酒吧里，当时他烂醉如泥，几乎不能站立。日本兵第一次静静地爬上山坡冲破一部分防线的时候，奥比的大炮掩体被敌人占领了——奥比在反击战中和战友一道把敌人逐出阵地，他一直朝他们射击并咒骂着他们，直到敌人的一颗子弹不偏不倚射中他的眉心。愿他安息。

日本兵的尸体堆满了山坡，奥比的战壕里也填满了尸体。寻找战利品的士兵们正在尸体中间小心翼翼地移动着，他们仔细地撕下尸体衣服上的肩章，撸下手指上的戒指或者腰带上的手枪。战利品狂人也在寻宝之列，只见他小心谨慎地抬脚在尸体间挪动着身子，一手拿着老虎钳，一手拿着在墨尔本时就预先购置好的牙医专用手电筒。

我站在一堆尸体中间。他们横七竖八地躺在那里，已经变成了一堆无用的废物。他们的生命力已经灰飞烟灭。一颗子弹或者一个弹片在这些脆弱的机体里打出一个小洞，于是维持生命的物质就从肢体里流出去了。造化的神奇曾经寄居在这些毫无生机地躺在那里的肉块里，曾经赋予他们身份，曾经赋予他们走路的姿势，也许还赋予他们演讲的习惯或者说话的方式或者在帆布上泼墨作画的才能。他们曾经那么与众不同。可是现在，他们化作尘土不复存在。难道一颗子弹或者一个弹片就能够让这种变化得以发生？难道这种力量，这种神奇，我指的是这个灵魂——难道这个灵魂和鲜血一道从身体里喷涌而出淌在了地上？不会的。它一定去了某个地方，我知道的。因为我此刻正低头注视着的红黄相间的尸块曾经是一个活生生的人，曾经是让他生龙活虎的躯体，曾经是赋予“空虚的无物以居处和名字”[①]的口令，来自神意的口令——这些不能够被一块长度只有四分之一英寸的热金属夺走。造化的神奇已经离开了他的身躯，奇迹结束了——它已改变了寄居地。那些东西曾把鼻孔塑造成喇叭形状，那些东西曾让胳膊变得粗壮现在却任其流血不止，那些东西曾创造出如此精致的手掌现在却让它无力地摊在那里——那些东西依然存在，依然有力量使鼻孔张大，使胳膊弯曲，依然像以往一样有力量握起拳头。

因为尽管那些东西在他们身上已经不见了，但是你不能说它将不再回来；即便你可能会说它从来没回来过——但是你不能说它必定不再回来。说“一小块金属就已经摧毁了生命”，那是对上帝的亵渎，这就像武断地说“因为生命已消失所以它已被毁灭”一样。我站在一堆尸体中间，

---

① 原文为“To airy nothing a local habitation and a name”，引自莎士比亚的《仲夏夜之梦》。

我知道——不,我感到,死亡仅仅是我们制造的一种声音而已。

我沿着山坡走了下去。

途中我停下来看望了一下澳洲人。他和那些土著们在五连背后的高地上有自己的观测点。他见到我后很高兴,显然也很激动。他沏了一杯茶。

“你们美国佬到底在哪儿学的像昨天晚上那样的射击技术?”他问道。我没说话。“哎呀!你们昨天晚上可真是闹翻了天。不瞒你说,我当时还真有点紧张。”他几口就把茶喝完了,然后半是窘迫半是嫉妒地看着我。“你们这些海军陆战队员真能打仗,几乎和澳大利亚皇家武装部队一样能打。”

这就是他的赞许。

到了早晨,暴风雨平息了下来。暴风雨淹没了我们的两辆水陆两用坦克和一辆轻型战车。但是没有人愿意冒险下到那一小片海滩上去,因为新的危险已经出现。天色大亮的时候,不知从哪个山坡上有敌人瞄准我们开了炮。好在他们未能击中我们,所有的炮弹都掉进了水里。

现在我每天都领着一支巡逻队去巡逻。尽管我还没有学会用指南针定方位,尽管只能吃力地看懂地图,但是我继续带领他们巡逻,一路倾听那位值得信赖的好朋友及老朋友——大海——的声音。

我们大多数时候向北面巡逻,目的地是一个被我们称为“乡村点”的地方——那里的海滩上布满了样子丑陋的驳船的残骸,日本人就是靠这些驳船运输战略物资的,直到我们活动于新几内亚岛外围的鱼雷船将它们炸成碎片为止。在一次由来自五连的大高个且好脾气的“老好人”中尉指挥的巡逻中,我们来到了一个土著居民的小棚屋里。屋里散发着海鱼的麝香味道,我们立刻把这种味道和日本人联系在了一起。我伸手摸了摸床上凌乱的铺盖，居然尚有余温。这一摸可把我吓了一跳。

“铺盖还是热乎的，”我望着老好人中尉说道，“他们一定刚刚撤退。”

老好人点了点头，命令我们全力追击。

但是天色已晚，而且我们也不能够走到离阵地太远的地方，以防在天黑之前不能安全返回。因此我们转身向南返回阵地。

我和中尉殿后，另外一人担任前锋。

就在此时前锋举了下手。

巡逻队员急忙隐藏起来，不过我们的隐藏行动并不一致。就在我们扫清道路之前，在路的尽头——路的尽头是灌木丛——出现了一名年轻体壮的土著人。他以英式风格僵硬地向我们敬礼，嘴巴咧得老大朝着我们傻笑，似乎见到我们很高兴，不过看见我们笨手笨脚地躲避又觉得很好笑。

老好人和我向他打了个招呼，彼此都感到很滑稽。中尉示意他过来。但是这名土著人站在那里立正不动。他看起来有理由这么做。他似乎在保护某个人或某样东西。

“中尉，让我过去和他聊聊，”我请求道，“他也许会说点通商英语。”

“好的，”老好人说道，“你过去和他聊聊。”

走近他时，我明白了为什么年轻土著人不愿意移动身体以及他为什么一直采取防御态度。在他身后排着一支我所见过的最让人难过、最受苦但是也最无忧无虑、最开心的队伍。这支队伍大概有五十人。其中的一些人正拄着用甘蔗做成的简易拐杖一瘸一拐地向前挪动着，一些年老的被置于担架上，一些人被他们中间相对结实的人搀扶着：所有人都被饥饿折磨得只剩下皮包骨头，衣服后面的每条肋骨都清晰可见，都绷得那么紧，我真担心它们会爆裂开来；所有的人都被雅司病[1]折磨得不成样子——可是当看到我走向他们的首领时，他们乌黑的脸上呈现出的却是

---

① 发生于人体内的一种热带传染病。

快乐而安详的笑容。

年轻土著人也朝我微笑着，正是他们如此美好如此信任的举动促使我上前和他拥抱了一下。

“你会说通商英语？”我问道。

“是的，先生——我和所有的传教士男孩一样会说通商英语。”

我示意在他身后排成一行的人们安静下来听我们说话。

“这个地方叫什么名字？”

“这个地方的名字叫作瓦莱姆。这个村落属于瓦莱姆。”他指着我身后一英里开外的一座村庄说道。“我们都是一样的好人。我们都不喜欢日本人。”

“你对我说的都是真话？”

“哦，是的，先生。我说的句句是真话。我是一个传教士男孩。”他认真地看着我。“迈瑞神父教导我们说的。他说我们必须向上帝说实话，常常说实话。”

他似乎忍不住要向我讲述一段故事，于是我点头表示要他继续讲下去。

“两年前，日本人来了。这些卡纳卡人不喜欢日本人。日本人到处杀人放火。卡纳卡人躲进了森林里，”他扭头朝山峦起伏的方向看去，“最后迈瑞神父死了。日本人过来抓住了迈瑞神父，把他的头砍了下来。卡纳卡人藏了起来。接着你们坐船来了，日本人跑了。卡纳卡人就离开了森林，他们想回到瓦莱姆村。明白吗？”

我点头表示明白他的意思，并示意他随同我一起去见中尉。我向中尉解释了事情的原委：这些土著人想返回自己的家园。我问中尉：允许他们回去安全吗？中尉耸了耸肩。

“也许我们应该把他们带上。”

“是的，”我说道，“但是我们连自己的口粮都不够啊。”

老好人摘下头盔，挠了挠头。然后他说道：“那就让他们回自己村里吧，不过我们要把这个小伙子留在身边。他能够和澳洲人交流。毕竟澳洲人的本职工作就是重新组织土著人。”

原来澳洲人的任务是这个啊，我在心里嘟囔道。接下来我大声说道：“我们正在追击的那些日本人怎么办？他们很可能把这些人剁成肉酱然后逃之夭夭。”

我扭头向年轻土著人询问日本人的一些情况。他笑着答道：“日本人早跑了。”我看了中尉一眼，只见他大笑起来。

“听我说，”我对年轻土著人说道，“他是我们老大，”——我指了指中尉——“他说让这些卡纳卡人回瓦莱姆村，而你呢要跟我们在一起。可以吗？”

他神情轻松地笑道：“好的，先生。”

这个名叫科洛的土著人回到了他的人群之中。当他率领着卡纳卡人从我们身边经过的时候，我们都自动地站在两边。我们看到他们过得如此艰难辛苦，就开始给他们香烟、糖果和军队配给品，总之凡是能从口袋里找到的东西统统给了他们。这些土著人有尊严地欣然接受。

当他们从我们身边经过的时候，我看到其中还有孩子——他们的小肚子因为饥饿而肿胀。一个老者躺在担架上一边舔着竹笋一边无力地向我们摆手。

终于他们走了，消失在山路的拐弯处，科洛回来后自豪地站在我身边。在中尉无声的命令下，巡逻队继续前行。

一条奔向大海的小溪把山路一分为二，也挡住了我们的去路，溪流大约有十英尺宽一英尺深。我挽起裤腿正准备蹚过去，一双强有力的胳膊突然从后面抱住了我，把我提起来，放到了溪流的对岸，我身上一点都没弄湿，我回头一看，发现科洛正朝我从容地微笑。

当我们回到半月形阵地的时候，科洛被带去见澳洲人。第二天，一队配备强大火力的巡逻兵领着澳洲人及其治安员前往瓦莱姆村，这个事件意味着跟随海军陆战队前来此岛的澳大利亚人开始暴露他们的真实目的，因为英国人以及他们的澳大利亚表兄弟们一定不允许这里的廉价劳动力不受到剥削或者处于无组织状态，也不允许他们更糟糕——受慷慨的美国佬的长期腐蚀。

不过科洛和我们待在了一起，或者更确切地说是和我待在了一起。

他成了我的勤务兵。

他就睡在我的丛林吊床下面。他甚至帮我洗衣服。

在我们认识后的第三天，我坐在海滩上看他洗我的粗布军服。这天是这段时间里难得的大晴天。

丛林上空不断地冒着水蒸气，我们湿透了的衣服上也有水蒸气往外冒。在这种时候，我们常常在大海里洗衣服，挥动着衣服朝着潮水甩来甩去，在粗糙的石子上搓来搓去，最后使劲地拧。半干不干地我们就把刚洗了的衣服重新穿在身上，希望在雨水再次光临之前用身体的热量完成晾晒工作。

海滩挤满了赤身裸体的陆战队员，他们挥动衣服用力摔打着。他们的身体出奇地白，这是因为此前的雨季和终日不见阳光、让人脱水的丛林吸干了所有的颜色。科洛站在陆战队员们中间，在白花花的背景下他黝黑发亮的身体更加显眼。他们好奇地看着他。当他抱着衣服朝我走来的时候，我听到一阵嘲笑，然后又清楚地听到笑面虎粗鲁的喊叫声，那喊声非他莫属。

"还有什么比这个更让我恶心的吗？你们看看他呀，看看这个让人讨厌的后勤混蛋！还不赶快消失，还自以为当个勤务兵有多么了不起！我要给他老爸写信，告诉他赶紧送蓝军服来。"

当他们走到海滩上围着我哄笑时，科洛退到了一旁。

我开始进行反驳，可是就在这个时候，天空突然变暗了，雨又下了起来。愤怒声和绝望声在海滩上响成了一片。我们憎恶地坐在那里。终于，山地人猛地站了起来。

“向我开枪吧，”他请求道，“为什么你们不行行好朝我开枪呢？”他绝望地看着再次变得晦暗且被雨点打得起了波纹的大海，然后低头看了看身上半干的衣服。“你真是地狱之火啊！”他咒骂道，“在这里傻等有什么用！”——不等自己说完，他就发疯似的径直向大海冲去。

第二天早上，我失去了我的勤务兵。军官们过来把科洛从我这里带走了。他们需要他到军官食堂去服务，军官食堂几乎在我们安全立足的同一天就搭建起来了。军官食堂的搭建是军事胜利最可靠的晴雨表之一。只要军官们猪一般地和士兵们挤在一起，那就有失败的危险。但是一旦军官食堂出现了——而且几乎就是在敌人尸体堆上由木棍和帆布搭建起来——一旦军官食堂出现，一旦军队恢复官兵等级差别，我们就知道胜利属于我们。

就在那天上午，我军八十一毫米口径的迫击炮向西面山坡瞄准开火，那里被认为是敌人神秘炮火的所在地。自从我们向那里开炮之后，他们的大炮再也没有响过。

我们的巡逻队四面出击，而且巡逻的距离也越来越远。

向东，在最为茂密的丛林里，指挥巡逻的赛马中尉——就是那位把笑面虎、小鸡和我关在“曼努拉号”军舰上的狭小禁闭室里的中尉——在一次巡逻时射杀了一个日本兵。

向南，突击队长中尉遭遇了一队守护二十毫米口径机枪的日本哨兵，他干掉了其中的两个。

再向南，在一个叫作劳特的地方，“自由人”少尉——一位新来的军官——杀死了一名正在巡逻的日本兵。

在同一个方向上，我们一支由五十人组成的巡逻队粉碎了三名日军的一次伏击行动，当时既可怜又愚蠢的日军用精准的英语对我军巡逻队喊“请过来——请过来”,我军人员过去用手枪将其击毙。

还是在南面,在一个叫作赛格的地方,我们的一支巡逻队经过那个我曾击毙三名日本兵的小平台时必须捂着鼻子,因为尸体在那里已经好几天,高度腐化了,大量的白蛆在尸身上蠕动着。

几天之后,赛马中尉在向北面巡逻时遇到了来自格洛斯特角主力部队的友军巡逻队,并把他们领到了我们的半月形阵地。

最后,在南面很远的一个地方,突击队长中尉被一个日本狙击手开枪打伤,当时在他带领的巡逻兵和一支由日本人、巡逻犬以及手持弓箭的土著人组成的敌军之间展开了一场激烈的丛林遭遇战。突击队长块头很大,战友们背着他在劳特和我们阵地之间崎岖的山路上往回跑了六七英里就跑不动了。于是一名巡逻队员跑着回来搬救兵,他到达战地指挥所的时候我正在那里。

我们乘坐水陆两用战车出发去救突击队长,在鱼鳞一般的天空下沿着海岸破浪前行,左边阴森的峭壁上一群凶残的食腐鸟如同随从一样跟随着我们飞行。在回来的路上,突击队长躺在战车车厢的前端,脸如土灰,嘴唇紧闭,忍受着巨大的伤痛。突击队长也许是个鲁莽的人,但是他绝对是一个打起仗来全心投入的勇士。

四天之后,也就是1月11日那天,我们全线出击,沿着海岸线向格洛斯特角进军,沿途经过那些驳船的残骸,穿过空无一人的村庄,举着枪蹚过海水,爬上满是又滑又白的石块的海滩——终于我们到达了机场,回到我们师的战友们身边感到既温暖又开心。

第四节

晚上我是在土著人的一间小屋里度过的,避开了外面的瓢泼大雨——屋内虽不干燥甚至还有点潮湿，但是至少身子未被淋湿。

醒来的时候，我几乎看不见东西。我的眼睛很不舒服，眼皮似乎被什么东西粘在了一起。我跌跌撞撞地走到光线较强的地方，使劲睁开眼睛，只见战友们身上裹着沾满泥水的雨衣从湿地上站起来，如同薄雾经旋转而成形的精灵，他们笑着对我指指点点。

我摸了摸脸，发现嘴唇肿得像乌班吉女人的嘴唇，眼皮也肿得像气球一样，鼻子同样肿得老高。有人从背包里掏出一面镜子递到了我手里，我对着镜子一照，感觉自己活脱脱就像一尊吹足了气的雕塑。

不过，半小时之后脸部的肿胀就消失了。我将这种现象归因于寄居在小屋内的某种难以发现的小虫子——很快我就把这事抛到九霄云外了。

可是现在回想起来，当时的那种现象意味着我们和丛林的战斗只进行了一半。我们在沿海一带的单独任务中击败了日本人，尽管最激烈的战斗——第七团征服660高地——还需要一周的时间才能结束，但是此时我们面临的敌人不是日军而是丛林。

我嘴唇和眼皮的肿胀说明这个可怕的岛充满了神秘感和毒性。这是一个神秘的岛屿——也许我应该用邪恶一词来形容新不列颠岛，它就像一个隐藏在黑暗中的邪恶罪犯和人类敌人一样，一旦被它抓住人们就会被溶解、被腐蚀、被毒害、被冻僵、被吮干、被淋透，它是人类真正的敌人——它用翻滚的迷雾和绿霉病以及永不停息的倾盆大雨袭击人，它用数不清的树根和藤蔓羁绊人，它用绿色昆虫和臭烘烘的臭虫以及危险的树皮毒害人，让太阳远离人的身体，让欢欣远离人的内心，它用雨水、霉菌以及潮湿慢慢地溶解人，把人身上的每一个细胞溶化掉，如同一只纤细的手把一朵花的花蕾一点点捻碎——把人溶解成一种没有思想也没有形态的液体。

任何东西都不能和它抗衡：家书必须读上一遍又一遍然后记在心

里，因为用不了一周的时间它就会在你的口袋里四分五裂；袜子的寿命比书信长不了多少；香烟如果不当天抽完的话就会被浸透成废物；叠好的小折刀会锈在一起；手表记录的是它自己的死亡时间；雨水让食物变成了垃圾；铅笔经水浸泡而涨裂开来；钢笔则出不来水而且笔头裂开；步枪枪管里长满了绿毛，必须枪口朝下放置才能避免雨水进入；弹药库里的子弹都粘在了一起，机枪手们必须天天翻动子弹带，把子弹取出来，擦上油后再插进去，以防止子弹卡在布环上——一切东西摸上去都潮乎乎湿漉漉软绵绵的，持久地散发出丛林自身固有的霉臭味。这种单一的气味从植物身上升起，那些植物如此茂盛，生长如此迅速，似乎从发芽的那一刻起就急着分解。

我们从塔瓦里—赛格行军一两天后就进入了这片绿色地狱。在这里我们和雨林展开了较量，和丛林之间的大战远比我们和日本人的枪战要原始得多——我们在这里拼搏的目的只有一个，那就是生存。

在这里我们忘记了战争。谁能理解战争？谁又会理会战争呢？一天只有二十四小时，而大脑里充其量只想着两到三件东西，诸如一件干净而又干燥的裤子，一个躲避雨水的地方，食物——哦，你想不到的，此时我们最想要的东西是一杯热咖啡！天黑之前的几个小时里，我们进行超常沉思，此时——我们用香烟包装盒和K口粮[①]包装盒上的蜡纸以及小心裹在避孕套里并置于头盔衬里的火柴——我们点燃一小堆火，上面放上盛满水的军用水罐，这样睡觉前喝点热乎水，就能让肚子热乎乎的以抵御寒冷的黑夜。

在我的记忆中，除了一条狭窄但湍急的小溪流经营部战地指挥所之外，我们所据守的这个新阵地就没有什么特色可言了。我只好接受这样

---

① 二战期间美军的一种配给制度，包括早、中、晚三餐。

一个令人沮丧的现实，即只要待在新不列颠岛，我就会浑身是湿的。不只是雨水会淋湿我——雨有时候会停下来，有时候下得也不是那么急，因此丛林吊床还可以抵挡一阵子——让我浑身湿透的还有另外一种折磨我的疾病，这种疾病在我离开澳大利亚时开始产生，而现在再次发作。其实这种病在瓜岛那种困苦环境下就有了征兆，只不过墨尔本的文明生活让它消失了，后来在古迪纳夫岛和新几内亚岛重新发作，而现在又在新不列颠岛上再次发作。后来我在医生那里得知这种病被称为遗尿症，就是在睡觉时，膀胱存不住尿液。

我们又开始了巡逻行动。现在日本人被迫逃跑，我们就在巡逻时遇到在雨林里游荡的日本兵，于是我们不断地一小股一小股地歼灭他们。

快速的小规模军事行动成了我们的家常便饭。忽而在这里我们的一队巡逻兵消灭了六个日本兵，而我们自己的死伤人数只有一两个；忽而在那里我们的另一队巡逻兵惊扰了更多士气低落的日本兵，或者偶尔撞到他们的伏击处。这种毫无规律可循的巡逻行动是消磨敌人意志的常规手段。用山地人的话说，此时我们“像削木棍一样把敌人砍成碎片”。

白天我们在充满不安的巡逻行动中度过，夜幕降临的时候，我们则担心敌人前来偷袭。我们甚至可以这么说：日本兵就是嗜血动物，他们活着的唯一目的就是捕捉杀戮的机会。他们的无组织状态反而让他们在夜间变得更加可怕，因为他们会潜入我们的阵地寻找食物以填饱肚子——一旦被我们发现，他们又会为了逃命而负隅顽抗。

我们晚上放哨的时候最担心的就是敌人的悄悄潜入，特别是在从丛林吊床走向哨所的路上，必须小心翼翼。

在一个风雨交加的夜晚，我顾虑重重地放完哨回到营地，爬进自己的吊床，半睡半醒地躺在那里，手里半握着一把匕首——迷迷糊糊中我突然听到六英尺开外的地方传来一声尖叫。

我赶紧起身查看——靠着闪电的余光——看到两个黑影扭打在了一

起,很快黑暗重新笼罩了大地,两个身影也不见了。

这下战地指挥所可炸开了锅。询问声和质疑声不断,在这些声音中我分辨出了来自我们军情处的一名战友的声音:“日本兵在指挥所里!”接着传来另一个熟悉的声音:“一个日本兵刚才想杀掉我!”我轻轻地从吊床上溜下来,将匕首从右手交到左手,右手摸索到我那把倚着一棵树的大砍刀,然后大声喊道:“快过来!快过来!我看见他们了!”接下来一片安静,忽然黑暗中传来了少校的吼叫声和命令声:“不要开枪!用刺刀挑死他们!”在接下来的鸦雀无声中,我们能够清晰地听到少校扣上手枪扳机时击锤发出的咔嗒声。

哦,是的,用你的刺刀挑死他们,伙伴们,不要开枪,伙伴们,你们会误伤着少校。

咔嗒,咔嗒。

我爬回吊床,听着耳边的风声,听着周围的命令声和反命令声,直到一个个声音渐渐平息下来,最后我进入了梦乡。

第二天早上,事情真相大白:原来我所在的军情处有两个人声称撞见了潜入的日本兵,实际上他们各自把对方当成了日本兵。在本次意外事故发生之前这两位就相互讨厌,这次事件之后他们更加厌恶彼此。

我们终于从这个鬼地方撤了出去,进入一个新阵地。在通往新阵地的泥泞道路上,雄辩家加入了我们的队伍,他曾把小鸡和我从禁闭室里带出来,现在他从古迪纳夫岛的后勤营来到了格洛斯特角。

他告诉我们,他们那个一等军士长已经自杀身亡。雄辩家说,一天晚上,那位军士长心生厌倦,把冲锋枪的枪口塞进自己嘴里,然后扣动了扳机:用最污浊的方式结束了自己的生命。对此我们都不理解。

我们现在变成了后备军,再没有前线阵地需要防守了。不过我们又有了一个新的敌人:树。

我们的新阵地位于被炸弹摧毁了的森林里,它看上去那么阴森、那么荒凉、那么伤痕累累，简直就是月球上的森林。日本兵曾在此进行过抵抗，我军的猛烈炮火在这里遍地开花。我们的炮弹无情地轰炸着这片长满巨树的森林。巨树被炸得东倒西歪，有的被连根拔起，有的虽然还站在地上，但是主干已残缺不全，分支如同断了的胳膊一样耷拉着，树头则如同被斩掉的脑袋一样不见了踪迹，只有树顶上的几片树叶还在风中瑟瑟发抖。

在这片奇形怪状的丛林里日夜回荡着大树倒下来的撞击声。

我们这批驻军中至少有二十五人被倒下来的大树砸死。另外有二十五名陆战队员被砸伤。而且当我们开始用炸药炸这些大树的时候，我们又炸死了一个自己人，这就表明坏的解决办法和坏的起因一样致命。当时他正坐在吊床旁边，被炸飞的石头落下来砸中了脑袋而不治身亡。

我们都为他的死感到伤心，因为他是我们营里的逗乐小丑。他是我在海军陆战队里见过的最接近于胖子的那种人。我们都叫他“响嘴巴”，实际上他并不真胖，只不过肉嘟嘟的下巴以及红扑扑的面色让他看上去像个大胖子。在军队里，如果没有年龄优势，没有天分，没有权势，这样的胖子是没有任何升迁机会的。可怜的响嘴巴不具备上述任何一个条件，尽管他很聪明，也很灵敏。大家常常骚扰他，而当他摆出一副上级军官的架势想要报复时，嘲笑和辱骂声彻底击垮了他愚蠢的虚荣心。

他喜欢趾高气扬地走来走去，喜欢装出一副凌驾于我们这群无聊之人之上的模样，或者装出对我们日常生活的艰辛满不在乎的样子。他喜欢说一些装腔作势的话：“我，我就要到二连去了。你们离开这里的时候我在这里，你们回不来的时候，我还在这里”以及“下场战斗，小子们，将只有两个人失踪。我和他们派去找我的宪兵”。

就这样，一块从空中降落的石头击碎了一条生命，也击碎了他那可怜的虚荣心。我们都感到难过，因为响嘴巴大多数时候更像一个孤立无援的流浪者。别的人也许和他一样被倒下来的大树——我们称为“寡妇树”——砸死了，但是没人会感到悲伤。响嘴巴就不同了，我们认为这样的死对他不公平。响嘴巴似乎从来没有真正地融入战争之中，他看上去更像是旁观者而不是参战者。但是他就这样死掉了，就好像一个棒球的界外球突然从身后的本垒袭来并击中他的脑袋。他坐在吊床旁边的时候，一块石头飞来将他击倒。

最后一次巡逻持续了几天的时间。我们乘坐登陆艇沿东海岸巡逻到一个叫作“老纳塔摩”的地方，随后弃艇步行。

日本兵曾经在这个地方居住过，但是现在他们的炮兵掩体里空荡荡的。当我们发现这些日本兵的时候，他们正经历一场噩梦的最后阶段。他们中的一些人无法站立，只好用手和膝盖爬行，一些人身体严重腐烂，似乎双脚都烂掉了，一些人的体重也许还不到八十磅，有些人没有武器，同时所有的人都没有食物——但是所有日本兵都有一股永不服输、血战到底的武士道精神，这就是日本皇军最大的资产，是让一名装备很差的日本兵成为我方劲敌的唯一因素。

他们都进行了抵抗，最后都被我们消灭了，大多数是被我们用刺刀刺死的，因为巡逻队在这样一个不祥且未知的地方开枪显然是愚蠢的行为。其中一名日本兵是被残忍的“孩子”活活勒死的。孩子是位年轻的海军陆战队员，虽然也算是经历过瓜岛之战的老兵了，但是他几乎对刮胡刀一无所知。两个月后，他成了疯子，不过这是后话。

眼下我们把善后工作做完。

到了晚上，一场猛烈的暴风雨袭来，我们依偎在沿海岸搭建的单斜面屋顶下面。

第二天早晨，雨还在下着，不过大海把一件礼物送到了我们门前。原来大雨导致了山洪暴发，山洪冲过寡妇树森林，把我们的战友存放在那里的食品冲到了海滩上，大海把这些食品卷进了肚子里。不过大海又把它们吐出来，吐到了我们眼前的沙滩上。

我们满心欢喜地捡拾着海神的馈赠。尽管这些都是常见的食品——蛋粉、奶粉、白糖、咖啡、脱水蔬菜以及糖浆——但是我们就像是参加盛大宴会一样开心，因为我们想什么时候吃就什么时候吃，想吃多少就吃多少。假如我们不知道这些食品就是战友丢失的，我估计我们会吃得更香。那天我们整天都在吃薄煎饼（用炊事用具煎的），喝咖啡，暴风雨断断续续使得我们不能出去巡逻。

第二天，在向内陆进行短距离巡逻的过程中，我找到了一个日本人留下的柜子，在花花公子的帮助下，我把它带了回来。这个柜子质地坚实，正好用来存放衣服和书籍，书籍是我父亲最近从美国寄过来的，差不多有十二本，其中有一本字典和年鉴——这两本书足以让我成了海军陆战队第一师第二营的百科全书。很多人有了争端都来找我寻求解决之道，当然他们也会从我的书中得到智慧的启迪，为此我信心满满得意扬扬。在作战的时候，我的书籍就被作为连队资产保存着，不过现在，既然我们离开了前线，我就把这些书要了回来——柜子就成了一个漂亮的橱柜图书馆。

第二天，登陆艇来接我们，我们挤了上去，花花公子和我抬着那只柜子。回来的路上，我们看到营队正急急忙忙地收拾东西离开那片令人不快的森林，转移到一个新地方，在这个新营地，我们有了金字塔形的大帐篷，开始比较舒适地住了下来。

舒适的住处引来了“访客”。一天上午，艺术家到床下拿雨衣，发现一条丛林蝮蛇蜷缩在雨衣下面。他赶紧拿起卡宾枪朝着可怕而又美丽的蛇头开了几枪。这条蛇的长度有十英尺左右。

抵达新营地的一周后，大照片中尉来到了我们的帐篷，没收了我的柜子。他是趁我不在的时候拿走的。因此我倒是愿意称他的这种行为为

“偷窃”，尽管我前面用的是“没收”一词，而“没收”其实就是官方的“偷窃”。看到自己的柜子没了，我气得直咬牙，急急忙忙跑到军情处的帐篷里找大照片理论。

那将是不平等的争论，事实上那根本就不会是争论。我将据理力争，而他呢？他会发号施令——最终我还是会失去柜子。好在他把我的衣服和书籍都拿出来一股脑地堆放在我的帆布床上——尽管如此，我还是打算让大照片看看我生气的样子。

“艺术家说是你拿走了我的柜子。”我开始和他理论了。

他冷冷地看着我，一言不发。

“你只是借用一下，是吧？长官？”

“不还了。我们指挥部需要这个柜子来存放一些用品。”我顺着他的目光一眼就瞧见了那个柜子。它的一个角落里放着我们的地图制图仪，该仪器很小，所占空间不大。在柜子的另一角放着大照片中尉的衣物。看到这些，一股无名怒火腾地一下在我胸中燃烧起来。常春藤联盟中尉偷雪茄，大股东少校把分配给营队的所有火腿据为己有，军官们劫持了科洛，而现在大照片又偷了我的柜子。没等我说话，他又开口了：“你知道士兵不能在帐篷里存放这样的东西。”此时我还有什么好说的呢？内心的那团火只想喷出胸膛，促使我使用暴力手段解决问题，我的五脏六腑如同一个洞穴里被拴着的恶魔在吼叫——可是我不敢说话，因为我担心自己的声音会把这个恶魔释放出来。我只能狠狠地看着大照片，让我的表情告诉他我想杀了他。随后我离开了。

第二天，地图制图仪被放回到了地面上，柜子依然在大照片的帐篷里，里面装满了他的衣服和私人用品。柜子成了我心中的一块心病，成了耻辱和不公平的放大器。我愚蠢地扬言要杀死大照片，在他最亲密的朋友面前有意地说一些最恶毒的话，这些人一定会把这些话传到他的耳朵里。

这些都是空穴来风的大话——但是它达到了预期的效果。几天后，大照片派了一名亲善大使来到了我的帐篷。大照片真会挑人，他挑的代言人不是别人而是“赌徒”，赌徒也许是我们全营最受欢迎的人。尽管坐在牌桌面前他是一个冷酷的人，但是作为营里的军需官他又很容易相处。

“你吃错什么药了，小子？你说过什么要杀死大照片之类的胡话，有这回事吗？”他笑着问我，好像在讲笑话一样，而我也笑了。

“你听谁说的？”

“听谁说的？不要搞笑了。你几乎用氖粉在你的背上写了这样一句话：‘我要干掉大照片。’”接下来他的语气变得热情起来：“听我说，小子，你不应该说那样的话。有人会把你的话当真，而且你让可怜的大照片都快发疯了。”

“我真希望他们把我的话当真——而且我也真希望那个讨厌的家伙大发雷霆。”

“什么原因使你和他过不去？”

“他偷了我的柜子。”

赌徒听我这么一说，咧着嘴乐了：“你说的‘偷’是什么意思？你又是从哪里弄到它的呢？”

“我明白你的意思，”我说，“可是日本人随时会过来把它拿回去。我说他偷是因为他就是偷。他说他用来存放军情处的东西，可是里面放的都是他自己的衣服。”

赌徒警告我大照片可能会采取报复行动，可是我依然固执己见。赌徒的造访只能让我感到不安。几分钟后，当雄辩家和花花公子走进帐篷邀请我到瀑布游泳时，我终于长出了一口气。

我们营部帐篷后面有一条窄窄的河流，河流的上游有一条瀑布。这条瀑布从高约十五英尺的陡峭山崖上倾泻下来，形成了一个飞沫四溅的水池。在瀑布顶端往下三分之一处，瀑布后面的岩石上有一块空隙。你可以从山崖上溜到那块岩石上,然后站在光滑的岩石上,像高台跳水一样从那里跳到水池里。

跳进去的一刹那,水池就像一个大吸盘一样抓住了你,迫使你像块石头掉进了冰冷的水里一般地下沉,下沉,下沉,掉进黑暗和恐惧之中。这时你的肺开始收缩,两腿开始踢蹬,这阻止了你继续下沉,现在你疯狂地划动双臂,终于浮出了水面,张开大嘴呼吸着甜美的空气,同时也听到了瀑布倾泻下来的咆哮声和人们的欢呼声,那感觉真好。

不过在那一天的第一跳中,我就感到身体下半部分突然一阵剧痛。也许只是一点点撕伤,或者是某种病初发的征兆吧。在瓜岛掩埋那些沉重的弹药箱的时候,我曾有过类似的痛感。但是那时没有任何治疗的希望,因此也就马马虎虎过去了。现在这种痛又来了,它让我忧心忡忡。

下半身的痛感很强烈,这让我走起路来都困难。花花公子搀扶着我回到了帐篷。即使这样,我仍然不想留在医院,希望这种痛苦会尽快消失。但是到了那里的时候,我改变了主意。

“大照片要见你,”艺术家对我说道,“他想把你调到营部伙食科。你这是怎么啦?”

我说:“我想我把自己拉伤了,还不轻呢。”

“那有什么好笑的?”

“那就意味着我去不了伙食科了,我真想立刻去告诉大照片。”

我一瘸一拐地向医务室走去。医生检查了一下,然后开始在一个蓝色标签上写着什么。

“那是什么,先生?”我问道。

“疏散令。这里的医生治不了你的病。我把你疏散到新几内亚岛。明天一早带着你的全部家当报到。”

多么美丽的蓝色标签啊!多么可爱的逃离方式啊!我的眼睛盯着蓝色标签,如同一个囚犯得到了特赦令,然后我起身离开医务室向大照片的帐篷走去。

“是你想见我吗,长官?”在大照片面前,我显出一副毕恭毕敬的样子。

他阴沉着脸,声音里隐含着愤怒:“是的。收拾好你的物品,到伙食长那里去报到。你要到伙食科服务。”

“可是,长官,”我说道,言语中流露出痛苦的尊敬之情,“我原先以为军情处的人员可以不用到食堂服务。这是你当初要求我加入军情处时许诺的好处之一。”

他避开了我的视线,不过声音里充满了复仇的决心。

“现在不再是这样了。从现在开始,我们军情处必须分出一个人来到食堂服务。三月份你去。”

“唉,长官,太糟糕了。”

“你说什么太糟糕了?”他怒气冲冲地重复道,凶相毕露地看着我。

“我去不了食堂了。我必须到医院去。”

他脸上流露出的失望是如此明显,他的怒火是如此强烈,这让我们的处境显得很尴尬。原本我还有点幸灾乐祸,可是现在我只希望他早点结束这次谈话,让我出去呼吸呼吸自由的空气。

“什么意思?去医院?哪个混账告诉你的?我才是你的顶头上司!”

“医务室的医生说我有一处拉伤。”我说道,隐瞒了医生要我疏散到新几内亚的那部分内容。没有必要冒这个险。在明天早晨离开之前我会告诉营队军士长一声的。“也许不得不动手术。”我加上了这一句,只是为了加强我的立场。

现在轮到大照片中尉吹胡子瞪眼了。他盯着我,掩饰不住内心的仇恨,但是作为一个习惯于颐指气使的人,他脸上更多呈现出的是愤怒。

“好吧,”他说道,“回来后我再修理你。你也许以为这一次赢了我,但是你将来还得到食堂去。”

“是,长官,”我说道,“现在我可以走了吗?”

大型运输机在格洛斯特角的跑道上呼啸着飞上了天空，我安心地半躺在飞机的折椅上，飞机于丹皮尔海峡之上进行着水平的低空飞行，然后在新几内亚上方升到高空继续飞行，那里的丛林外表上看是由一行紧挨着一行的芽甘蓝组成的。

飞机降落在了苏德斯特角。一辆土黄色的救护车正在机场上等待着我们。现在我们到了美国陆军基地。我们被带往陆军在这里的驻地医院。

病房设在一座圆拱形建筑里。一名护士——她是我近六个月来见到的第一个女人——给了我一套睡衣并给我安排了一张病床。我在病房里度过了两三天田园牧歌式的闲散时光——读书，一日三次美餐，晚上看电影——接下来我接受了检查。检查完毕医生们决定不在这个热带地区为我实施手术治疗，也不认为我的疾病严重到了需要送回澳大利亚或美国的综合医院的程度，即使他们有权把我送回澳大利亚或美国。

我感到万分沮丧：又要回到格洛斯特角了，又要遭受大照片的报复了，就要和医院图书馆挥手告别了。不过随着夜幕降临，我的命运又发生了转折。我患上了疟疾。

但愿永远不会再有这样恶毒的救星！尽管疟疾把我从食堂劳务中解救出来，尽管疟疾让我免遭大照片的打击报复，但是身体的发热像刑具一样折磨着我，我的身体滚烫滚烫，像个烤箱，这样的折磨让我宁愿在食堂待上一年，宁愿有十二个大照片对我发号施令——当然最好别有这样的事情发生。我只希望脱离发烧的苦海，假如死亡是唯一的解脱途径，那么我希望死亡之神降临。

躺着是一种折磨，趴着是一种痛苦。我尝试着侧卧，可是身上的骨头痛得要命，就像有一只巨大的钳子死死地夹着我一样。我不能吃也不能喝——甚至连水也不能喝。他们通过静脉注射维持我的生命，我不知道这样的情况持续了多长时间——也许是十天，也许是两个星期。反正我一直躺在那里被炙烤着——知道吗?不是烧烤也不是火烤而是炙烤,感觉自己就像躺在烤箱里被炙烤着一样——此时我感到活下去的意愿渐渐枯萎,此时最大的渴望就是体内的热汗能如决堤的洪水从体内喷涌而出,此时我听到周围的人们在议论着我,此时我感到护士的触摸,感到酒精擦在背上时瞬间的凉爽,似乎在提醒我已离开的这个世界上还有欢乐。但是我此时什么都不能领会,只是躺在那里感到一堆痛骨头在灼炽的疟疾烤箱里慢慢地萎缩。

接下来发热消退。汗水从我身上的每一个毛孔里冒了出来。凉爽的汗水让我的身体沐浴在欢乐里。假如有力气的话,我会欢笑,会歌唱,会呼喊。释放痛苦的液体在我身体上流淌,这样的时候如果我还躺在那里不有所表示,那我就似乎不知道知恩图报的道理了。但是我太虚弱了,根本就动不了,这就如同一个无神论者享受着好运而没有上帝可感谢一般;因为我早已忘记了自己的宗教信仰,所以我并没有在精神上向谁感恩的冲动。

汗水湿透了床单,护士看到我结束了磨难也很高兴,面带微笑把我移到了另外一张病床上。但是我把这张病床也弄湿了——接下来我感到了寒意刺骨。我不停地颤抖着,他们把一堆毯子一股脑地堆在我身上。室温远远超过了华氏一百度,但是他们还是往我身上盖毯子,似乎室温只有华氏二十五度。尽管如此,我还是抖个不停。不过我已经不在意,我甚至笑了——像在瓜岛得疟疾的行者一样哆嗦着嘴唇笑着说:“这感觉真好,感觉真好。真舒服,真爽。”

病好了,但是我还需要几天的时间才能坐起来,才能吃饭。此时我一闻到饭味就恶心,只能喝一杯茶,吃一片烤面包。最后我终于能和其他病人一道去食堂吃饭了,时至今日我依然记得在食堂费了九牛二虎之力才吃下第一口饭。

可是一周之后我离开了医院,回到海边的疏散点,从那里乘坐双桅纵帆捕鱼船夜间航行经过丹皮尔海峡一直开往格洛斯特角。其间我们迎头遇到了一场暴风雨。黑水从船舷上涌了进来,淹没了我们睡觉的甲板,因此我们只好退到船舱里过夜,我们这些“非卧床病人”中,有一半随着一叶扁舟的上下起伏而晕头转向。

回到格洛斯特角时,命运对我进行了一次小小的惩罚。我们营里的大部分人——包括大照片中尉——都外出巡逻去了,营队军士长见我依然很虚弱,就好心地给我安排在高级士官食堂干轻活。就这样,我的新几内亚之行几乎毫无结果,拉伤的威胁依然伴随着我。我被可恶的疟疾击倒,但只不过是推迟遭受惩罚而已,现在还是来到这里履行在食堂干活的义务,这也证明一个相信光凭自己的力量就无所不能的士兵是多么的不自量力。

不过给我分配的任务并不多,只不过是保持帐篷干净、打扫木制餐桌上的面包屑,以及为少数没有参加巡逻的人员安排吃饭的地方之类的工作。当主食堂装饭的白锡容器送过去的时候,他们像吃自助餐一样自己动手吃饭。

几天后,营队回来了,只有几个人受伤,而最令我大喜过望的是大照片已经被调走,“自由人”成了我们军情处的新长官,他是一位年轻的少尉,在首次巡逻任务中就杀死了一个日本兵,这让他声名鹊起。

接下来的两到三周的时间里,我们在无所事事中打发着日子。我们开始玩桥牌。我们玩得上了瘾,只有吃饭或睡觉的时候才歇一歇,以便补充能量或恢复精力再战。我们中的一些人甚至开始用打桥牌的术语来思考问题——什么单飞啦藏牌啦交互王吃啦等等——直到有天晚上赌徒因对搭档的强烈不满而起身撕掉扑克牌并打翻蜡烛,我们对桥牌的狂热才算终结,要知道那是我们拥有的唯一一副牌。

不过没人在意,因为第二天我们就开拔了——难怪赌徒毫不掩饰他的愤怒,敢情他早已知道了。

我们离开格洛斯特角的时候，一支陆军部队正抵达这里。得知要把手提箱丢在海滩，我们乱哄哄的队伍里爆发出不满的叫喊声和男人扮女声的尖叫声，接下来我们登上了登陆运输舰（现在被称为特洛伊海马），永远离开了那个该死的岛屿。

我们即将出发：正如他们在歌中唱的那样，我们不知道要到哪里去——我们只是出发。

第7章

牺牲者

第一节

从新不列颠岛出发，一路上我们都在傻傻地、满怀希望地谈论“回家”的话题。一路上都在傻傻地推测，我们这支病残之师即使不回国的话，也得到澳大利亚或新西兰休整一下吧，不可能直接重新投入战斗吧。一路上我们都以体弱多病、腿上流脓、胳膊上长疮为理由滔滔不绝地辩论着，一厢情愿地认为我们不适合重新上战场。一路上我们想入非非，梦想着政府实施新兵轮换计划，依据的唯一事实是，我们已完成了在海外服役两年的要求。

一路上我们心情愉快，美梦连连——可是此刻我们却向帕武武岛进发。

“帕武武是个什么东西？”当我们第一次从自由人少尉那里听到这个岛屿名字的时候，雄辩家不禁问道，“苍天在上，我想知道帕武武到底是什么？是一种热带疾病？就像‘木木’一样吗？”

“帕武武第一个字母就是一个大写的P。”自由人少尉不屑一顾地说道。

“就这么简单？”

“它是一个地方，是我们要去的地方。帕武武岛位于拉塞尔群岛，是所罗门群岛的一部分。”

“听上去很有诗意啊。”花花公子心驰神往地说道。

“哦，我敢打赌它一定是个充满诗情画意的地方，”雄辩家说道，口气中充满了讽刺的意味，“微风轻轻吹拂着棕榈叶，白色的海滩亲吻着蓝色的大海，山峦起伏的小岛上美女如云，她们唱着歌戴着花冠前来迎接我们——”

“花冠？谁会戴花冠？”

“……唱着歌戴着花冠，”雄辩家兀自一人继续说着，全然不顾别人的打扰，“哦，真是世外桃源啊。中尉，我们几时到达这个鬼地方？”

“明天。”自由人答道。

我们冒雨登上了帕武武岛，缓慢地爬上既湿滑又泥泞的山坡，进入一片椰树林，然后坐下来仔细观察我们的悲惨处境。这就是我们的新“家”。帕武武岛将是我们的栖息地。我们将在这里为下一次行动作好准备。

这一次发给我们的不是大砍刀而是铁锹和水桶。这里没有需要清理的灌木丛，这里需要对付的是遍地的烂泥，我们从对面的小山丘上挖出几千桶的珊瑚来铺垫地面。

帕武武岛上与我们为伍的是成群结队的老鼠，于是我们决定用快刀斩乱麻的美国方式来对付它们。但是不久我们喂老鼠的毒药就已告罄，而堆积如山的老鼠尸体在高温下很快腐烂，其味甚臭，恶心程度比活老鼠在帐篷上面跳来跳去有过之而无不及。

黄昏来临时，我们处理烂泥或对付老鼠的行动就受到了一些限制，棕榈树发出的轻微的沙沙声则提醒我们一种更加奇特的敌人出现了。此时，我们朦朦胧胧地看到蝙蝠正展开翅膀迎着晚风在上空盘旋。

最终我们战胜的就只有烂泥。我们任由老鼠自由走动，也不再干涉蝙蝠的生活，只是偶尔纳闷，这些老鼠是从哪里来的呢？假如来自棕榈树，那么正如我们很多人认为的那样，它们如何与干净利落的蝙蝠比邻而居呢？

食物也很糟糕，另外帐篷也已经发霉了，上面满是漏洞。我们没有水，唯一的办法就是晚上用头盔接一点水。下雨的时候，我们急匆匆地脱光身子跑到帐篷外面来个雨水淋浴，此时必须飞快地往身上涂抹肥皂，因为雨水随时可能停下来，必须赶在雨停之前洗完，否则身上会留下黏黏糊糊的肥皂沫。另外我们把衣服放进雨水罐子里煮就算是洗衣服了。热带森林的腐烂病是那么严重和持久，因此我们在每天下午的指定时间要脱掉鞋子和袜子躺在麻袋上，把受到腐蚀的双脚跷起来晒太阳。

不过我们之前都已经承受过这一切，因此能够再次坦然承受，即使糟糕的食物或者漏洞百出的帐篷也不能熄灭我们的热情，但是压垮我们的是希望的破灭。

我们一直都满怀着希望：希望换防，希望见到太阳，希望取得胜利，希望熬过战争。但是当他们过来告诉我们谁都不能换防回家时，希望破灭了，我们变成了毫无生气的士兵。未来我们还要待在这个由无数敌人占领的岛屿上，还要面对敌人无数次的进攻，而且我们已经注意到了每次军事行动之后那些参加过新河训练的老兵就会减少一些。甚至还有少数人自杀了，这充分说明一些人对目前的处境是多么绝望。

我们躺在麻袋上，听着雨点敲打着帐篷或者老鼠窜来窜去的声音，出神地看着周围一些灰不溜秋的东西。

接下来事情有了转机。

他们过来告诉我们，老兵有一半可以回家了。

于是我们又开始高兴起来，可是不久当我们知道了筛选方法后，又开始愤怒起来。原来去留将通过抽签决定，即把写着我们名字的纸条放进帽子里，然后随机抽取，但是只有那些从来没有惹是生非的人的名字才会被放进帽子里。

我的名字没有被放进帽子里，遭遇同样待遇的还有行者、山地人、笑面虎、战利品狂人以及其他一大批人。看起来海军陆战队第一师第二营的人员被整整齐齐地划分成了好人和坏人。

于是在我们中间怒骂声响成一片。我现在知道了一个犯人因为过去的罪过而被一个个工作单位拒绝时的内心感受。让我们不合资格的是我们过去的历史。我们已经受到了惩罚——是的，一而再再而三地受到了惩罚，但是这没用，因为这种选择方法已经变成了他们解决所有问题的思维定势——脏活由刺头们去干，特殊福利则没他们的份。即使我们曾经有很好的战斗记录也无济于事。

还有少数像艺术家这样的第三种人，他们的心情肯定更难受，因为他们身怀绝技，在军队里属于稀有动物，因此无论他们是好人还是坏人都一律不能回家。没有艺术家，我们就没有地图绘制部门。我甚至认为即使艺术家违反了军纪，他们也会找借口免于处罚他的，正如我认为一些高级军官对斯梅德利·巴特勒将军的“刺头定律”深信不疑一样。

现在回头去看，我很容易在这件事上原谅我的军官们。但是在当时，要做到这点却很难，当时感到自己被不公正地判了“死刑”是一件太过分的事。一种受到不公正待遇的挫折感时时压抑着我，我到哪里都被一种愤怒的情绪所笼罩、所煎熬，这是很危险的。于是当帕武武岛上的军纪在那些幸运儿离开后变得严厉无比的时候，我也下决心离开这里找一个僻静的所在休息休息，也许只有这样我才能找回内心的平衡。

还有哪里比位于巴尼卡岛海湾里的军队医院更合适我休息呢？

和大照片中尉在一起的一段经历表明，逃到医院里去如同归隐到山林里去一样可以解决我的问题。为什么不再试一次呢？尽管雨季照理该结束了，但是连日来阴雨连绵，我的遗尿症越发严重。也许前段时间的愤怒情绪加重了病的发作。我知道和我住在同一顶帐篷里的人一直敦促我向医务室报告病情。我照办了。

医生早已了解我的病情，因此命令我去巴尼卡进一步治疗。明天早晨我就离开帕武武岛。

我带着一种负疚的满足感从医务室走了回来，当我大踏步走进帐篷时，发现拉瑟福德正在我的帆布床上坐着。一见到他，热带岛屿的棕榈树和热带夜晚的景色全部消失了，我仿佛正站在家乡的车站广场前。曾经有多少个周六的夜晚，拉瑟福德和我以及另外一些人站在那里反复讨论着高中的橄榄球比赛。他和我在同一个月加入了海军陆战队，他被编入了第五团。自从新河之后我们再没见过面。

他见了我高兴得咧嘴笑了起来，我对他说："你真没用——怎么不趁着换防回家呢？"

拉瑟福德笑得更起劲了，他说："我猜个中原因在于我不是一个好小伙吧。"

"彼此彼此。"我说道，接下来的事情出乎我意料，只见他从外套里面掏出一支大口径日本手枪——"见鬼！你是从哪里搞到这玩意的？"

他鬼鬼祟祟地四处张望了一下，把手枪塞到了毯子下面。"帮我藏起来，好吗？"他说道，"今天早上从连长那里偷来的，他现在为了找枪闹得不可开交。明天他们将展开地毯式搜索，"他苍白的圆脸阴沉了下来，"不管怎样说，枪是我的。那个可恶的上尉滥用职权，把它从我手里抢了过去。我是在塔拉塞亚岛从一名日本少校那里得到的。他就用这把手枪结果了自己。"

"把它交给我吧，"我说，"明天我就要到巴尼卡的医院去了，我把它带在身上。"

他的眼睛立马亮了起来："太好了！明天早上他们会把这个鬼岛翻个底朝天——但是他们将一无所获。"

拉瑟福德如释重负地离开了。

到了第二天早上，我用白细绳把手枪挂在了肩膀上藏在腋下的位置，然后穿上外套盖住，把自己的用品打包装好，之后奔师部医院而去。在那里我乘坐一艘登陆艇朝巴尼卡驶去。

巴尼卡就像一个浮华之地，巴尼卡就像一个大城镇，巴尼卡就像百老汇。巴尼卡岛上有女人，有钢筋水泥的建筑，有公路，有几千名脑满肠肥、阉鸡一样的水兵，有圆形剧场，有电灯，有堆满糖果和消遣物的小卖部。最重要的，巴尼卡有啤酒。

我和其他人一起沿着海滩向海军医院走去，感觉就像乡巴佬到了纽约一样。吉普车、卡车以及高级军官专车在公路上穿梭往来，卷起了一阵阵尘土。海滩上，起重机嘎嘎作响在装卸着船只。宪兵队在一排由尖尖的木桩围成的栅栏前面巡逻，栅栏后面住着一些妇女——她们是海军医院的护士和红十字会的工作人员。这里的每一个人都衣食无忧，自我感觉良好幸福。巴尼卡简直就是迟钝的牛屁股。

我们瘦骨嶙峋，脸上流露出不满和不耐烦的情绪，因此我们的出现一定给这个世外桃源增加了不和谐的因素。但是我边走边忧虑重重地想，我们展现在美国人面前的关于太平洋战争的画面可能是巴尼卡岛而非帕武武岛上的情形。我想起了战前就已经认识的劳军联合组织的一名歌星，她在新河为我们表演过。那时她要求和我见个面，于是我被带到了她面前，我们在荒凉的阵地四周散步。“你认为这里如何？”我问她。也许她想起了曾经造访过的其他阵地，那里有闪亮的铜管乐器以及欢乐的军队晚会，于是她不屑一顾地瞧着我们破破烂烂的帐篷和营房说道：“不怎么迷人。”帕武武和新河一样，和我们战斗过的每一个地方一样：不怎么迷人。但是，巴尼卡啊！你是个迷人的地方。这就是发生在太平洋里的战争，这就是美国人民想听到的。

一名海军医务兵把我领进了一间病房，然后进入里面的一个隔间——其实是一个小房间。

“脱下衣服。”他冷冷地对我说道，然后把一套睡衣睡裤扔到我手里。很显然，他对自己的工作很反感。

我开始按照他的命令脱衣服。

“把腰带和刮胡刀给我。”他说。

这个命令很奇怪，不过我还是遵守了。在脱衣服的时候，我瞧了瞧窗户，发现上面装了护栏。腰带？刮胡刀？护栏？我这是在什么地方？医务兵打断了我的思绪，说道：“这里只是临时后备病房。你应该去的病房里目前没床位了。”

我点点头，但还是不相信他说的话。我仔细地打量着他。他的脸色和他的教养一样苍白。他离开美国的时间肯定不长。他和我一样年轻。最重要的，他脸上带着水兵痛苦地和步兵攀比时流露出的那种冷笑。我忽然想起了胳膊下面还藏着拉瑟福德的手枪，不过我还没有脱掉外套，直到最后，等到医务兵收拾好我的腰带和刮胡刀转身准备离开小房间回“临时后备病房”时我才脱下外套。我拔出手枪，扔掉外套，赤身裸体地站着，枪口对着医务兵，说道：“嗨。”

他转过身来，望着大口径手枪正对着自己，惊恐万状，呆呆地站在那里纹丝不动。我毫无表情地看着他，一言不发。看着他原先盛气凌人的样子从脸上消失殆尽，看着他像蜥蜴一样猛然伸出了舌头，我感到非常惬意。如果我是在疯人院里（我确实是），如果他们认为我是疯子（他们认为所有陆战队员都是疯子），那么我将最大限度地装疯卖傻，并乐在其中：一个裸体疯子正挥舞着大口径手枪。

终于我开口了：“我应该把手里的这个家伙放在哪里？”

他吓蒙了，一时语塞，于是我接着说道：“这样吧，你最好把它拿走，当作医院财产为我保存着，或者想想诸如此类的办法。”他满心欢喜地接过手枪，赶紧转身离去。可怜的家伙真是个上等蠢货，他竟然没有想想我的手枪里子弹是否上了膛——事实上，弹匣是空的。

我穿着褪了色的睡衣和红色的睡裤，在病房区四处走动。碰到的第一个人就把我拦住了，对方说道："今晚我要参加一个晚会，所以我必须把脑子擦干净了才行。你介意先帮我拿一会吗？我去穿件衣服。"

我现在明白了自己所在的地方。临时后备病房！

"当然可以，"我顺着他的意思对他说道，"交给我吧。"

只见他把双手呈杯子形状放到脑袋上，假装把什么东西倒在了我手里，然后匆匆离开，回来时手里捧着一方手帕，从我手里接过他的"脑子"，嘴里唠叨着"非常感谢"之类的话，转身出了大门，到一间狭小的笼子似的小屋里不停地拍打着手帕，一边自言自语念念有词。

我观察着他的一举一动，真希望他抬起头来突然放声大笑，但是他没有。他确实有精神病。

病房的尽头阳光灿烂，那里摆着几张桌子，病人可以坐在桌子前面读书、写信或者玩游戏。此刻有两个人正坐在一张桌子前面打牌。我凑过去，在他们旁边坐了下来。

过了一会，我朝刚才擦脑子那家伙的方向摆了摆头，问道："那人他娘的到底怎么了？"

"他是个疯子。"两人不约而同地说道，头也不抬继续盯着自己手中的牌。

沉默。

我小心翼翼地继续问："这是什么病房？"

"P-38病房。"他们不耐烦地答道。

我推想P-38病房是精神病病房的代名词，也许是因为这里的很多患者确信自己有能力展翅飞翔吧。[①]那两个打牌的人停了下来，警惕地打量

① P-38是当时美国一种著名战机的名称。

着我，似乎在等我问“可是我为什么在这里”之类的问题。我站起身来，没有满足他们的好奇心，踱着步径直走到了房间的另一头。

那里有一间用玻璃围起来的工作台，里面坐着一位海军护士。虽说是护士，但是她有洁癖，表现极不友好——她从来没有动过一根手指头来护理病人，都是医务兵做护理工作，她只负责记录。因此太平洋战争中这些海军护士远远称不上是白衣天使，她们只能算是记录天使，她们成了书记员。她们居高临下地监视着我们，因为她们不是护士，我们也不是病人——她们是中尉，而我们则是士兵，是满口脏话疯疯癫癫的海军陆战队员。我们咒骂她们，希望她们离开这里，希望她们随便到什么地方去都行就是别待在医院里，在医院里她们碍手碍脚，既妨碍医务兵干活也让病人们不高兴。

眼下，一个胖乎乎的病人正在缠着她不放，非得让她看一眼自己手里的黄色杂志不可，这些杂志是一些好心的傻瓜偷偷拿给他的。后来我得知性问题正是这个胖子的毛病所在，如同这里的很多人一样。护士假装欣赏，终于摆脱了他。然后她看见了我，那冷冰冰的目光让我下定决心也戏弄她一番。

“护士，”我死死地盯着她说道，“我想要回我的腰带和刮胡刀。”

“为什么？”她警觉地反问道。

“我想一了百了。”

她惊讶地看着我，我也死死地盯着她。她低头把我的请求写了下来，似乎是在判决书上记录下不可饶恕的大罪一样，看她写完后我心满意足地离开了。让她们都见鬼去吧！如果她们认为我是疯子，那好吧，我就是疯子——至少我在见到精神病医生之前就是疯子。

第二天我见到了精神病医生。

当我走进他的办公室并在他对面坐下来时，他愉快地接待我。

“刮胡刀是怎么一回事？”

“什么？哦，我当时只是开个玩笑，先生。”

“我知道你是在开玩笑，”他用责备的目光看着我说道，“不过下不为例，知道吗？你可把那位护士给吓坏了。”

“遵命，先生。”但是我被安排到P–38病房而不是安排到其他更容易治疗我肾虚病（我如此称呼我的遗尿症）的地方，由此产生的烦恼憋在心里实在是难受。但是我保持沉默，当这位“温柔医生”边咕哝着说话边弯下身子在我身上做捶打试验时，我观察着他。捶打试验就是医生让病人腿部弯起，然后敲打膝盖稍下的部位以观察病人小腿弹起的反射速度。

他一丝不苟地做着这个试验，我正好趁机观察他：结实，有力。他身体结实，手和脑袋都很瓷实，浑身充满了力量。他是个秃头，五十岁上下。他态度温和，说起话来女里女气的，给人的印象不是很阳刚，但是仅凭这个印象来对付他就大错特错了。也许是他故意留给人这种印象，其目的只有一个——让病人放松对他的警惕以便从病人口中得到更多的信息。

他开始对我进行例行精神病学检查，从中我推想他是弗洛伊德精神分析法的忠实信徒。他问我的多数问题以及他最初问的所有问题都离不开性。他从中寻找反常的蛛丝马迹。然后他询问起了我的童年。最后，他看到我急切地等待着结果如同一个被指控的人等待着法官的判决一样，便对进行了十五分钟的测试下了结论。他说：

“放松些。你至少要在这里待上一个月，我们还会经常见面的。所以不要紧张。据我观察，你看上去一切正常。只是有一点急性子，不过——”

“你说的急性子是什么意思？”我冲他嚷了起来。

他微笑不语。假如我没有看到其中的幽默成分，我会感到自己愚不可及——我就像一个发疯似的四处乱跑的人，边跑边大声叫喊：“谁在发癫？谁在发癫？”我有生以来一直拒绝承认自己的急性子，现在一下子承认了，感觉心里的一块石头落了地。

他开始盘问我的作战经历,而当我向他娓娓道来的时候,他把头摇得像拨浪鼓似的,仿佛在向我暗示我们整个师而不仅仅是我自己都应该进行精神分析法的治疗。接下来我们谈到了读书和哲学,看得出来他博览群书。

忽然他中断了我们的谈话,转而问道:"你刚才说你在军队里是干什么的?"

"侦察兵,"我骄傲地回答道,"我以前是机枪手。"

"但是那不该是像你这样聪明的人物所干的事。"

此时我着实被震惊了!又是智慧为王之类的老生常谈!难道我们的政府因过分宠爱那些高智商的军人而应遭受的谴责还不够吗?好像太聪明的人们不能为他们的国家战斗一样。难道温柔医生没能看出来我以成为侦察兵以及曾做过机枪手为荣吗?智力,智力,智力。照这样继续下去吧,美国,继续告诉你的年轻一代,告诉他们泥巴和危险只适合那些会思考的猪吧。继续告诉他们只有笨蛋才配牺牲,美国必须由那些粗鄙之人来保卫而由那些俊雅之士来享受吧。继续鼓吹智力胜过勇气吧,用不了多久那些所谓智者就会在任何一场战争中变成蠢猪,而把财富乖乖地献给第一批有足够勇气想得到它们的强盗。

然而温柔医生似乎还没理解我言语中所流露出的骄傲,因此我结结巴巴地说一些无关痛痒的笑话,希望他能够换一个话题。

"哦,顺便说一下,"他说,"你的枪在我手里。把它卖给我如何?我真想把它作为一个纪念品带回家乡。"

"抱歉,先生,不能卖给你。不是我的枪。"

"太可惜了,"他说着站起身来,"不过如果你改变了主意的话,请告诉我。我的亚特兰大老乡们看到它一定会很高兴的。"

他若有所思地看着我说:"关于你的遗尿症,没有很好的治疗方法。医务兵晚上会定时把你叫醒。你的活动区域不像其他病人一样被局限在病房里。你可以去电影院看电影，你也可以到医院食堂去吃饭。哦，你要记住——不要再提刮胡刀之类的东西。”

那天晚上，果然有一名医务兵每隔一小时就把我弄醒，第二天晚上他也这么做，第三天晚上还是如此。但是第四天晚上没人定时叫我了，于是我又开始“水漫金山”，于是医院又恢复了定时叫醒的工作，可是接下来在没有任何预告的情况下这项工作又停了下来。很容易看出他们在干什么，他们只是试图确认我的病症的真实性，因为那些急于得到因病退伍证明而装病的军人常常不会利用这种非人折磨来躲避服役。

这只是我的一种泛泛推测，所以我对此倒也不感到愤愤不平，而且不久我就把这件事抛到九霄云外了。P-38病房里的生活丰富多彩，而且经常会发生一些非常有趣的事情。也许我应该用“奇怪”两字来代替“有趣”。

最奇怪的当属“午夜”上尉了，也许正是因为他，才给这个病房起了这么个花里胡哨的名字。在白天，午夜上尉是个连环漫画书的热心读者，特别痴迷关于冒险家午夜上尉的连环漫画。

一到晚上，他就真成了午夜上尉。

只见他从自己的病床上站起来，张开双臂，仿佛两只翅膀一样，拱起双肩，踮着脚尖在病房里四处“飞翔”。他像飞机一样忽而俯冲忽而拔高，“翅膀”也随之忽上忽下，嘴里自始至终都发出嗡嗡声。

“午夜上尉呼叫基地，”他开始呼喊起来，“午夜上尉呼叫基地。”

病房立刻像炸开了锅一般喊作一团。

“嘿，上尉，注意！你身后有架零式战机！”

“注意前面的高射炮，注意高射炮，上尉！”

“飞得好，上尉——你击落了零式战机，让它完蛋了！”

那个叫“孩子”的病人被关在了一间隔离病房里，该病房将那些具有暴力倾向的病人和我们普通病人分开。我很惊讶在那里见到他。他羞怯地看着我,向我要糖果,我给了他一些。我忍不住盯着他的手看了几眼,因为就是眼前的这个孩子用双手掐死了一个日本兵:那是油漆匠的手,虽然不大但是结实有力。我思忖着,这双手如何能和精神病联系起来呢?是报应还是良心的责备?

我向一名医务兵打听孩子的事。

“他是自己垮掉的。”他简单地说道。这名医务兵一直待在帕武武岛上,所以对那里发生的事情了如指掌。

“你知道那条环岛公路吗?你知道公路上停着一架小型飞机吗?有一天,孩子走到公路上,擅自爬进了飞机。当他启动飞机引擎的时候,他们抓住了他。有人问他想驾驶飞机飞往哪里。‘飞回家里,’他回答说,‘我想离开这个鬼地方。’所以他们把他带到了这里。”

他们最终把他带到了巴尼卡,这段距离当然要比发了疯的孩子想象中飞回家的路程要短得多,但最终还是会把他带回家。孩子眼里的战争结束了。他想回家,也许他回到家里后一切都会好起来,让人难以承受的压力会得以释放。我在想,我还能承受多大的压力?我还能撑多久?

自从我翻身跳下希金斯登陆艇登上瓜岛看到头上带刺的棕榈叶子的那一刻起,我最大的担心就是自己会精神失常。被杀死——甚至被残暴的仇敌俘虏——看上去都要比发疯好。我常常想,让我发疯的可能不是来自内心的思想压力,而是来自外部的一颗子弹或者一粒炸弹碎片。我想的更多的是身体方面的伤害而不是精神方面的压力。

但是在这里,在精神病房里,我发现我错了。在这里,我发现一个人的内心世界以及绝望的情绪可能会对他造成多大的伤害。

我想起了他们称之为躁狂抑郁症的那些患者,他们真可怜,他们被绝望的情绪所左右。我见过他们,我能感觉到他们精神的抑郁,我满怀悲伤地在想,是什么把他们变成了一个个鬼魅,张着无声的嘴睁着无神的眼睛在病房里来回行走。

如果说巴尼卡岛是建在一座岛上的天堂的话，那么对士兵们而言那里的禁果就是那些女护士。

“我这么说可不是人身攻击，”那位刚刚告诉我孩子的一些情况的医务兵解释道，“仅仅因为她们是女人，而女人在这个地方不是什么好东西。她们太能招惹是非了。”他沉思片刻，继续说道：“你也许不知道，我们最初来到巴尼卡的时候这里是没有护士的，只有医生和我们医务兵。”他怅然若失地叹了口气，接着又说：“那时候真好啊。医生们和我们分享他们的定额白酒，和我们分享一切。我们像一个幸福的大家庭。我们吃得也好，和医生们吃得一样好。从来看不到一个医生对我们摆架子。我们相处得非常愉快非常融洽。”说到这里他的脸开始阴沉下来，“然后护士们来了，一夜之间一切都改变了。我们的好日子也从此不再。没有了白酒，没有了上好的食物，没有了友好气氛。护士们只和医生聊天，而医生只和上帝谈话。问题是，护士们的到来并没有让我们的工作变得轻松，相反我们的工作更难做了，因为气氛变得紧张了。”他的脸色变得更加阴沉了。“看看她们给这个基地都带来了什么：那一排为她们竖起的花费不菲的栅栏，还有给她们站岗放哨的整个宪兵营。每当看到军官带着护士乘坐吉普车四处招摇时，我们都快气炸了肺。看到军官的屁股上挂着手枪时你会作何感想？那到底意味着什么，啊？那意味着为了女人的荣誉他会用枪随时抵御我们这些心情不爽的士兵们的进攻。你知道，在这里我们是唯一能干这种事的人。那些中尉们就只有候补军官学校中学员的胆量。”他的声音变得尖厉起来，“这太不可思议了，这太不公平了。女人不应该待在这里。我的意思是说不应该只有很少的女人来这里。假如他们不能给每个男人分配一个女人的话，干脆让她们滚回去！”

医院里有一个很不错的图书馆，我很快就迷恋上了阅读。我一天读两三本书，对医院晚上放的电影不屑一顾，通常熄灯后我还在默读。

不过我还是去看了一场电影，因为表面上阅读已经满足了我的精神需求，其实不然，再说我内心还有一种说不清道不明的羞愧感。医院里的松弛生活开始让我感到了不安，偶尔我会吃惊地发现，拿自己现在的生活和帕武武岛上战友们斯巴达式清苦的生活进行对比，我会觉得很惭愧。当初对“抽签决定回国”这一做法的怨恨消失了，我甚至对自己之所以来巴尼卡医院的理由都忘了个一干二净。

现在我厌倦了看书，也厌倦了周围的一切，于是决定去看一场电影。在医务兵的护卫下我和来自P-38病房里的一部分病人一起朝电影院走去。电影院就建在一座小山坡前，由椰树木头依地势搭建而成。当我们坐在里面的时候，人们仔细地打量着我们这些“疯子”，不时地发出一阵阵窃笑。接着驻岛指挥官走了进来，所有人起立立正。当他坐下后，电影才开始放映。

突然电影停止了播放。

公共广播系统里传来了一个声音：“盟军刚刚攻占了法国北部地区。盟军已经开辟了第二战场。”

顿时欢呼声响成一片，跟着就是一阵兴奋的交谈声，不过接下来很快就安静了，电影继续放映。

我站起身来离开了影院，我的心还在兴奋地怦怦直跳。那种兴奋之情真是难以言表，其中掺杂着一点点骄傲，当然焦虑的情绪还是占主导地位，因为我突然预感到有重大的事情要发生了，我预感到此时我们的战争正在冲向胜利的终点——可是我还在这里，穿着病人穿的睡衣睡裤，在医院里懒洋洋地四处溜达。一股渴望涌上心头，我激动得啜泣起来，急忙在黑暗中沿着路回到了医院。我想回到战友们身边。

不久医生就让我回到了战友们身边。

我被叫到温柔医生的办公室。和他并排坐在办公桌后面的是院长。我注意到桌子上放着拉瑟福德的那把手枪，马上意识到我在巴尼卡的时间不会太长了。

“对于你的病我们已经尽力了，”院长告诉我，“在这个地方不可能治愈了。你需要的是改变一下气候环境，接受一些不那么让人神经紧张的工作任务。”

“你是说我会被运回美国，长官？”我问道。

他无精打采地笑了笑，说道：“在正常情况下，是的。但是遗憾的是，你们海军陆战队员是不能回国的，除非被抬回去。所以我们打算把你送回部队，并建议你的指挥官让哨兵晚上叫醒你。”

我笑了，他也笑了，最后温柔医生也笑了。没有痛苦或责备，因为他们和我一样都知道院长的建议断难实现。如果有哪位哨兵胆敢冒着犯错误的风险来同情他这位患遗尿症的战友，那他自己就真值得同情了，因为子弹不长眼，不会对他手下留情的。不过我推想这也是医生不得不说的话。

“不要忘了你的枪，”温柔医生说道，“你确定没有改变主意，还是不同意把它卖给我？”

“抱歉，先生。没有改变，先生。再次感谢你帮我治疗。”

他点了点头，我转身离开了他的办公室。我回去收拾好行囊，离开了P-38病房，搭乘登陆艇回到了帕武武岛。

第二节

帕武武岛上士气大振，我一上岛就感受到了。我看见几百号人在海湾里洗澡，他们看上去无忧无虑，在大海里笑着叫着，像鼠海豚一样在清澈见底的海水里嬉戏，强壮的身躯在太阳下油亮闪光，白色的腰部更衬托出上身古铜色肌肉的结实。一排排整齐的帐篷掩映在棕榈树中间，连部

北
孔阿乌鲁岛
埃塞布斯岛
菲律宾海
贝里硫岛
恩加百德岛
乌默卓哥山脉
登陆区域
沼泽地
司令部
机场
东南岬
西南岬
贝里硫岛地图
（帕劳群岛）
珊瑚礁
公路
比例尺 0 1000 2000 码
BK

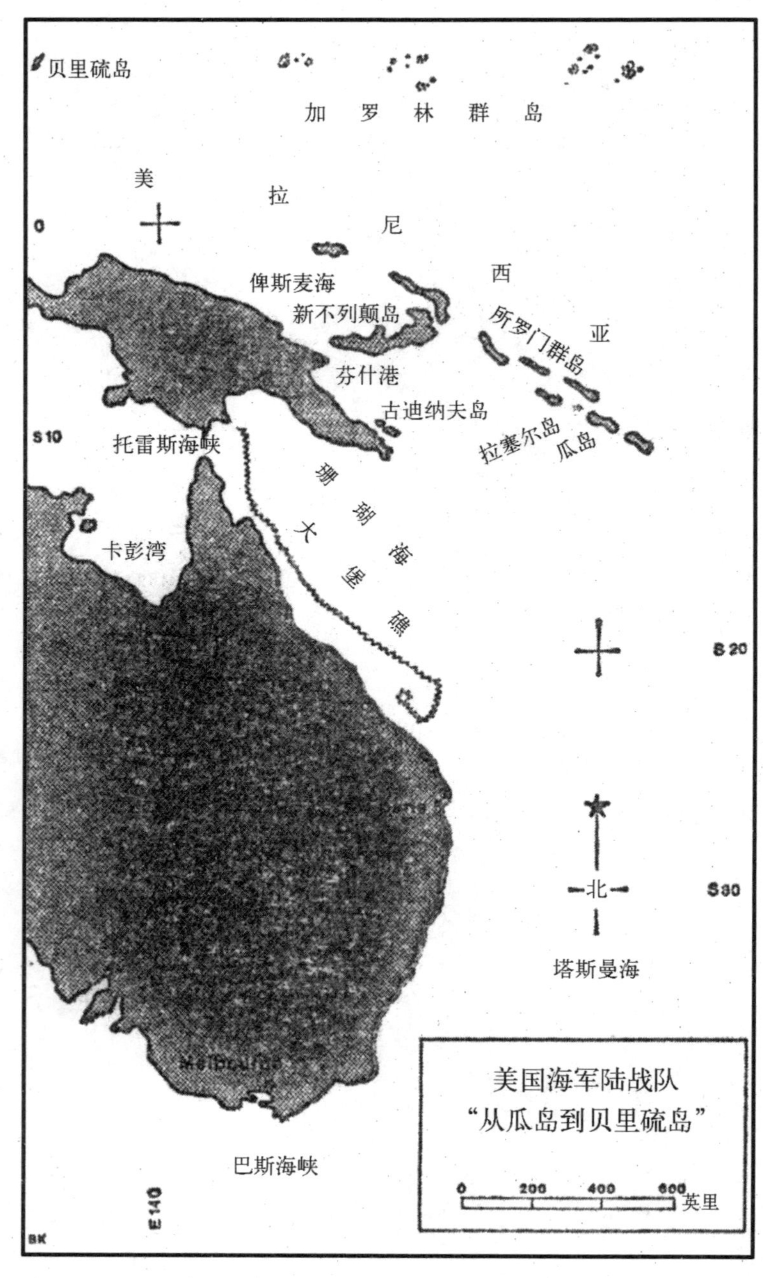
贝里硫岛
加 罗 林 群 岛
美
拉
尼
西
亚
0
俾斯麦海
新不列颠岛
所罗门群岛
芬什港
古迪纳夫岛
S10
托雷斯海峡
拉塞尔岛
瓜岛
珊
瑚
海
大
堡
礁
卡彭湾
S20
北
S30
塔斯曼海
巴斯海峡
E140
美国海军陆战队
“从瓜岛到贝里硫岛”
0
200
400
600
英里
BK

前的空地整洁如新，周边的可可树深深地扎在了土里，唯一一条环岛公路上大批运送战略物资的车队飞速驶过——从这些景象中我都能感受到士气。岛上有了全封闭的卫生间，有了淋浴，有了用干土垫出来的篮球场地，有了露天电影，甚至还有洗衣房！不过最重要的是我们又重振精神——对衣衫褴褛的海军陆战队员肃然起敬的那种往日精神。

这种变化像改变方向的风一样来得非常突然，也无从解释。沉默的人开始喜欢咒骂，继而开始喜欢开玩笑，最后开始喜欢放声大笑，变化就是这么快。

他们开始注重衣着，刮脸的次数明显增加，有人还找来扫把把帐篷打扫得干干净净，还有人找来包装箱并且配上一把锁——这种行为形成了一种风气，以至于全师官兵倾巢出动在岛上寻找包装盒或者多余的木材，最后师部有了篮球和排球，于是以排或连或营为单位组成了球队。一个球队下了挑战书，另外的球队马上应战，对抗日益激烈，球在空中飞来飞去如同榴弹炮的炮弹一样，军中的斗志正如风中旌旗一般在岛上铺展开来，下面要做的就是拟订作战方案了。

于是，回到帕武武岛的时候我看到了往日的气象，但是更加可喜的一件事是我找到了新相知。

"学者"是刚刚到达的一船替补新兵之一。当我乘坐的登陆艇奋力上岸时，我看到他们正在向各自的新部队单位进发。他们走进连队的帐篷之后，马上脱下崭新的卡其军装要和我们老兵们穿过的褪了色的军服交换，跟随我们身经百战的咸滋滋的军服因代表着经验而为他们倍加珍惜。穿上我们褪了色的"老一代"军服，那些心里没底的替补新兵立马感到信心倍增，而我们老兵呢，因不存在心理归属问题来扰乱对新旧差别的判断，很快就意识到机会来了。于是没过几天，改头换面的工作彻底完成，原本穿得灰头土脸的老兵现在穿着崭新的军服而焕然一新。

我坐在帐篷里，饶有兴致地看着眼前发生的一切，突然视线被一个鼓鼓囊囊的水兵袋挡住了，一个汗流浃背的替补新兵从后面推着它堵在了帐篷口。

“这里是军情处吗？”他有点怯生生地问道。“是的，进来吧。”我应声答道，一边瞅着水兵袋一边剥开一块从巴尼卡带回来的巧克力。“随便放哪儿都行。给你这个，”我说着，把巧克力一分为二，“吃点糖果。”他接过那半块巧克力，赶紧放进了嘴里：“谢谢。自从早上下了船到现在我们还没吃东西呢。”

“包里有什么东西？鞋吗？”我迫切需要一双新鞋。但是当我把目光投向他脚上穿的那双鞋时，我很失望。

“见鬼，你穿多大号的鞋？”

“五号，五号半。是不是很小？”他自嘲地笑了笑，于是我对他的水兵袋失去了兴趣，再说了，他看上去也不像那种愿意以新换旧的人。他扫视了一下帐篷，看到了我用包装箱制成的书箱。“嘿——这些书你是从哪里弄来的？”

“我爸爸送给我的。”

“你爸爸真好，”他立刻变得热情起来，“我带来了一堆书，放在袋子最底下。我把它们拿出来放在你的书箱里如何？”

“好啊。”我答道，同时把书箱整理了一下腾出地方放他的书，我在自己的心里也接纳了他的友谊。让我印象深刻的不仅仅是他的书——我现在只记得其中有一本罗曼·罗兰的《约翰·克利斯朵夫》以及一本好像是西班牙作家卡尔德隆的什么书——还有他钢铁般的毅力，让我印象最深刻的也许是他略带傲慢的脸上流露出的固执表情。于是我们成为朋友，友谊一直延续着。

在学者之后我们军情处又陆陆续续来了四名替补新兵，他们就在我们的帐篷里住了下来。他们中的两个人最多也就是高中生，大概有十八岁——其中一位喜欢吵来吵去，另外一位则文静温顺；一位来自中西部，另一位则来自南部；喜欢吵来吵去的那位争强好胜，也很机智，常常惹是生非，而文静温顺的那位则恰恰相反，略带羞涩、反应迟缓且讨人喜欢。尽管两人脾性不同，但是他们形影不离，俨然一对双胞胎。

“白人”是第三位来军情处的替补新兵。他来自弗吉尼亚州的山区，是个彻头彻尾的偏执狂。他穿着磨圆之后的钝头鞋，脑袋又尖又细，头发上有着花斑。“拉基，”有一次他对我说道，“知道战争结束后我们要干什么吗？我们要清理黑人，清理完黑人后，我们就开始处理天主教徒。”他的一席话引来了一阵哄笑，因为只有毫无幽默感的偏执狂才会对白人的温和敌意感到愤怒。白人是我碰到过的第一位被征召成为海军陆战队员的人。海军陆战队早就开始从普通百姓中征召入伍者，尽管人数不多，足以削弱我们自己作为精英部队的自豪感。当白人尖酸刻薄地谈起自愿入伍这件事时，我们真的被他激怒了。“你们这群傻瓜，你们自讨苦吃。我就不是，所以他们不得不找到我，才把我弄到这里来。”我们只能用沉默来表示不屑。

“恶心人”佛瑞德是第四个到达的替补新兵。小伙子来自堪萨斯州的一个农场，骨瘦如柴，虽然长着一张鹰嘴般的尖嘴，但是为人随和。他的仓院[①]知识丰富，对待生活犹如好斗的公鸡一般。他喜欢用处理仓院危机的方法来处理生活中的危机——不但乏味而且令人恶心，这常常激起那些不容易呕吐的陆战队员们的愤怒。

随着这些替补新兵的到来，我们在帕武武岛上的生活方式现在转向了培训以便让新兵融合进来。但是很多老兵油子不屑于再做那些单调无聊的事情，于是他们和我一样找个闲差事以便让自己留在营部。其他人则干脆躲得远远的，艺术家就是这么干的。

像阿喀琉斯一样，艺术家躲在帐篷里生闷气。上午不到十点的时候，

---

① 农场谷仓围着的空地。

我和自由人少尉就已经完成了我们的任务——检查营部信件，即剪开信封，检查完毕后再封上。十点，我来到艺术家的帐篷里，手里拿着刚从食堂讨来的几片面包。艺术家打开装着茄子酱的小罐头——他妈妈定期给他寄来这些美食，我则煮好咖啡，于是我们大快朵颐一番。

咖啡也可以用来消磨夜晚。看完电影后，有些人顺便到我的帐篷里喝上一杯热咖啡。几口暖暖的黑色液体下肚之后，他们开始交谈起来，有的争论着什么，还有的则开玩笑地比较我制作的咖啡和军需处那位中士弄的饮料哪个更好喝。他们当然会吹捧一番我的手艺——“这是帕武武岛上最棒的咖啡”——不过我知道吸引他们来我帐篷里的不是咖啡而是闲聊。我的厨房无法和军需处那位中士的厨房相提并论。他是在乙炔燃烧器上烹制咖啡，而我则把咖啡罐放到装有汽油的番茄酱罐头盒上进行烹制。假如他那里有绝活的话，我这里有的则是气氛。

学者和我拥有的藏书——尤其是那些年鉴和字典——让我们的帐篷成了营中文学爱好者之家。在这里雄辩家常常和别人争得面红耳赤，而且他最愿意成为所有人争论的对手。当然这里还有一个吸引力，就是从“亚洲人”手里接过咖啡。亚洲人是一个既包含尊敬又包含畏惧的称谓，指的就是久居热带地区的人。我从雄辩家那里学会了接受这样一个称号，因为它让人变得可望而不可即，而且几乎可以自动地免除这个人的苦役和一些更加乏味的活动，诸如早晨的柔软体操。

我待在巴尼卡P-38病房的四周时间让我成了一名名副其实的“亚洲人”。对我而言，它是一个正式称号，得到了官方认可。因此当我每天上午除了帮助自由人少尉检查信件外其他什么都不干，或者当我脚上穿着一双软拖鞋、腰里系着一条像美拉尼西亚人的印花缠腰布那样的黄色卡其布毛巾时，没有一位军官表示反对。他们只是耸耸肩，轻轻拍拍脑袋，喊我一声“亚洲人”，如此而已。

此时，一个被认为与众不同的人对人们有着特殊的吸引力。我有着

"亚洲人"的名声，其结果就是，每天晚上在那个花十美元买来的摇摇晃晃的打字机上敲完信后，我就会预料有一大帮人看完了电影急匆匆地赶到我们帐篷里喝咖啡，然后或许还能全程观看两个"亚洲人"——雄辩家和我——之间的辩论。

有时候我们帐篷里会出现一瓶威士忌，它或者是用高得离谱的价钱买来的，或者有一次是从自由人少尉那里敲诈来的。那一次他认为我们军情处人员应该和其他人一起站岗，不小心说了一句让我们抓住把柄的话，他说"我本人是一个平等主义者"，于是我们立即要求他将这一平等原则用在他的威士忌配额上。如果威士忌很快就被喝光，我会从笑面虎那里用花言巧语弄来一罐子热带饮料酒，再不然就干脆喝我们的须后水或者生发水。曾经有那么一次，我喝了一种叫杜普雷的绿色混合饮料，第二天醒来的时候感到舌头上像被刮过或用洗发水洗过一般，糟糕透了。

在酒精而不是咖啡的刺激下，我们开始引吭高歌。当然我们唱的还是那些下流小曲以及一战时的歌曲，而当我们开始一起哼唱古典交响曲的时候，我们的声音竟然低到了可怜的程度——幸而我们转而唱起自己创作的歌曲来，该歌曲是受到我们师即将再次开拔消息的激发而创作的。合着《登上缆车》的旋律，我们鬼哭狼嚎般地唱起了小夜曲。我们围成一圈，中间站着一个人，我们对他唱道：

妈妈，妈妈，你的花花公子就要死了
妈妈，妈妈，你的花花公子就要死了
他要死了，他要死了，他就要死了
那又怎样
反正你也要死了，你也要死了

我们对着所有人唱这首歌——除了自由人、艺术家和白人。

下一场战役即将到来的传言在四处传播，它不会像瓜岛之役也不像新不列颠岛之战。它将会更加艰苦卓绝，名副其实地艰苦卓绝，尽管艰苦的战争还在继续着。不过对于我们这些老油条来说，打仗成了家常便饭，因此我们听到这一消息后欢欣鼓舞。战斗是结束痛苦的最好方式——短暂而甜蜜。

拉瑟福德取走了他的手枪。一天晚上，他来到了我的帐篷里，当时帐篷里的其他人都去看电影了，我一个人正借着汽油罐里的灯绳发出的光线敲打着一封信。他和一位朋友像夜行大盗一样乘着夜色走了进来。他拿走手枪，我心上的一块石头落了地，因为我一直担心它会被偷走。

“咱们老家见。”拉瑟福德说道，然后一转身和他的战友一起消失在黑夜里。

我们离开了帕武武岛。作为瓜岛战役和新不列颠岛战役的胜利者，我们雄赳赳气昂昂地登上了登陆舰再次出发去战斗。我们从来没有像今天这样抱着必胜的信心，然而将要付出的代价也是最沉重的。

第三节

贝里琉岛已经成为屠宰场。

该岛地势平平，几乎毫无特色可言，但它却注定要成为一万七千人的祭坛。

陆军和海军的飞机已经对它进行了轮番轰炸，而在我们到达之前一大批海军巡洋舰和军舰也连续几天对它狂轰滥炸。这座环状珊瑚岛只有五英里长，最宽处也不过两英里宽，完全笼罩在弥漫的硝烟之中。岛上火光冲天，远远望去就如同一团粉红色的云团，间或随着雷鸣般的爆炸声它还会像霓虹灯一样闪烁摇曳。

在距离海岸还有半英里的地方我们的登陆舰就吐出了水陆两用军车。我们就像火星人丑陋的孩子一样随着军车从登陆舰的肚子里滚出来，立刻感受到了轰炸声中的咆哮声、爆炸声、嗞嗞声以及噼啪声所带来的冲击，在我们看来，这些声音简直就是这个小岛的丧钟。

身后是我们的巨大战舰，前面则是我们的敌人。头顶上所有的战机都是我们的，此刻我们的信心空前高涨。极度的兴奋占据着我的内心，竟然忘记了死亡的恐惧，我匆匆扫视了一下周围的征服景象，令人毛骨悚然。

海军军舰发射的炮弹从我们头顶嗖嗖掠过，朝着小岛的方向飞去。我们之中那些曾经历瓜岛之战的人对海军轰炸之残酷记忆犹新——不过谢天谢地，现在遭到轰炸的是我们的敌人。小巧的火箭船以及驱逐舰正在向岸边靠近，动作优雅如同纯种马。当火箭船突然接二连三地发射火箭时，耳边传来了可怕的轰鸣声，就像把红彤彤的滚烫烙铁放进水里一样，而火箭船上方则黑烟滚滚。

此时巨大的声响正在减弱，岛上的火势也正在消散。欣喜之余我转身看了我们的登陆舰最后一眼，只见登陆舰舰首黑压压一片挤满了挥手示意让我们前进的水兵，他们朝着贝里琉岛方向挥动着紧握的双拳，似乎是前来观看角斗士搏斗的看客。

猛然间一阵寂静。

接着我方水陆两用军车的马达轰鸣起来，我们乘军车向浓烟滚滚的岛上逼近。

我的头必须露在外面，因为我选择了自己操纵机枪。山地人坐在旁边的一辆水陆两用军车上，和我一样脑袋露在外面。看到了我，他一边笑着一边朝着小岛的方向点着头。我从他的笑容里读懂了他的意思，于是举起手向他打了个OK手势。

“小菜一碟。”我在风声和嘈杂声中向他喊道。

山地人再次冲我笑了笑，也向我回了个手势。就在此时，我们的军车像是撞上了什么东西，接着传来熄火的声音。海水开始像间歇性喷泉一般涌了上去，空气中开始充斥着被炸碎的钢片。

敌人正在回敬我们，他们用迫击炮和大炮迎接我们。贝里琉岛上一万名日军正在严阵以待，他们和自有人类战争以来任何一支守备部队一样勇敢、果断和熟练。是的，他们的防卫技术很熟练：炮弹雨点一般落在我们身边，在我们上岸之前非常有效地压制了我们。

在他们的第一轮轰炸过程中，山地人和我都像鸭子一样躲在车厢里。我不敢把头抬起来，直到我们离岸边只有一百英尺的时候。

尽管我们的水陆两用军车处在第一波攻击队伍之中，但是海岸上已经散落着被烧成黑色的军车、阵亡士兵的尸体以及受伤的士兵，此外还有迫击炮的炸弹。海滩上到处都是浅坑，这些浅坑或者是在白沙土上挖出来的，或者是炸弹炸出来的，全部挤满了戴着绿色头盔的海军陆战队员。

我们的军车动弹不得。

我和六连的“宽胸膛”中尉一起翻身跳出了军车，恶心人佛瑞德和温顺的“双胞胎”以及我本人都归宽胸膛中尉指挥。我躲在军车旁边，匆匆忙忙为自己挖一个浅坑作为掩体。一枚炸弹落在我身后，炸飞了一名陆战队员的高帮热带靴子。这名陆战队员和我在新不列颠之役中并肩战斗过，在那次战役中，当日本兵从我身后冲上来时，他从我头顶上向他们开火。所幸他没有被这枚炸弹炸死，不过他不得不退出了战场。

宽胸膛中尉试图向我说着什么，但是我听不清楚，于是示意他写下来。他耸耸肩，表示没什么大事。正在此时，一名陆战队员跌跌撞撞地翻过我面前的一个沙丘来到我旁边，他的脸由于恐惧而变了形，一只手紧握着另外一只手，只见那只手食指的手指头已被打掉——剩下的部分汩汩地冒着鲜红的血液，像一支罗马蜡烛。他是一名下士，在瓜岛的特纳鲁河之役中得罪了笑面虎，原因是他把我们的机枪弄到了泥巴里。此刻，在那张充满恐惧的脸上我分明看到了惊奇和轻松。

不单单是敌人的追击炮压制着我们向前移动。从一座易守难攻的碉堡里射出来的机枪火力同样也阻止了我们，碉堡位于珊瑚礁上，居高临下俯视着海滩，日本兵从那里不停地向我们射击。我们已经找到了一个缺口，于是用各种轻武器一齐朝它开火：手榴弹、由爬过去靠近它的陆战队员扔过去的炸药包，以及由架在附近坑里的火焰喷射器喷射出的滚滚火焰，但是碉堡里的敌人依然用机枪向我们扫射着。

此时我审视了一下我们的处境，发现海滩后面是一排灌木丛，再往后就是我们要和日本人争夺的小飞机场以及日本人的主要军事要塞（我们后来把这个要塞称为血鼻岭）。我看到一只黄色蝴蝶在灌木丛里横冲直撞，看到一个东西在灌木丛里向前移动，上面的三角旗随之舞动着——原来是我们海军陆战队的一辆坦克。突然出现了片刻的安静，接着当坦克轰隆隆地开到压制我们的碉堡对面时，我听到了一阵欢呼声。我们的坦克开始向碉堡口连续开炮，坦克上面的机枪也对着碉堡口不停地扫射——可是碉堡里的日本人依然顽强抵抗。

接着出现了一个奇特的景象。碉堡口突然出现了一个日本兵的身影，他很快就跳了下去不见了，紧接着日本兵一个接一个地陆续从碉堡口跳了下去。每在碉堡口出现一个日本兵身影，我们就用轻武器噼里啪啦疯狂向他射击。其实射击效果和打兔子一样，因为他们像兔子一样神不知鬼不觉地快速出现在洞口，然后又像兔子一样快速地消失，就好像他们的堡垒是个养兔场——事实上确实如此，因为日本人已经在那里驻扎了二十年，已经把这个珊瑚岛筑成了一个相互贯通的洞穴网络。当一个日本兵跳下去的时候，其实他是在向另外一个阵地转移——也许就在我们眼皮底下溜走了。

在所有逃走的抵抗者中只有一名日本兵被击毙。他肥硕笨重，再加上裤兜里塞满了大米(这不由得使我想起了在瓜岛上被鳄鱼吃掉的那个贪吃的日本人),动作缓慢之下就被我们的子弹击中了,血肉模糊,大米撒了一地。

天气炎热。热浪透过白沙子传到了我们的衣服里。这种酷热就和蒸汽房里的闷热一样让人倦怠。汗水渗进了嘴里,加重了我们的焦渴。水罐里的饮用水也是热的,一饮而尽之后,我把弹坑里的脏雨水装进水罐里。贝里琉岛上没有饮用水。日本人用露天蓄水池存储饮用水,我们的饮用水则是装在汽油桶里,而一些愚蠢的军需官竟然忘记了把油桶中的油渍清洗干净,这使得水闻起来有股汽油味,尝起来也有股汽油味,根本没法喝。黄铜色的太阳照射在我们身上,一俟敌人的要塞安静下来,我们即刻站起身来穿越灌木丛向机场方向进发。

我们来到了灌木丛的边缘地带,再往前就是飞机跑道,这里有一个巨大的弹坑。我们在弹坑里占好适当位置。也是在这里我遇到了艺术家。

"自由人死了,"他告诉我,"一发迫击炮弹击中了他和'士兵'。"

"士兵怎么样了? 他现在如何?"

"腿被弹片撕开了一个口子,伤势相当严重。不过现在没事了,"艺术家笑了,"总之,比我们强——他现在退出战斗了。"

"是的,不过,自由者就太可惜了。他是个好人。"

"弹片击中了他的腹部。我离开海滩时看到他靠在一棵树上坐着,还在笑。我问他情况如何,他说自己没问题。可是他坐在那里还是死了。"

艺术家无奈地摇了摇头走了。自由者死了实在是可惜:他受的良好教育消失了,他那张淡黄色的率真的脸上透露出的幽默消失了,他理想中关于社会主义蓝图的所有美好愿望消失了——一切的一切都消失了,生命如同脆弱容器里的水随着不可知的裂缝消失了,而那个靠树而坐的男人微笑着抽着烟,确信盟军的胜利指日可待,确信自己的伤口也只是暂时的小碍,因此他在思考着未来的人生。然而他就这样和我们永别了,愿他的在天之灵得到安息。

我们暂停了进攻，继续待在弹坑里，我们的伤亡太严重了。防御者意志坚定也足智多谋。海军陆战队员们开始在机场跑道上挖掘散兵坑。

中午时分，我想吃点东西。背包里有部队发的豌豆罐头，但是我一口都咽不下去。我没在贝里琉岛上吃一口饭。

敌人的坦克突然朝我们猛扑过来，有十二三辆。它们快速穿过机场，径直朝我们开来。这太让人震惊了，要知道我们这里只有步兵和机枪。

一阵猛烈的枪声响了起来。我把头探出弹坑外，透过灌木的枝叶，我看到一辆敌军坦克正在快速前行，后面有几个身穿伪装服的狙击手紧紧地抓着坦克。仅仅这一瞥我还看见六连的一位老兵向坦克后面跑去，他的脸都变了形，边跑边喊："坦克！坦克！"

一位军官冲上去抓住他，把他按倒在地，用脚踢他的屁股，最后把他赶回了他原本的位置上。在弹坑里，我们准备拼死抵抗，如同沙漠中的大篷车抵抗印第安人的攻击一样。敌军坦克疾驶而过，轮子在履带里飞速旋转。机枪声响成一片，反坦克火箭筒重重地射向坦克——我们的战机从天而降，投下的炸弹吼叫起来，于是坦克的爆炸声随即轰鸣。

有一次鱼雷轰炸机从身边一闪而过，它飞得太低，肚子几乎都要刮到岛上的珊瑚了。在右方，我看到我军的一队坦克开了过来，边行驶边开火，每次开火时似乎都要停顿一下。战斗很快结束了。

日本坦克被摧毁了。

我站起身来，向机场方向走去。大约二十码开外的地方有一辆坦克还在燃烧。一些敌人的尸体还在坦克里面。狙击手耷拉着脑袋挂在坦克上，就如同塞在圣诞袜里的洋娃娃。转身离开的时候，我差点踩上一只人手。我赶紧说了一声"对不起"，但是定睛一看，原来那是一只断手，或者说是一只脱离了人身体的手。它静静地躺在那儿——五指张开，手心朝上，干净，能干，孤苦伶仃。我无法把目光从那只手上移开。手是心灵的工匠，它在三位一体——脑、手和心——的人身上位列第二。一个人身上，最具人性的是手，最美丽的是手，最具表达力的是手，最具生产力的还是手。而那只手孤独地躺着，仿佛被遗弃了一般，不再是某人身体的一部分，不再是他的助手，看到那只手就看到了战争的野蛮和荒唐，看到那只手就看到了我们自己创造的车裂术的残暴，看到那只手就看到了人类被永恒的恶所驱使而势不两立相互厮杀，最后在傲慢的狂怒中撕扯着自己的内脏。

那只手让我内心充满凄凉之感，我点头向它致以敬意，与此同时我恢复了平衡，小心地绕过它向前走去。

到达机场边缘的时候，我看到了其他坦克以及零零散散在各处躺着的尸体。在尸体之间小心翼翼地移动着的是战利品狂人，只见他忙着用手电筒和老虎钳子搜罗金牙。他卷曲的胡子翘得老高，像是期待着什么。但是这是战利品狂人最后一次在死人嘴里淘金了，一个小时后在一次对敌人阵地的进攻中，他被杀死了。突击队长中尉也战死了，战利品狂人曾经提起过中尉的墓志铭。愿他们的在天之灵得到安息。

我方的伤亡极其惨重。第一团在天黑之前的伤亡人数是五百人，大概占总人数的百分之二十。这只是第一天的损失。

我们再次向前推进。我们的目标是血鼻岭。那里是一块高地，隔着机场就能看得到，因此那里的敌人可以居高临下，占尽地利之优势。我们必须穿越像桌面一样平整的满是碎珊瑚的机场路面才能向前推进，这样一来我们就成了射击场上的泥鸭子，很容易被发现。可是没有其他路线可走，我们只得硬着头皮上。敌人的机枪像割草机一样地扫射着机场路面，迫击炮弹以分毫不差的间隔落下，似乎他们已经掐指计算出了给我们带来最大伤亡的发射频率，并不慌不忙自鸣得意地实施这一发射频率。陆战队员们倒了下来。他们弯下腰，他们摇摇晃晃，他们突然向前倒下，他们跪倒在地，他们仰面倒下去。但是他们继续向前推进。

此时天色渐渐暗了下来，周围充满了人们沙哑的喊叫声，有的要喝水，有的要为伤病员寻求帮助。一辆和自己连队失去联系的空载的水陆两用军车开到了我们的防御区，赛马中尉看见后随着它跑了几步然后翻身跳上军车，命令司机开到我们前线去。赛马中尉想要把那些伤员拉回去。

可是司机并不急于执行命令。他来自另一个连队，再说他也累了，他觉得自己没有理由冒着生命危险去执行一个陌生军官的命令。于是他说自己不能执行命令。赛马中尉告诉他最好不要违抗命令。司机公然拒绝。

赛马中尉拔出了手枪指着司机的脑袋说:“给我开过去!”于是司机迅速地打转方向盘，一溜烟地向前线开去。赛马中尉曾因勇猛而在瓜岛战役中获得过海军十字勋章，这次在贝里琉岛战役中他又获得了一枚勋章，只不过这次是追授给他的。他在进攻一座碉堡时牺牲，愿他的灵魂在天堂安息。

此时天色越来越黑，但是第一天的战斗依然在继续。我们撤回来进行整固，我和恶心人佛瑞德一道躺在一个大弹坑里面。我试图再吃一口豌豆罐头，但是吃不下了。紧张情绪搅得我的胃上下翻腾。我发现弹坑里的水已经用光了，我爬出弹坑向海滩方向移动，希望在那里能够找到一些饮用水。也许他们已经扔掉带有油渍的汽油桶——里面的水让很多人生了病——把干净的饮用水带上了岸。我小心翼翼地穿过灌木丛向前爬行着。

行者也从灌木丛里爬了出来。

“小鸡挂彩了，”他对我说道，“这个愚蠢的家伙不停地把医务兵扎在他胳膊上的输血针拔下来。你不知道小鸡有多么固执。我不知道他现在怎么样了，”他摇着头唉声叹气地说道，“我不知道。也许他最终会死掉。他的伤势非常严重。但是他控制不住自己啊，可怜的孩子。”行者在暮色中注视着我。我感觉到他那天的表现非常卓著，而他尽量谦虚地告诉我这些事情。“小伙子，这是一场硬仗！”他突然脱口而出，“去问问笑面虎吧——他会告诉你比起今天来，瓜岛那些仗只能算是午后茶会，太小儿科了。我指的是战斗方面。这场战役当初还被认为是小菜一碟！你真应该看看他们开着坦克冲向我们的情形！我们用机枪和手榴弹击退了他们！”他得意扬扬地比划着。

“其他人怎么样了？”

“哦。笑面虎和山地人没事，但是绅士中弹了——不过他无大碍。幸运的狗杂种——他一直就很幸运。”他再次盯着我问道：“你们怎么样？你们是怎么熬过来的？”我于是把自由者和其他人的遭遇一五一十地告诉了他，他听后摇了摇头：“这一仗打下来我们就不会剩下多少人了。你有没有注意到都是哪些人挨枪子？”我点头示意自己注意到了：“都是老兵。”

我问他有没有水，他把自己的水壶来了个底朝天，算是对我的回答。我们一起往回走，心里充满了悲伤，各自都在盘算着这场战役是不是最后一次。

“你还记得那些在瓜岛上受伤回家的家伙吧？”行者问道，“我们过去常常瞧不起他们，认为他们是可怜的笨蛋，那么快就吃了枪子。现在看来，他们也许才是幸运儿。他们不必经历这次劫难，反正都要挨枪子，早挨比晚挨要好。”

“也许吧，”我说，“可是他们也去不成墨尔本了啊。”

“这倒是真的。不过现在我想的绝不是墨尔本。我一直在忙着祈祷。我祈祷的可不是‘战壕里没有无神论者’之类的废话。”

行者那椭圆形的黑脸蛋从来没有像今天这么严肃过。我记得他曾在帕武武岛接受了直肠子神父的洗礼。他的变化如此之大！一切都变得面目全非！战友之爱消失了。瓜岛之情消失了。第一次战斗中的那种异教徒式的天真消失了。再次成为一名异教徒并拒绝把这当回事是何其容易啊。

我们在弹坑边上分了手。我从未像现在这样对他、对笑面虎以及山地人感到不舍。

现在天色已暗,但是枪炮声又响了起来。迫击炮又开始咆哮起来。在我们的阵地上,机枪和步枪接二连三地怒吼起来,有时候我们纯粹是出于愤怒才开枪,陆战队员们对夜间入侵者的仇恨程度就如同农夫追赶偷鸡的黄鼠狼一样。我们开始使用照明弹,黑夜不再那么黑暗。这些照明弹和我们到达瓜岛的第二个夜晚看到的那些在热带丛林上空坠落的照明弹一样:持续时间长,绿晃晃的,阴森可怕。

紧接着我军的火箭在头顶上吼叫着飞了过去。弹坑里有人嘟囔着说日本人在我们阵地上撕开了一个口子,而火箭就是用来填补这个口子的。我趴在弹坑边上,用头盔盖住眼睛,想抓住一切机会合眼睡上一会,但是这不可能。我就在半睡半醒之间迷迷糊糊地度过了这个漫漫长夜。

第二天一大早就很闷热,我们口干舌燥,嘴唇开始干裂,胃则因无以平复的饥饿而咕噜咕噜地响个不停。阳光照射在贝里琉岛的珊瑚地面上,空气温度急剧上升,我们感觉就像在烤箱里一样。

“我们走。”宽胸膛中尉说道。“好的。”我回应着,转身告诉恶心人佛瑞德和双胞胎带上装备准备出发。我们离开了弹坑,朝着左边灌木丛的一个开口处跑去,在那里可以清晰地看到机场。此时是清晨时分。

途中我们看到两名陆战队员躺在散兵坑里,似乎还在睡觉。我想叫醒他们。“嘿,”我对他们喊道,使劲摇着他们中的一位,“快醒醒。我们要出发了。”他没反应,躺在那里一动不动。我把他翻过身来,发现他的前额上有一个弹孔。他死了。他身边的战友也死了。

透过灌木丛的间隙,我能够看到六连陆战队员正在对血鼻岭发动攻击。艺术家站在那里看着他们。

迫击炮停止了射击。六连陆战队员正穿越机场向前推进，他们分散开来，躬身向前跑着，用胸膛迎接着敌人的机枪，尽管火力正在减弱，但还是向机场跑道扫射着。六连陆战队员纷纷倒下。这种场景在我看来就像在做梦，是那么不真实，是那么富有戏剧性而显得荒诞不经，如同电影里的蒙太奇镜头。我需要很大的努力才回过神来，回想起这些有着血肉之躯的陆战队员和我相识相知，他们的生命曾和我的生命紧密相连。我需要更大的努力去面对这样一个事实，即下一个倒下的就将是我。这就是为什么人们在战斗中需要疯狂吼叫，这就是为什么军旗必须飘扬、军歌必须唱响、讨伐敌人的理由必须予以申明。战争自古以来就是这样，人们付出的代价极其高昂，要么战胜防御者取得战事的胜利，要么就被击败而俯首称臣。假如我们发出的是“皇帝万岁！”或“海军陆战队万岁！”等完全非理性的呐喊，而不是文质彬彬地说“好吧，现在轮到我们了”这样和环境不协调的话，那么我们的死亡之路也许就不那么令人望而生畏了。

我和艺术家说了声再见。他头盔下的双眼悲伤地看着我，在头盔的阴影下他的脸色变得更加晦暗，更加瘦削。他向机场方向和那些正在倒下的陆战队员们投去悲哀的一瞥，然后对我说了声“祝你好运，小伙子”就转身离去了。

我开始奔跑……空气中热浪滚滚，让人窒息……子弹有时在耳边呼啸，有时又没了声音……我低着头飞跑着，头盔不停地磕着前额挡住视线……不一会工夫我就看不见宽胸膛中尉和恶心人佛瑞德了……我独自一人向前跑着……有人在我左边倒了下去……我向前跑，然后卧倒，喘口气，站起来继续跑……突然我撞进了一个挤满陆战队员的弹坑里，于是我停了下来。

弹坑就如同沙漠里的绿洲。我原来以为机场里不可能有掩体，没想到掩体突然出现在眼前。尽管这个弹坑没有昨晚我待了一晚的位于灌木丛里的那个弹坑大，但是它还是能够容纳十来个人。

其中的四个人是来自五营的陆战队员，包括一名受了伤的中尉，其余的都来自我们营，居然还包括六连的连长——无敌舰上尉！他们二话不说就给我腾出了地方，正在此时一枚敌军炸弹在弹坑附近发生了爆炸，我意识到我确实找到了一个掩体，不过同时这个地方也成了唯一暴露在敌人眼皮底下被他们瞄准扫射的掩体。

我们把一挺重机枪支在弹坑的边缘，面对着我们称之为敌人“老窝”的地方——一座钢筋水泥碉堡和一些营房，这些构成了岛上唯一的高层建筑——这挺机枪也吸引了敌人红彤彤的炸弹飞向我们。

不过迄今为止有一件事似乎救了我们一命。日本炮手无法将炮弹打到我们的掩体里（正如我后来发现的，他们安在地上的是一门海军大炮）。他们既不能抬高炮身也不能降低炮身，更不能转动炮身以精确的角度将炮弹打到我们中间。

他们发射的炮弹常常以令人揪心的精度落在我们弹坑的前方、后方或者左右两边。有时候炮弹在离我们较近的地方爆炸——此时我们战战兢兢地蜷缩在弹坑里，听着弹片嗖嗖地掠过头顶——而有时候炮弹又离我们较远。

“刚才那颗很近。”一声特别响的爆炸让我们晃了晃身子，有人小声嘟囔着说道。

“没错，”另外一个声音小声附和着，“我真希望他们不要用短炸弹。短炸弹准能要我们的命，你信吗？”

“都给我闭嘴！”无敌舰上尉怒不可遏地厉声命令道。“你来，”他向步话机通信兵说道，“看看能否接通，我要和营部通话。”

通信兵坐在弹坑的底部，在我下方的位置，他朝我拱起肩膀要我帮他快速转动某个号码。我照做了，但是他看上去还是没能接通。此时一发炮弹尖叫着飞了过来，我赶紧弯腰，即使我知道凡是能听到声音的炸弹都不是那么可怕。但是万一被弹片击中就可怕了，况且还有一些听不见的炸弹随时飞来。

现在另外一部步话机有了声音。五营的那名受伤的中尉——事实上，我后来得知，他此时正在死亡线上挣扎——正在通过通信兵和他的团部长官通话。

“长官，勇敢的五营陆战队员经受住了考验。”他说，“我们已经实现了目标，现在正在和第一团取得联系。”

我看着中尉，他很年轻，面庞英俊且棱角分明，极具西点军校生的特色。不过他现在表情痛苦，而更加让他痛苦的是他还得保持面部肌肉的尊严。

一发炮弹呼啸而来，我们赶紧弯下腰。炮弹爆炸了，弹片四溅。这是距离我们最近的一枚炮弹。无敌舰上尉怒喊道：“炮弹从哪里打过来的？”我们面面相觑，哑口无言，然后耸耸肩膀，凝视着头上的天空，只见从上面落下来一股细细的尘土。“什么这里那里的——让我上去看看。”无敌舰上尉对机枪旁边的那名陆战队员喊道，然后他爬到了弹坑边上将头探了出去。他仔细地研究着敌方老窝以及老窝右边高耸的血鼻岭。然后他爬回到原来的位置，拿出地图查看，边看边用铅笔在上面胡乱地做着记号。

“再试着接通营部。”这一次很顺利地接通了：“喂，营部吗？我是六连。敌人火力位置在地图的‘乔治128号’。请求火力支援。完毕。”

真是不可思议！无敌舰上尉对敌人火炮位置的了解程度并不比对日本军官鼻子形状的了解多多少！当他抬起头来急匆匆地观察敌情时，他看到的只是血鼻岭的模糊影像。假如他把眼前的大部分景象看成一团烟雾的话（实际上他没有），他就不可能准确地测量出血鼻岭的位置，更别说还要和地图上的标识对应起来。因此他向营部报告的坐标位置更多的是基于希望和平均法则。不过希望占的成分更大，因为准确击中目标的机会和击中日本军官鼻尖的机会一样渺茫。

不一会工夫，我就听到了我们自己的大炮向“乔治128号”发射炮弹的声音。他那晒黑的脸紧绷着，我看着他，心里估摸着他是否会因为敌人的炮弹依然在我们周围开花而惴惴不安。但是他又开口说话了，我一听就意识到他的勇气至少和他的愚蠢相匹配。

“这里有多少人来自一营？”他问道。

我们举起了手。

“六个？应该够了。我们最好把那边的碉堡拿下来。朝我们射击的机枪就在那里。一旦大炮停止射击，我们就冲出去端掉它。”

他突然说出了这样的话。这座碉堡甚至经受住了海军的炮火，它经受住了极近距离的轰炸而依然屹立在那里。很显然它被一系列迷宫似的碉堡所掩护。我们——六个人——居然要端掉它。

无敌舰上尉可能不够聪明，但是没有人可以说他不够勇猛。一想到要毫无意义地牺牲自己我就感到不自在。我看着来自五营的陆战队员，他们正以赞美的目光看着我们，我真佩服他们此刻能够保持理智。尽管他们的指挥官几乎没有了意识，但是他还是听到了无敌舰上尉的话。他努力微笑着朝我们无力地摆了摆手，似乎在说：“没用的，不过不妨一试。”我想我们冒死一试对于一个将死之人当然无妨。

周围安静了几分钟，敌人已停止了轰炸，这似乎更加证实了无敌舰上尉的神奇力量。从弹坑后面传来了隆隆的嘈杂之声，我抬头一看，只见我们的一辆谢尔曼坦克一路朝碉堡开着火向我们驶来。无敌舰上尉精神为之大振：坦克！有它助阵，我们几乎不需要任何人了！六个人足够了。无敌舰上尉几乎愿意单枪匹马地去炸碉堡！

我们匆匆忙忙爬出弹坑，在谢尔曼坦克后面布阵，跟着坦克缓缓地靠近碉堡。此时坦克成了敌人攻击的目标，炮弹再次在我们周围落地开花。空气中再次充满了铁片飞舞的嗡嗡声，这些铁片像邪恶的巫师来去无踪。看来躲在这个哐当作响的庞然大物后面不是明智之举。这个时候，坦克指挥官也觉得让自己成为敌人的靶子并不明智，因此把坦克远远地开到了我们的右翼。

炮弹又把我们赶回到了弹坑。通信兵的通信设备再次出现了问题。他收不到信号，不过可以发送信号。营部要求我们报告具体位置。“你最好回一趟战地指挥所当面报告位置，”无敌舰上尉对我说，“任务完成后马上回来。”

我快速爬出了弹坑，向后面的灌木丛飞奔过去。跑到战地指挥所的时候，敌人的火力明显加强。敌人的凶猛火力持续了一分钟左右，随后突然停了下来。我看到大股东少校倚着背包，非常明显的双下巴上流露出极度痛苦的表情。几英尺外站着他的通信兵和雄辩家，雄辩家接替了我保管营部日志的工作。我向他报告了我们的位置，然后坐下来抽烟。尽管渴得要命，但我还是拼命抽着烟。

“那边情况怎么样，拉基？”少校问道。

“很糟，长官。”我回答了一句就再也没说话，因为我感到这场战斗依然是一场混战，我们在爆炸中不停地在炙热似火的机场上跑动。我坐在灌木丛里不停地吸着烟，享受那里斑驳的阴凉。吸完烟后我站立起来对少校说：“我看我还是回去吧。”少校点头同意并挥手祝我“好运”。

我从右翼迂回过去，因为炮火又开始密集起来。在行进途中我看见一支日本步枪倒插在土堆上。真是奇怪。我向它走去想一探究竟。也许土堆下面有地雷，我心想。我靠近了步枪好奇地观察着，突然砰的一声枪响，一颗子弹从我身边呼啸而过。

紧接着又是一声枪响！一溜烟尘在我身后腾起。赶快离开！这是日本狙击手设下的圈套，步枪是他的诱饵，我真傻！这家伙真大胆——竟然在我们战地指挥所的地盘动手。

我赶紧躲进一个临时军火供应站，该站设在机场边缘地带。担架人员正抬进一名伤员。一颗子弹穿过了他的肩膀，血流如注。不过他情绪高昂，面带笑容地看着抬他的那些人，仿佛在说：“小伙子们，我中弹了你们怎么还好好的?”

我紧握着冲锋枪,调整了一下背包,放好了地图盒,绕过一堆炮弹壳准备返回那个弹坑。这是我的最后一次军事行动,也是我最后一次面对敌人。

我刚刚跑出一百码左右的距离,一发炮弹在我前面爆炸。

我赶紧躲到右边。

又有一发炮弹在我前面爆炸。

我躲到了更远的地方。

又有一发炮弹打来,离我更近了。紧接着又有五发炮弹在我前后左右开了花。我停了下来,一个可怕的事实摆在了面前:我已经立足在敌人的炮弹和他们要轰炸的目标之间了!他们正在寻找什么目标,也许就是我身后的临时军火供应站,因为他们的炮火正逼近那里。

我身边没有任何掩体。向前冲必死无疑。我现在唯一能做的就是努力在死神光临之前逃出敌人的目标区。

于是我转身开跑。

我在滚滚热浪中奔跑,汗水与恐惧交织在一起,嘴里干燥得直冒火,身后的炸弹一个劲地爆炸,且离我越来越近——空气中处处充满着夺命弹片的怒吼。我一边跑一边在脑海里想象着日本炮手在血鼻岭上居高临下仔细瞄准,然后把一发发炮弹打到我的屁股后面,像猫捉老鼠一样残酷地追逐着我,驱使我越过“烤板”,然后对每一发速度更快、距离更近的炮弹爆炸都沾沾自喜——最后,他厌倦了打炮,干脆拔出枪直接朝我射击。

一发炮弹落在了旁边,离我也许只有五英尺远,可是没有爆炸,至少我认为它没有爆炸。一个人在那种情形下是不会做出准确判断的:恐惧会让人精神错乱。一发拖着两英尺长火团的炮弹如炸雷一般撞击到了珊瑚地面上,随即又反弹起来向临时军火供应站方向飞去。

我随即用尽全身余力赶紧奔跑,与此同时日本炮手击中了我身后的目标——临时军火供应站。

我的战争就此结束了。我被震垮了。我成了一副毫无用处的干巴外壳。现代战争击败了我。它像一个巨大的榨汁机把我榨干。爆炸冲击波、炎热、焦渴、紧张——所有这些都一股脑地霸占了我。我当时一定是木然地到处漫游着，直到最后我瘫倒在两个正在匆匆挖散兵坑的陆战队员身边。他们被眼前的一幕惊呆了。尽管离他们还有一段距离，但是我仍然能够听到他们在议论我。

“他不能走路了。你认为他出了什么毛病？”

“我怎么知道。他看上去没有受伤啊。也许是差点被炮弹打中的缘故吧。嗨，伙计？你怎么啦？能说几句话吗？”

（没用。当年我还是个孩子的时候，有一次玩橄榄球被掀翻在地就是这种感觉。）

“你认为我们应该帮他做点什么？”

“我可不知道。你注意到了没有？他手里有支汤姆冲锋枪。”

“注意到了。到了晚上那支枪在这里可派得上用场。我弄不明白昨天晚上日本人到底是从哪里来的？我还以为海滩安全呢。”

“从地下钻出来的吧。他们在地下有一整套防御体系。小伙子，你放心，我们会用汤姆冲锋枪。在这里步枪根本没用。也许我们应该把他送回救护站，你认为呢？”

“这也许是个好主意。可怜的家伙看上去确实被揍得不轻。”

他们站起身把我拉起来，其中一个人把我的胳膊搭在他肩膀上，就像拖着一个稻草人一样把我拖过了一片沙地。他们把我拽到了医生面前，我看上去就像一个没了弹性的真人大小的洋娃娃一样。

医务兵把我放在毯子上，在我身上贴了标签。随后他把针头扎进了我的胳膊，连着针头的是一条软管，软管的上方是倒挂在铁支架上的一瓶液体。那两名拖我过来的陆战队员在我旁边蹲着。

“他怎么啦,医生?”其中一名陆战队员问道。

“我也不知道,”医务兵回答道,“不过,他受伤很严重。爆炸冲击波造成的。我要把他送回医务船上。”

那名陆战队员用渴望的眼神看着我身边的汤姆冲锋枪,仿佛在对我说:反正你再也用不着了。我用眼神示意他拿去,于是他马上把枪挎在身上,一副志得意满的样子。他们带着自己的奖品离开了。

当医务兵抬着我和另外六名伤员向海滩走去的时候,迫击炮弹不停地落在我们旁边。我们躺在岸边,我脑子发木,心里想着日本兵会不会把我抓走。终于过来了一艘登陆艇,医务兵把我们抬了上去,然后登陆艇载着我们朝医务船驶去。

此时我开始感到有点惭愧。登陆艇上的其他伤员受伤都很严重,一些人甚至要靠吗啡止痛,而我像一只受到惊吓的小鸡静静地躺在登陆艇的角落里,毫发无损,脸上没有伤痕,骨头也没有折断。我的战争在羞耻中结束了,我感到羞愧难当。

当登陆艇被吊出水面放到医务船的甲板上时,船上人们的目光齐刷刷地盯着我们,此时我恨不得找个地缝钻进去。身穿白大褂的人们挤满了船尾,中间两位用权威的目光扫视着登陆艇,他们在寻找那些受伤最严重、亟需救助的伤员。在他们的注视下,我蜷缩得更加厉害,这时突然一个人指着我大声喊道:“他。赶紧把他搬下来。”

他们抓住我,把我身上的衣服扒下来,从梯子上把我抬下了登陆艇,然后把我放到了一张桌子上,再次把针头扎进了我的胳膊。随着针管里的液体流入体内,自尊心又像一股暖流回到了我身上。从我被指着挑选出来的那一刻起,令人沮丧的耻辱感就已经消失了。我受过伤害,需要救助。医生并没有任何暗示,但是他的医疗能力很快就帮我恢复了精神。

于是,对我而言战争已经结束。

从手术室里出来,我被安排在下面船舱里的一张帆布床上,又经过三天的治疗我恢复了语言能力，并且可以下床走路了。

接下来的一周时间里，我每天都登上梯子来到甲板上，怀着一种病态的迷恋眺望着一英里之外的贝里琉岛。那里的战斗还在持续。船上的人可以听到从岛上传来的枪炮声。血鼻岭就像被毁坏了的月球山一样耸立在珊瑚遍地的平原上。

每天都传来坏消息。我们正在打胜仗，但是代价极其惨重。

拉瑟福德死了。我是从他那位晚上陪他到我帐篷里取枪的朋友那里得到这个消息的。他的朋友又矮又胖，也受了伤，一只胳膊缠着绷带垂在胸前。他告诉我拉瑟福德是被迫击炮弹击中的，当时就被炸成了碎片。

拉瑟福德曾对我说过“咱们老家见”。可是现在我要独自回家了。愿他安息。

白人也死了。他是第一天晚上在我们阵地外遭遇火箭攻击阵亡的。他出生并成长于一个有着固执的宗教信念的家庭，但死时面对的却是敌人而不是牧师。愿他安息。

艺术家也死了。他死于一个胆小鬼之手。他夜间巡逻独自一人返回营地，当他跳过战地指挥所外面的铁丝网时，被少校的勤务兵一枪击中胸部毙命。勤务兵是个胆小鬼，他没有勇气在开枪前先质问一下。勇敢的艺术家死了。愿他安息。

来自军情处的三个人——自由人、艺术家和白人都死了，我们在帕武武岛上没有对着他们唱那首吓人的小夜曲。

站在任何一个角度看，贝里琉岛上的战斗都已经变成了一场大屠杀。我们营的大批陆战队员都已阵亡。无敌舰上尉也阵亡了，他是被一名狙击手射杀的，他的六连仅有一名陆战队员幸存。还有一些人本书并未提及，他们是我的朋友但不适合列入本书，我没有忘记他们的音容笑貌，他们的勇敢行为和牺牲精神为这个国家积累了丰富的精神财富。他们也牺牲了——他们想从世界上最顽固的占领者手中夺取那座岛。

我们就要离开了。贝里琉岛战役以我们的胜利而告终。在那里有一万名日本兵被消灭掉了,而我们团——第一团——正在海滩恢复元气。我们营共有约一千五百名陆战队员,但是向敌军老窝血鼻岭发动总攻的时候,只剩下了二十八名队员具有战斗力——无论在人员伤亡数量上还是在血腥程度上,贝里琉岛之役无疑是太平洋战争中代价最为高昂的一场战役。接到总攻命令的时候,他们就像坟墓里的幽灵一样从掩体里站起来向前冲去。但是他们跑不动了,他们连行走都有点困难——实际上是拖着枪向前冲。可是他们服从了命令,发动了最后一次攻击。他们在崩溃的边缘被撤离了前线。

我们就要离开了。受伤较为严重的陆战队员将从医务船上转移至一艘直接返回美国的豪华轮船。在这些被转移的伤员中就有“士兵”,我是在甲板下第三层或是第四层船舱里找到他的,当时他正躺在铺位上疼得直哼哼,大腿上被打了一个可怕的洞。

气氛令人窒息,我找了个头盔,里面盛上一点水,然后用手蘸着擦洗他的前额。我也找来医生给他换药以减轻痛苦。我难过地和士兵道别,不过当我看到行者被作为轻伤员从豪华轮船上转移到我们的医务船上时,我的情绪马上像火箭发射一样高涨起来。

行者的胳膊里还存留着日本人的一颗子弹。为此他很自豪,他一见到我就马上把胳膊上的绷带解开,给我看他的伤口。

“就凭这个等我回到水牛城时他们也会让我免费喝个够。”他咯咯地笑着说。

行者的高昂情绪对我是个安慰,至少说明我的其他战友没有遭遇不幸。但是自然而然我还是问了他这个问题:“笑面虎和山地人怎么样了?他们脱险了吗?”

“我想没问题吧——不过笑面虎受了重伤。山地人也挂了彩,但是不重。他是在第六天受的伤。笑面虎和我在第四天就中弹了。”

“一块儿受的伤？”

“几乎一块儿。以后我再告诉你。”说到这里，他脸色变得阴郁起来，黑眼睛闪烁着同情的光芒。“你还记得那位来自得克萨斯州的替补兵吗，就是英俊潇洒的那位？哦，也许你不认识他，他的两个哥哥已经在这场战争中阵亡了。他很怕自己战死，不是为了自己，而是为了他妈妈。他担心如果自己也遭遇了不测，他那失去第三个孩子的妈妈要怎么活下去。到了第四天的时候，敌人用迫击炮轰炸我们。那个可怜的孩子不幸被击中，”行者仔细地看着我继续说道，“老实讲，拉克，我一辈子也忘不了。医务兵马上给他打了吗啡，但是不管用。‘我要死了，’他对笑面虎说，‘笑面虎，我就要死了。’笑面虎试着和他开玩笑。‘不会的，孩子，你不会死的。你只不过受了重伤而已。你会好起来的。’‘我就要走了，笑面虎，我就要走了，’可怜的孩子继续说道，‘可是我不想走啊。’他还是死在那里了。”行者停顿了一下，然后接着讲他们的遭遇。“接下来我们再次遭受了迫击炮的袭击。笑面虎的左大腿靠近胯部的地方被炸掉了一大块肉。”说到这里，行者笑了起来。“说起来真好笑。他吓得要死，生怕自己的两个宝贝蛋蛋被炸没了。‘它们还在吧？’他问医务兵，‘快告诉我——它们还在那里吗？’‘放松点，’医务兵告诉他，‘离那个地方差远了。你以后有大把的床上时间。’笑面虎这才笑着躺了下去。他心情如此放松，你就是切掉他一个手指头他都不在乎。我敢说如果当时的情况正好相反的话，他会央求医务兵开枪打死他的。”

医务船发动了引擎。我们就要离开。行者和我还有别人一起挤到了船尾，在那里我们碰到了拉瑟福德的朋友，他的胳膊还在胸前挂着。我们默默注视着面目全非的黄褐色贝里琉岛，几棵灌木兀自在血鼻岭上站立着，参差不齐的枝杈祈祷似的伸向天空，就像我在欧扎克高原看到的干瘪十字架。

我们就要到达马努斯岛的海军医院。在那里，我们将遇到山地人和可怜的油面下士，后者躺在一张病床上，肾脏被打出了一个洞，脸色苍白得就像铺了一层羊皮纸一样。他一打喷嚏疼痛就会加重，尽管如此他一见到我们就露出了笑容。在那里，我们还将会找到其他一些战友，比如阿米什和橡木墩，最终马努斯岛成了我们参加瓜岛之战原班人马中幸存者的聚会之地。

当然更大的聚会将会发生在我们所有人都回国后的圣地亚哥——甚至笑面虎也到了那里，拄着手杖放声大笑，笑声让他宽广的胸膛起伏不定——我们将再次过上在新河早期过的那种无忧无虑的生活，苦难的历程成了身后事，展现在我们面前的将是家乡的良辰美景。

不过现在，我们这些幸存者正在离开贝里琉岛，离开这个屠宰场。医务船正在加速前进。贝里琉岛在我们的凝视中变得越来越小，最后成了一个小黑点。

“再见了，小伙子们。”当我们进入大海时，行者望着贝里琉岛方向缓缓说道。

后　记

当我躺在医院的病房里的时候，蘑菇云在世界的某个地方腾空而起。

自从加入海军陆战队以来，这是我第十次躺在医院里。而自从纳粹的万字旗和日本的太阳旗交织在一起以来，我的战友以及我本人，和这个世界一起经历了一场劫难——整个世界如同一个巨大的生物体一样经历了六年的磨难，而现在蘑菇云正在地球上升起。

位于西弗吉尼亚州马丁斯堡的牛顿·贝克陆军医院病房里十分安静，但是我们仍然被这一消息震惊了。一个冷冰冰的声音从收音机里传了出来："美国刚刚在日本的主要城市广岛投下了人类历史上第一颗原子弹。整个城市被摧毁。"

怪物一样的蘑菇云在广岛上空升腾起来，在地球上空升腾起来——它是如恶瘤一般迅速扩散的不祥之物，它是我们时代的标志，它是人类罪恶的象征：增长，膨胀，速度——增长，增长，再增长——癌变在增长，工厂在扩大，城市在膨胀，胃口在变大，生活在加速，原子弹在爆炸，一个民族在毁灭——最终世界大爆炸。

蘑菇云升起的时候，我蜷缩在病床上，对于一个曾被五百磅炸弹爆炸吓破了胆的人而言，现在突然听到了百万吨级的庞然怪物发生爆炸的消息，我的心情可想而知。有人涂炭生灵，罪不可赦，对此我亲身感受过。

但那时我也在犯罪。不过现在我突然悄悄地暗自高兴起来，因为尽管躺在医院里，我时刻面临着重返太平洋战场接受平均律考验的暗淡前景，而现在日本人不得不放下武器，战争结束了，我活了下来。如同一个男人挥舞着冲锋枪面对一个手无寸铁的小男孩进行自我防卫，我幸存了下来，因此我高兴万分。

几天后，战争果然结束了，马丁斯堡充满了庆祝胜利的喜庆气氛。小镇上的人们奔走相告，他们在广场绕行两周后各自回家。一位身材修长的华裔模样的绅士注意到了我身上的绿色制服、丝带和肩章，他也许据此就认为我和日本人打过仗，他看到我站在啤酒馆前面，就拨开人群走到我跟前对我说了一声"谢谢你"，然后转身离开。那就是胜利，那就是庆祝——在蘑菇云阴影下的胜利和庆祝。我返回医院，异常冷静和清醒。几周之后，我成了一介平民。

一位贵妇曾经这样问我："你从战争中得到了什么？你又是为了什么去打仗？"我真想这样回答："为了你从黑市买肉的特权。"但是我忍住了，因为轻率无礼的言行只会激怒她并侮辱我的战友。我也没有这样回答："为了维持现状——为了维护我现在拥有的一切。"因为这会刺激她的物质欲望。最重要的是，我不能告诉她真相："我们作战是为了消灭纳粹禽兽，是为了抑制日本帝国主义。"因为她不懂这个。我们确实这么做了，而且不是唱着战歌，也不是带着深深的献身精神去做的。

不过我无法回答第一个问题，因为我当时确实不知道我从战争中得到了什么，甚至不知道我应该从中获利。

现在我知道了。对我而言，我得到的是一份苦难的回忆和面对持久苦难的勇气；对我儿子而言，他得到的是一份无价的遗产；对我的国家而言，她得到的是牺牲。

对所有人来说，我们付出的牺牲够大了，牺牲意味着生者的痛苦和逝者的消失，它们一定会被放到上帝的正义之秤上衡量，当蘑菇云升起的时候，正义之秤开始尴尬地向我们倾斜。人们发动战争就势必要牺牲，他们不是去杀人，而是去被杀，去拿自己的血肉之躯冒险，把自己的宝贵生命置于毁灭之路上。

正是牺牲回答了关于和平与战争的长久争论，回答了温顺的耶稣是否被战神出卖的问题。哲学家和神学家给了我们答案：人们可以发动正义战争。我们也从古老的教会智慧里得到答案：如果人们相信自己的领袖是诚实的而自己又不能确信所从事的事业是否正义，那就该命令自己拿起武器服从领袖的指挥。

可是又有人这么说："这也太过勉强了。我不能根据一个诡辩结论就去杀人。我必须知道自己的事业是正义的才行。我将永远为抵抗侵略、保卫祖国而战，或者为严惩独裁者而战。但是我必须知道事实确实如此，如果像你说的无法知道战争是正义的话——我这么说所遵循的逻辑和你的一样有说服力，是一种不需要我的兄弟们流血的逻辑——我是不会去参加战斗的。"

但是牺牲就意味着"我的朋友，我们不需要你的兄弟流血——我们需要你去流血"。

所以当她们的男人奔赴战场时，女人会哭泣。她们哭泣不是因为他们的牺牲，而是因为她们本身就是牺牲品。这就是为什么自古以来人们一直用欢快的歌曲送给那些出征的人们——是让他们破碎的心得到宽慰而不是催促他们赶紧去杀人。这就是为什么只有光荣的死而没有光荣的生。英雄可以变成叛徒，勇士暮年可以变成绵羊——但是一个牺牲者不会复生，牺牲成了人们心中永远的痛。

两千年前一个十字架矗立在了世界上，而今天在另外一种升起的"十字架"威胁下，我向两千年前的那位牺牲者忏悔。尽管在你们看来，我不是一名宗教信徒，但是现在我要以笑面虎、山地人和行者的名义，我要以油面下士、绅士、阿米什、橡木墩、常春藤联盟中尉和大照片的名义，我要以所有那些在丛林里和海滩上饱受折磨的人们的名义，我要以那些战死者——得克萨斯人、拉瑟福德、小鸡、艺术家、白人、战利品狂人、赛马、无敌舰以及突击队长——的名义忏悔：敬爱的天父，我们释放了那片可怕的蘑菇云，请宽恕我们吧。